「うわ〜。大きい……。
山一つ買い取ったって、聞いていたけど、
想像以上の大きさだよ」

クラヴィス
リーリス
ソフィーニ

カリム
ユラン
アルマ
ルーシェル

僕とアルマはリーリスとクラヴィスさんを背にし、
突如現れた竜を睨む。
ホワイトドラゴンもまた、僕を睨み、
不気味な音を立てて喉を鳴らしている。

公爵家の料理番様

～300年生きる小さな料理人～

2

Masayuki Nobeno
延野正行
ill. TAPI岡

Contents

kousyakuke no ryouribansama

プロローグ　百八十六年後の学校へ……。

kousyakuke no ryouriban sama

「うわ～。大きい……」

僕は思わず口を開けて固まった。

クアールの子ども――相棒のアルマも、ピョンとモフモフの尻尾《しっぽ》を逆立たせて息を呑《の》んでいる。

今、僕たちの目の前には大きな山と深緑に彩られた森が広がっていた。そこに小城のように立っていたのは学校だ。一体どれだけの敷地《しきち》があるのだろう。僕の実家であるレティヴィア公爵家の庭よりも広いかもしれない。山のあちこちに施設があって、神様が住む山のように美しい光景が広がっていた。

これが国の王都でもなければ、中継都市でもなく、料理学校の敷地なのだから驚きだ。

「山一つ買い取ったって、聞いていたけど、想像以上の大きさだよ」

「だね。開校当初のおんぼろ校舎が懐かしいよ」

僕は肩に乗った相棒の頭を軽く押さえ付ける。

「アルマ……。君が主《あるじ》と違って、とても口が悪いのは知っているよ」

「ルーシェルだって、たまに口が悪くなるじゃないか？」

「僕はたまに口が悪くなるだけだよ。君とは違う。そういうことを言いたいんじゃなくて。当時の校舎だってクラヴィス父上やまだ皇子の頃のロラン、僕の同期たちがお金を出してくれて、やっと作った校舎なんだよ。おんぼろは言いすぎ」

さらに軽くアルマの頭を二回叩《たた》く。

少し反省したみたいだけど、アルマは舌の根も乾かないうちに、こう切り返してきた。

「悪かったよ。……それよりもいいの？　早く行かなくて。二日……じゃなかった、招待状を二年も前にもらっておいて、ほったらかしていたんだろ」

「うっ！」

「ボクのことを叱るのはいいけど、ルーシェルも大遅刻したことを反省するべきじゃないかな？……ねぇ、初・代・様・！」

そっと目を逸《そ》らす僕を見て、アルマは口角を上げて勝ち誇っていた。


今、僕たちが敷地を歩いている料理学校の建物は、今から三年前に完成した。

まだ校舎の白い壁は真新しく、料理学校を示すロゴもピカピカだ。

清掃もきちんとされていて、植木や芝生も手入れが行き届いている。

しかし料理学校と言っても、ただ単に料理を教える学校ではない。

魔獣料理人——すなわち魔獣食を作る調理人を養成する専門学校なのだ。

魔獣食に健康と身体促進効果が認められて、約六十年。さらに最近はスモルグ病に効果があると判明し、魔獣食を作る料理人の需要は年々雪だるま式に増えていた。現在の生徒数は本校と三つの分校を合わせて、一千四百人以上。開校当初と比べて、十倍以上の数だ。

　建物が完成した一年後に開校式を迎え、招待を受けたのだけど、色々あってすっぽかしてしまった。

　二年経《た》ってようやく、新しくなった校舎の中を歩いているというわけだ。

「弱ったな……。迷っちゃった」

　とにかく学校の敷地は広かった。校舎だけでも小城の中を歩くぐらいの面積がある。さらに山や川、農場、畜産場など、大規模な実習場が完備され、ちょっとした領地なんかよりも遥《はる》かに大きい。

　校舎の中に入ってみると、人気《ひとけ》がなくひっそりとしていた。正面の校門は開いていたから誰かがいることは確かだけど、生徒どころか教職員の姿も見当たらない。

　ちなみに本日はうだるように暑く、オリーブゼミの鳴き声が学校の壁にしみ入るように響いている。

「今って夏期休暇期間中なのかな……。タイミングが悪い時に来ちゃったなあ」

「遅れたルーシェルが悪い。これは天罰だね」

　素知らぬ顔でアルマが僕の肩の上でひらりと尻尾を振った。

　さっきのお説教の意趣返しのつもりなのだろうか。主が困っているのに、薄情な相棒だ。

「実習場の方に行ってみようか」

　アルマを肩に乗せて歩いていると、急に茂みの奥から声が聞こえてきた。

　それも複数だ。やや警戒しながら待っていると、十五、六歳ぐらいの少年少女たちが現れる。

学校支給の武具だろうか。肩や胸に、ワイバーンの鱗《うろこ》で作った防具を装着している。防御力はそこまでないにしろ、耐衝撃性に優れていて何より軽い。初心者には使いやすい素材だ。武器は生徒ごとに違っていて、剣や槍《やり》、弓などを持っていた。

「これで補講課題の半分が終わりか……」

「折角の夏期休暇なのに、課題の量が半端なくてひどすぎ～」

「おれは早くご飯いっぱい食べたいよ。今日、誰が作るの？」

「みんな、ちょっと待って。あれ！」

話から察するに料理学校の生徒で間違いなさそうだ。学校は夏期休暇中のようだけど、おそらくこの生徒たちは補講課題を教師に与えられて、今まさに山でその課題をクリアしてきたところらしい。

補講課題か。懐かしいなあ。

その生徒たちの興味は、昼食をどうするかではなく、ぽつんと立っていた僕の方に向けられる。

「子ども？」

「なんでこんな山奥の学校に子どもがいるの？」

「もしかして、見学者かしら？　でも、今日ってあたしたち以外いたっけ？」

「いや、それよりも身元を確認しないと」

一人の女子生徒が近づいてくる。

僕の目線に合わせ、身体を屈《かが》めると話しかけてきた。

子どもに対する対応が手慣れている。きっと弟さんかさもなくば妹さんでもいるのだろう。

「ぼく……？　どこから来たの？　お母さんか、お父さんは？」

「えっと～」

どうしよう。ここで素直に喋《しゃべ》るのもいいのだけど、たぶん僕の名前を出したらびっくりしてしまうかもしれない。ただ話を聞く限り、今料理学校にはこの子たちしかいないみたいだ。事務員さんか警備員さんぐらいならいるだろうけど、事務的に施設の紹介を聞くよりは、今ここで学んでいる生徒が何を話すかに興味が湧いた。

「大きくなったらこの料理学校に入学したくて。……け、見学に来たの」

「へぇ～。小さいのに、いい心がけだわ」

えらいえらい、と僕の頭を撫《な》でる。僕は苦笑で返すのが精一杯だ。

ちょっとした好奇心から出た嘘《うそ》とはいえ、生徒たちには申し訳なかった。

「それにしても一人で来たの？」

「えっと……お母さんと一緒に。今、校長先生と難しい話をしてる」

「そう……なんだ」

女子生徒はどうしようという感じで首を捻《ひね》った。

他の生徒とも相談し、思惑《おもわく》通りの決定がなされる。

「良かったら、私たちが料理学校の中を案内してあげようか？」

「いいの？」

「ええ……。君は私たちの未来の後輩なんだもの。これぐらいお安い御用よ」

「ありがとう、お姉ちゃん」

「私はエイミア。……君、お名前は？」

「るー………」

　思わず本名を言いかけて、慌てて口を噤《つぐ》む。

「るー？」

「え？　あ、そうそう。ルゥ……。僕の名前はルゥだよ」

「そう。ルゥっていうの、いい名前ね」

　エイミアと名乗った生徒は微笑《ほほえ》む。純真な笑顔が、今の僕には眩《まぶ》しかった。

『なんで嘘を吐くの？』

　肩に乗ったアルマが、昔のように【精神感応《テレパシー》】を使って話しかけてくる。

『僕の名前を言ったら、この子たちがびっくりするだろ』

『あ……。そっか』

　アルマは頷く。すると、相棒はエイミアの視線に気づいた。アルマに興味津々といった様子だ。

　エイミアだけじゃない。他の生徒も首を傾《かし》げている。

「これは猫？　それとも犬？」

「狐《きつね》じゃないの？」

「この髭《ひげ》……。おれ、どっかで見た覚えが？」

「それは君が飼ってるペット？　それとも使い魔かしら？」

最後にエイミアが質問する。

「アル……る……。そう。アルルは僕の友達なんだ」

「そう。アルルって言うの。可愛《かわい》いわね。触っていいかしら？」

僕が相槌《あいづち》を打つと、エイミアはそっとアルマを撫でる。

「うわ～。モッフモフだ。やわらか～い。ずっと撫で回していたいかも」

「ほう」

「あたしもやりたいやりたい」

「おれも……」

みんながアルマに集まってくる。

学生たちに揉《も》みくちゃにされて、本人はご機嫌斜めだ。

半目で僕を睨《にら》んでくる。

『なんで、ボクまで巻き込むかなあ』

『いいじゃないか、人気者なのはいいことだよ』

僕が苦笑で返すと、アルマは完全に臍《へそ》を曲げてしまった。

後でご馳走《ちそう》を作らないと、機嫌を直してくれなさそうだ。

僕とアルマは料理学校の生徒とともに校舎の中へと入っていく。

まずは建物の中にある教室や設備を紹介してくれるらしい。

外の校舎も綺麗《きれい》だけど、中も清潔に保たれている。食材を扱う調理場だけじゃない。廊下も教室も、その他のレクリエーション施設もピカピカになっていた。こうした衛生面の徹底は、どこの施設も同じだ。雑菌だけじゃなくスモルグに対しても有効だと証明されているからである。

校舎の中に入る時も、一度着ていた装備を外し、泥を落としてからだ。

「次はね。とっても寒いところよ」

「寒いところ？」

エイミアが案内したのは、巨大冷凍庫だった。

かなりの寒さだ。【竜眼】で計測してみると、「《気温》マイナス三十度」だった。

寒いはずだ。炎天下の外から来たから、まだ気持ち良く感じるけど、十分もいたら風邪を引くかもしれない。僕は魔獣食のおかげで【耐寒能力】が上がっているから、全然耐えられるけどね。

さて、冷凍庫の中にあるものと言えば、食材だ。

広い空間には、調理実習で使用すると思われる食材が所狭しと並んでいる。

中には魔獣ごと氷漬けにされているものもあった。魔獣を構成するのは外殻《がいかく》と魔晶石《ましょうせき》この二つだ。魔晶石は人間で言うところの心臓である。ただ人間のそれと違うのは、魔晶石が壊れた瞬間、肉体である外殻が消滅してしまうことだろう。だから魔獣を食材にするためには、この魔晶石を壊さずに外殻から切り離す必要がある。

その一番手っ取り早い方法が魔獣を氷漬けにする方法だ。たいていの魔獣は急激に体温が下がると、仮死状態に陥《おちい》る。同時に魔晶石の機能も停止するので、その間に肉や内臓、武器の道具となる牙や角といったものを取るのだ。

六十年前なら画期的な発見なのだけど、今や初等学校の教本に載るぐらいには常識となっている。

「ルゥくん、ここで一つ問題よ」

「問題？」

「この冷凍庫は魔法を使って冷やされているのだけど、普通はこんなに冷えないし、温度を維持できないの。でも、ある魔獣の一部を使って、それが可能になったのよ。何かわかるかな？」

「ブリ――――」

「ぶり？」

「あ、いや……え～～っと。な、なんだったかな～～？　ぼ、ぼく、わかんないや～」

「残念！　〝ブリ〟まで合っていたんだけどねぇ。答えはブリザードホエールの皮膚を使ってるの。こ～んな大きな鯨の魔獣よ。身体の中がいつもマイナス二十度から三十度ぐらいに保たれているから冷凍庫には打ってつけの素材ってわけ」

「そ、それはすごいですね」

僕は苦笑すると、肩に乗ったアルマが半目で睨んできた。

『それを発見したのって、ルーシェルだったよね』

『アハ……。アハハハハ……』

エイミアの説明は続く。もう他の生徒たちは寒すぎて冷凍庫から出てしまったのに、白く息を濁らせながら熱弁を振るい続けた。

説明に集中しているからだろうか。僕はいいけど、エイミアは寒くないのかな？

「なんで〝ブリザード〟ホエールって言うと思う？　海面に出て潮《しお》を吹く時、ブリザードを起こしてしまうぐらい激しいものだったからと言われているのよ」

「そ、そうなんだ。い、意外とネーミングが安直だね」

『何を言ってるんだい？　そう命名したのはルーシェルじゃないか』

『アルマはちょっと黙ってて』

どうやらエイミアは説明魔のようだ。

きっと優秀な生徒なのだろう。補講も成績が悪いわけじゃなくて、自主的に参加しているのかもしれない。優秀で、かつ努力家の生徒にはこういう子もいる。

僕には弟子がいるのだけど、似たような子は何人もいた。

今やその子たちも弟子を取って、その弟子や子どもの世代が料理学校を運営している。

僕にとってみれば、エイミアたちは曾孫《ひまご》――いや、玄孫《やしゃご》みたいなものだ。


校舎の案内が終わり、次にエイミアたちが向かったのは畜産場だった。

もちろん普通の畜産場ではない。ここは魔獣専門の料理学校を謳《うた》う教育機関である。

主に育てられているのは、食肉や搾乳に特化した魔獣たちだった。

牛や鳥もいるけど、すべて魔獣たちの餌にするために育てられている。

バードタウロスに、エメラルドピッグ。七獄鳥《しちごくちょう》なんて珍しい種類の魔獣もいた。肉ベースだけではなく、ラミアやアラクネの搾乳なんかも行われている。「え？」と思うかもしれないけど、この二種類の生乳はかなりおいしい。発酵させた羊酪《バター》やチーズも栄養価が高くて人気だ。けど、子どもの僕にはちょっと刺激が強くて、見せてくれなかったけどね。

ちなみに搾乳には魔獣との信頼関係が必要になる。なので、ちょっと邪《よこしま》な心が入ると、魔獣が臍を曲げることがあるから、ラミアたちの搾乳は女子生徒が主に担当しているそうだ。

「色んな魔獣がいるんですね」

「そうね。種類でいえば、世界最高クラスかもしれないって校長先生が言ってたわ」

魔獣の牧畜化は、ちょうど三十年前に僕が確立した技術だ。

ある特定の魔獣を飼料《しりょう》として与えることによって、スキルを使わなくとも手懐けられることが判明した。おかげで、厩舎《きゅうしゃ》にいる魔獣たちは穏やかに暮らしている。

人間が入ってきても、いきり立つ魔獣はほとんどいなかった。

「ルゥくん、見て見て‼」

「どうしたんですか？」

興奮した様子のエイミアが僕に見せてくれたのは、小箱サイズのミミックだ。

トレードマークの舌が箱の外に出ていて、つぶらな瞳で僕の方を見つめてくる。

へぇ……。こんなミミック初めて見た。品種改良したのだろうか。不思議に思っていると、エイミアが詳しく説明してくれた。なんでもこの学校で品種改良されたミミックらしく、ミニックと命名されたらしい。

「ね？　ね？　可愛いでしょ？　舌、触ってみる？　ルゥくん」

すごい圧力でミニックを推してくる。エイミアって、ミニックが好きなのだろうか。

「じゃあ、せ、折角なので」

「どうぞ。どうぞ」

言われた通りに舌を触る。

へ～。普通のミミックよりは弾力がないけど、その分とても軟らかい。

それにエイミアが言うように、結構可愛いかも。

「面白い魔獣ですね」

「でしょ！　でしょ！」

エイミアは目を輝かせる。

「エイミア、なんでミニックなんて見せるんだよ」

「噛《か》まれたりしたら、ルゥくんのトラウマになるぞ」

「そもそも可愛いと思ってるの、エイミアだけだからね」

他の生徒たちからは散々な言われようだ。ついにエイミアは頰を膨《ふく》らまして、拗《す》ねてしまった。

今、僕の肩で飽きて眠り始めてしまった相棒みたいだ。

「そんなことないわ。ミニック可愛いじゃない。ねぇ？」

エイミアは僕ではなくミニックに同意を求めると、その舌で顔面を舐《な》められていた。

リーリスならキャーキャーと悲鳴を上げるところなのだけど、エイミアは逆にニマニマしている。

「でも、これだけの魔獣がいると、管理が大変そうだね。暴《あば》れたりとかしないの？」

「あれれ？　ルゥくん、怖くなっちゃった？　大丈夫よ、その時は――――」

不意にエイミアの言葉が止まる。急に走り出し、厩舎を出る。すると、山の方から数名の生徒たちがこちらに向かって走ってくるのが見えた。随分と慌てた様子だ。何かトラブルだろうか。

「あれって？」

「確かあたしたちとは、別の補講組じゃ？」

「競争でもしてるんじゃない？　今日のご飯、誰が作るかとか」

「待って。なんか嫌な予感がする……」

エイミアの予感は当たった。こっちに走ってくる生徒はエイミアたちに向かって「逃げろ」と叫ぶ。

直後、背後の林が爆発した。木を根本から吹き飛ばし、現れたのはビックリチキンである。

エイミアたちの背丈《せたけ》よりも、遥かに大きな鶏みたいな魔獣は翼を広げて、逃げてくる生徒たちに迫る。

赤い角《つの》みたいな鶏冠《とさか》は、鶏と同じく真《ま》っ赤《か》だ。どうやらかなり興奮しているらしい。

魔獣生態調査機関《ギルド》によれば、危険ランクは〝C〟で、巨体に似合わず、すばしっこいのが特徴だ。

その突進は強力で、見ての通り大木だって木《こ》っ端微塵《ぱみじん》にしてしまう。

まずいな。さすがに生徒とCランクの魔獣じゃ、戦力的に魔獣の方が上だ。まして今は丸腰。正体を明かすことになるけど、僕が出ていく以外に打開策はないだろう。

僕はこの状況でもウトウトしかけている相棒を起こす。

『アルマ、行くよ。生徒たちを助けるんだ』

『ふぇ？　あ、うん』

アルマが口の涎《よだれ》を拭《ふ》いたと同時に、僕はビックリチキンに向かって走り出す。

生徒たちには荷が重いけど、僕たちなら楽勝だ。寝起きであっても楽々倒せる。

力を見せることになるけど、仕方がない。どうせいつかバレることなんだし。

その時だった。

逃げる生徒たちを助けるため、十分な速度で走っていた僕の横を誰かが駆け抜けていく。

エイミアだ。風のように駆け抜け、暴走するビックリチキンに向かっていった。

「借りるわよ」

途中、逃げ惑《にまど》う生徒から剣を奪い取ると、迷うことなくビックリチキンに迫る。

相手はCランクの魔獣。対するは料理学校の生徒。あまりに無謀すぎる。

だが、僕の予想とは裏腹に勝負は一瞬だった。

突進してくるビックリチキンをひらりと躱《かわ》し、その後頭部に回り込む。そのまま回転の力を利用しながら、ビックリチキンの神経が集まっている部分を切り裂いた。

「見事……」

思わず僕が口にするぐらい軽やかな手際《てぎわ》だった。

鶏冠を真っ赤にして怒っていたビックリチキンが白目を剝《む》く。巨体は勢いそのままに地面の上を滑《すべ》っていき、厩舎の手前で止まった。

『ほえ～。すげぇえな』

アルマもびっくりしていた。驚くのも無理はない。まだ十五、六歳という少女がCランクの魔獣を倒してしまったのだ。僕が魔獣専門料理学校を始めた頃では考えられないことである。

僕は思わず目を丸くしていたけど、周りの反応は割とドライだった。

エイミアが希有《けう》な存在なのかといえば、そうでもないらしい。感じからして、ここの生徒なら一定の技量があれば誰でもできるような口ぶりだ。

料理学校の教えがいいのもあるけど、一番の理由は魔獣食の普及と思われる。

今のエイミアたちの世代は、生まれた時から魔獣食があって、その推奨が叫ばれていた。

我が子をスモルグの脅威から守ろうと、親たちが必死になって魔獣食を食べさせたはず。

結果的にスモルグに対する耐性を獲得し、Cランクの魔獣を圧倒できる身体能力を持った子どもたちが現れたというわけだ。

自分が勧めておいてなんだけど、よもやこんなに頼もしい子どもが育つとは予想外だった。

「こら！」

感心していると、突然僕はエイミアに怒られた。

眉を逆八の字にして僕を睨んでいる。一体なんだと思ったけど、次の言葉を聞いて理解した。

「ダメじゃないの、ルゥ！　魔獣に向かっていくなんて何を考えているの。危ないじゃない!!」

「ご、ごめんなさい」

「ビックリチキンなんて珍しい魔獣じゃないのに。そんなに触りたかったのかしら？　もしかして、ルゥくんはビックリチキンのファン？」

どうやら、僕が触りたくてビックリチキンの方へと向かっていったと思っているらしい。

単にエイミアたちを助けようとしただけなのだけど……。

「ともかくあんな危険なことはやめること……。いいわね！」

「は、は〜〜い」

「は〜〜い。じゃない、〝はい〟でしょ！」

「はい！」

エイミアが本当のお姉ちゃんに見えてきた。

もうすぐ二百歳になるけど、過去において僕に姉がいたことはない。

一方、他の生徒たちは逃げてきた生徒たちを介抱していた。

みんな、軽傷だけど、怪我《けが》を負っている。さっきのビックリチキンにやられたのだろうか？

回復薬で一息吐くと、逃げてきた生徒は叫んだ。

「逃げろ！　やばいぞ！　このままだと全員がやられる！」

「落ち着いて！　ビックリチキンならやっつけたわよ」

「ビックリチキンじゃない！　……むしろビックリチキンもそいつから逃げてきたんだ」

「逃げてきた？　どういうこと？」

エイミアたちは首を傾げる。誰もまだ事態を正確に理解していないらしい。

しかし、僕とアルマにはわかっていた。

さっきまで寝かかっていた相棒はようやく臭いに勘付いたらしい。

肩の上でお腹《なか》をつけて器用に寝ていたアルマは、すっくと立ち上がる。耳と尻尾を伸ばして、自慢の鼻とお髭をピクピク動かした。

『おいでなすった』

遠くの方で地響きが聞こえた。さらに音はゆっくりと確実に、こちらに近づきつつある。

方角はちょうど山側。逃げてきた生徒やビックリチキンがやって来た方向とも一致する。まだ土煙が漂っていて、よく見えないが、茸《きのこ》の傘を掲《かか》げたようなシルエットが蠢《うごめ》いていた。

音と影の大きさを見て、エイミアを含めた生徒たちの顔色が変わる。

「マッシュタートル!!」

それはビックリチキンが子どもに見えるぐらい大きな亀だった。

ただ大きいだけではない。口には曲刀のような牙を生《は》やし、猛禽《もうきん》類のような爪は鋭く、かつ黒く光っていた。そしてなんと言っても、最大の特徴は甲羅の上に生えた大きな茸だ。

「マッシュタートル？？　で、でけぇ！」

「やばい！　何あれ⁉」

「教官を呼んだ方がいいんじゃないか？」

「そうね。そうした方が……。今日の当番が確か――――」

一人が提案する。だが、首を振ったのは逃げてきた生徒たちだった。

「教官は俺たちについていたんだが、やられた。生死すらわからん」

みんなの顔から血の気が引いていく。

仲間を残して、発作的に逃げる生徒もいたが、エイミアたちのグループはそこに残った。

確かマッシュタートルの危険度ランクは〝A〟。いくらエイミアたちが魔獣食の申し子でも、対処は難しい。特に相手は特殊型の魔獣だ。対応を誤れば、全滅もあり得る。

「他に先生は……」

「さっきこの子の母親が校長と挨拶するって言ってなかったか？」

「それだ！　校長先生に頼もう。幸いマッシュタートルは鈍足だし」

「いえ！　待って!!　それは早計よ！」

エイミアが引き留めた直後、マッシュタートルは口を大きく開ける。

粘《ねば》ついた唾液が糸を引くと、大きく口を開けた。

「ブボボボボボボボボボボボボボボボボボボボボボボボボボ!!」

耳をつんざく咆哮《ほうこう》。それは【軍進凱歌《ウォークライ》】にも似たような効果があった。

だが、マッシュタートルの攻撃は咆哮の後だった。甲羅の上に生えた大きな茸が収縮を繰り返すと、傘の先から緑色の煙が放出される。マッシュタートルの胞子だ。

「まずい！　みんな、胞子を吸ったらダメよ。マッシュタートルの胞子には毒が――」

エイミアは口を袖《そで》で押さえながら、振り返った。

その忠告は遅く、生徒たちはバタバタと倒れ始める。

実はマッシュタートルが胞子を放ったのは、今ではない。土煙に混じって見えなかっただけで、すでに風に乗って、僕たちの口や鼻から入り込んでいたのだ。

気が付けば、僕とアルマを除けば立っているのはエイミアだけになっていた。

エイミアは再び剣を握る。どうやら、一人でマッシュタートルと戦うらしい。

「やあああああああああああ！」

雄叫《おたけ》びを上げて、自分より数百倍大きなマッシュタートルに挑んでいく。

対するマッシュタートルはというと、向かってくるエイミアをじっと眺《なが》めているだけだ。

虚を衝《つ》かれた……？　いや、そうじゃない。

ザシュッ!!

鋭い斬撃の音が周囲にこだまする。

エイミアの魂を乗せた一撃はマッシュタートルの頭を両断した。

岩のように魔獣の頭が転がる。それを見て、エイミアはガッツポーズを取った。

名うての冒険者ですら手こずるAランクの魔獣を単独討伐したのだ。嬉《うれ》しいのは当たり前だろう。

でも、やはりエイミアは賢い。何故《なぜ》なら、すぐに異変に気づいたからだ。

「消滅化が始まらない？」

普通、魔獣はビックリチキンのように神経を一気に分断されたり、氷漬けにされたりしなければ、外殻に大きな負荷を追った時点で消滅するようになっている。

今、エイミアはマッシュタートルの頭を両断した。普通なら消滅化が始まってもおかしくない。けれど、一向にそれが開始されないのだ。つまり、それはまだマッシュタートルが生きているという証《あかし》に他ならなかった。

「え？」

エイミアの顔が絶望に彩られる。

頭を落としたのに、マッシュタートルの肢《あし》が動いたからだ。

鋭い爪が付いた肢は、今まさにエイミアを踏み潰そうとしていた。

スキル【軍進凱歌《ウォークライ》】！

突如、大きな声が聞こえて、大地と空が軋《きし》みを上げた。

空気がビリビリと音を立てて震え、同時にマッシュタートルは自分よりもさらに巨大なものに押し付けられるように伏せる。そのまま完全に動かなくなってしまった。

どこからか「こおおおお……」と奇妙な嘶《いなな》きが聞こえていることから生きてはいるのだろう。

しかし、Aランクの魔獣は手も足も出ていても、まったく動けない様子だった。

「何が起こったの？」

「大丈夫かい、エイミア」

呆《ほう》けているエイミアに近づき、話しかけたのは僕だった。

「ルゥくん？」

「エイミア、よく頑張ったね」

「え？」

マッシュタートルの目の前で、僕はエイミアを労《ねぎら》う。

「でも、焦《あせ》ってはダメだ。マッシュタートルのような珍しいタイプの魔獣なら尚更《なおさら》ね」

「珍しいって――――」

「あれを見て」

僕が指差したのは、エイミアが切り落とした頭ではなく、胴体側の切り口だった。

よく見ると、ほとんど空洞になっていて、何か粘ついた菌糸のようなものが張り巡らされている。

「まさか……。マッシュタートルって、寄生生物？？」

「正解だよ。マッシュタートルの本体は、亀の方じゃなくて甲羅の上に乗った茸の方なんだ」

「き、き、きのこおおおお!!」

叫ぶぐらい驚いちゃうよね。

僕もそれを知った時は、三秒ぐらい固まったものさ。

「エイミア、落ち着いて。でも、もう大丈夫だから」

「大丈夫って……。ルゥくん、君――一体何者なの？　そんな魔獣の専門知識を持ってるなんて。いや、そもそもマッシュタートルの胞子の中で、なんで平気なのよ？」

「それはお互い様」

僕の肩に戻ってきたアルマが人間の言葉を発する。

「しゃ、しゃべったぁぁぁあああああ!!」

「別に珍しくないだろ。魔獣が喋っても……」

アルマは自分の髭を撫でる。それで、エイミアはどうやらようやくピンと来たらしい。

「まさか、クアール？　いや、その幼獣かしら？　それが喋ってるって……。待って。私、なんか頭がおかしくなりそうなんだけど」

「もしかして、エイミアってリボン草を日常的に食べてた？」

「え？　ええ……。母が家庭菜園で育てていて。あれ、見た目も可愛いから」

「なるほど。リボン草は【状態異常耐性】が付くからね。マッシュタートルの胞子にも耐えられるわけだ。普通の人なら神経をやられて立っていられないからね」

「神経って……。じゃあ、みんなは……」

「落ち着いて。大丈夫。今は目の前のマッシュタートルに集中しよう」

「そもそもルゥくん。君は一体なに？　私たちですら知らない知識をスラスラと」

「すぐにわかるさ。さあ、エイミア。学校を案内してくれたお礼に、君に特別講義をしてあげよう」

「え？」

僕はエイミアの腰に手を回して【浮遊《フローティング》】の魔法を使う。ゆっくりと高度を上げたけど、いきなり使用した【浮遊】の魔法に、本人は戸惑《とまど》っていた。

「マッシュタートルの神経はここだ。甲羅に生えた茸の根本。わかりやすいだろ？」

「う、うん！　でも、こんなのどうやって斬れば」

「そうだね。今の君では難しいかな。でも、これから練習して、魔獣食もいっぱい食べれば、きっと勝てる。君ならすぐにSランクの魔獣とだって渡り合えるさ」

「そ、そうかな」

「さあて……。トドメといこうか」

僕は手を掲げる。

途端、辺りが暗くなった。急に風が出てくると、僕の手の先に導かれるように集まっていく。毛糸のように巻き取られた風は次第に膨張していった。風がまた風を呼び、まるで剣を鍛錬するように鍛え上げられていく。すると一本の巨大な風の剣が完成した。

風魔法【嵐竜牙之剣《ストームブリンガー》】！

風の刃が水平に延びていくと、一振りでマッシュタートルの甲羅と、寄生した茸を分断した。

再生能力に長《た》けたマッシュタートルの本体は菌糸を伸ばして、再び甲羅に繋《つな》がろうとするけど、風の刃が猛牛のように暴れまくる。ついに中身が空洞になった亀の身体が風の圧力でバラバラになると、本体は傾斜し、轟音《ごうおん》を立てて倒れた。

「あの魔獣を一撃で……」

驚くエイミアに、僕は安心させるように笑顔を返す。

エイミアはぼうっと僕の方を見ている。危機を脱したこと以上に、僕の正体が気になるようだ。

当然と言えば、当然かな。どんなに魔獣食が進んだとしても、見た目八歳の子どもがAランクの魔獣を一撃で倒すなんてあり得ないからね。

「ルゥくん……。君は一体――――」

「これは何事ですか？」

落ち着いた声が聞こえて、僕とエイミアは振り返った。

アルマはマッシュタートルの胞子を吸った生徒たちを魔法で介抱すると、ひらりと身を翻《ひるがえ》す。

立っていたのは、薄い金色の髪に、穏やかな藍色の目をした淑女《しゅくじょ》だった。

「校長先生!!」

エイミアの瞳が揺れる。

僕から離れ、真っ直《まっす》ぐ『校長』の元へと駆け寄り、抱きついた。

よっぽど怖かったのだろう。わんわんと声を上げて泣き始めた。ビックリチキンに対しては、毅《き》然《ぜん》と対応していたけど、エイミアはまだ十五、六の少女だ。泣いてしまうのは、仕方ないかもしれない。

それにしても嘘から出た実《まこと》とはよく言ったものだ。本当に『校長』がいるなんて。

その校長はエイミアの頭を撫でてあやした後、僕の方を見た。

近づいてくると、ゆっくりと頭を下げる。

「ご無沙汰《ぶさた》しております、初代校長ルーシェル様」

「や、やあ……。ユリトリス……。さ、三年ぶりだね」

顔を引きつらせながら、僕はかつての弟子の娘でこの料理学校の現校長である彼女の名前を呼ぶ。

ユリトリスは落ち着いていたけど、一人横で肩を震わせている女の子がいた。

エイミアだ。

「ルー……シェル……。初代……？」

涙で腫れ上がった目がみるみると開いていくのを見て、僕は思わず苦笑した。


生徒たちを完全回復させ、山で動けなくなっていた教官を救出した後、ついに僕の正体が明かされた。

『えええええええええええええええええ!!』

マッシュタートルの胞子から回復した生徒たちの声が、広い料理学校の敷地にこだまする。

生徒たちの視線は、頭二つ分ぐらい小さな僕に注《そそ》がれた。僕はやや締まらない笑みで返すのが精一杯だ。アルマはアルマで「ボクは関係ない」って感じで丸くなると、ふて寝を始めてしまう。

「か、数々の失礼な言動……。申し訳ありません」

「子どもなんて言ってすみませんでした」

「俺たちを助けてくださり、ありがとうございます」

先輩風を吹かせて案内してくれた時とは打って変わり、生徒たちは深々と頭を下げた。

「別に気にしてないよ。むしろ何も言わなかった僕が悪いんだから」

「そうだ。ルーシェルが悪い」

アルマはジト目で僕の方を睨む。

一方、他の生徒たちと違って、エイミアは僕からちょっと距離を置いていた。僕が魔獣専門料理学校の初代校長だと聞いた時は、とっても驚いていたのだけど。

でも、なんとなくだけど今のエイミアの心境がわかる気がする。

僕の正体を知るということは、すなわち僕の出自を知ったということだ。

魔族との戦争が終わって、もう百年以上経つけど『裏切り者』ヤールム・ハウ・トリスタンの名前は、世界的に有名だ。そして、その息子で不老不死となったルーシェル・ハウ・トリスタンの名前も、多くの人に知られている。

百年が経っているとはいえ、世界が滅茶苦茶《めちゃくちゃ》になるきっかけを作った人物とその息子。怖がるのも無理はない。

「あ、あの……。ルゥ……じゃなかった、ルーシェル様」

「う、うん。な、何かな？」

改まった様子でエイミアが突然近づいてくる。

僕を見て真っ青《まさお》になっているかと思いきや、その顔は真っ赤になっていた。こういう修辞は僕とエイミアの関係性を考えるといけないことだとは思うのだけど、まるで恋文を渡す直前の女子学生のようだ。

しばらくモジモジと身体を動かした後、エイミアは僕に何かを突きつける。

それは羽ペンと色紙だった。

「ファンです！　サインしてください‼」

「へ？」

僕は思わず固まった。やりとりを薄目で見ていたアルマも、ピンと耳を立てている。

ど、どういうこと⁇　サイン？　僕のサインがほしいって言ってる？

あまりに衝撃的な展開に頭が混乱していた。

ユリトリスはというと、こっちは穏やかに微笑んでいる。

「あのね、エイミア。……それとみんなもだけど、訊《き》いていい？　僕のことが怖くないの？」

質問を聞いて、今度は生徒たちが戸惑っていた。

互いにアイコンタクトを取り、目だけで相談する。

エイミアはというと、羽ペンと色紙を取り落としていた。その代わりに、僕の両手を強く握る。

「そんなことはありません‼」

澄んだ声が、僕の胸を通り過ぎていく。

エイミアは言葉を続けた。

「確かにルーシェル様のお父様はとても悪いことをしました。それは許されざることです。でも、ルーシェル様自身は何も悪いことをしていません。それどころか、お父様が殺してしまった人以上の人を魔獣食で助けているじゃないですか？」

エイミアの目はまた涙で溢《あふ》れている。

「私の両親はスモルグ病で亡くなりました」

「……そう、なんだ」

「魔獣食というのを知った時は、もう手遅れで。それでも両親は最期《さいご》に魔獣食を食べた時、『楽になった』って感謝していました」

僕の手を握ったエイミアの手はとにかく熱かった。

亡くなったという両親の想《おも》いも、込められていたのかもしれない。

「ルーシェル様。これからも誰かを救い続けてください。私の尊敬するルーシェル・グラン・レティヴィアであってください。お願いです」

エイミアは力を込める。生徒たちもユリトリスも頷《うなず》く。

どうやらみんな同じ想いらしい。

「ありがとう、エイミア。そして、みなさん」

生徒たちの力を見ようと最初は思っていたけど、どうやら学ばせてもらったのは僕の方のようだ。

くぅ〜〜。

温かな空気が流れる中で、その調子外れなお腹の音が聞こえた。

さっきよりもエイミアの顔がみるみる赤くなっていく。

そういえば、この子たちって昼食を取らずに、僕の案内をしてくれていたんだっけ？

「折角だから、僕が料理を作るよ」

「え？　じゃ、じゃあ！　私も作ります」

「エイミアも？」

「ルーシェル様に食べてもらいたいんです」

「じゃあ、エイミアにも何か作ってもらおうかな？」

「はい！　是非！　負けませんからね！」

え？　負け？　これって、勝負なの？？


蜜柑《みかん》が入っていた木箱の上に登壇したのは、ユリトリスだった。

場所は校舎の中にある大食堂だ。そこには補講に参加していた生徒と、無事だった教官が椅子《いす》に座っている。エプロンを着用しているのは、僕とエイミアだ。

登壇したユリトリスは、こほんともったいつけた様子で咳払《せきばら》いをすると、口を開いた。

「ここに夏期休暇特別料理対決を行いたいと思います」

一斉に拍手が鳴り、指笛が響く。太鼓まで叩かれ、食堂はちょっとしたお祭り騒ぎになっていた。

突如始まったエイミアとの料理対決。みんなが笑顔の一方、よくわからず前に立たされている僕の顔は引きつっていた。頼りの相棒はというと、生徒の膝《ひざ》に乗って「がんばれよー」と尻尾を振ってエールを送っている。その唇からは涎が垂れていた。アルマのことだ。主の勝敗よりもおいしいご飯にありつける方が重要なのだろう。調子の良《い》い相棒もいたものである。

「あの～。ユリトリス、これは一体？」

「数年前から始まった生徒同士の料理対決です。初めは一部の生徒同士で行っていたのですが、こうして勝負の場を設けることによって、創意工夫が凝らされた素晴らしい料理が生まれることを知り、学校で奨励しているんですよ。殴り合いになるよりは健全ですからね」

「そ、そうなんだ……」

「まあ、二年間料理学校に寄り付きもしなかったルーシェル様が知らないのも当然かと思いますが……」

ユリトリスの顔は穏やかだったけど、瞳の奥の方では何か炎のようなものが揺らいで見えた。表情こそ優しげだけど、やっぱり僕が二年も遅れてやってきたことを怒っているらしい。

仕方ない。これも罰だと思って、頑張るか。

それにこういう趣向は嫌いじゃない。

「今回の食材は、先ほどエイミアとルーシェル様が狩ったビックリチキンとマッシュタートルに致しましょう」

なるほど。必須食材も決められているのか。きちんとルールがあるんだな。

これはなかなか面白そうだぞ。

「では、調理開始！」

僕とエイミアは早速、改めて用意されたビックリチキンとマッシュタートルのところへ向かう。

二つの食材の肝《きも》は、どの部位をどのように扱うかだろう。それによって、料理の方向性が違ってくる。僕が考えている横で、すでにエイミアは動いていた。まずはビックリチキンを解体していく。

どうやらエイミアはビックリチキンの胸肉を使うようだ。

使う部位はともかく、エイミアの手さばきは鮮やかの一言に尽きる。ユリトリスから聞いたけど、エイミアの実力は一年生ながら学内十傑に入るほどなのだという。ビックリチキンを仕留めた時の動きといい、今僕の前で見せている技術といい、料理をしている時の横顔といい、自信に満ち溢れているのが見てとれる。よっぽど料理が好きなのだろう。

「もうメニューは決まってるみたいだね」

「はい。たとえ尊敬している人でも手加減しませんからね」

エイミアは大きな胸肉と、マッシュタートルの傘を持って、調理場の方へと戻っていく。

彼女がどんな料理を作るのか。僕にはだいたいだけど想像が付いていた。

じゃあ、僕はこっちの部位を使って、みんなを驚かせようかな。

そう言って、僕はビックリチキンのある部分を切り取るのだった。

僕とエイミアの調理は終わった。

最初にテーブルに置かれたのは、エイミアの料理だ。

つるっとしたお椀《わん》の蓋を開けると、芳醇《ほうじゅん》な茸の香りが鼻腔《びこう》を衝く。

焼き目の入った胸肉と、食べやすく切られたマッシュタートルの傘。それが味噌《みそ》のスープに浸《つ》かり、白い湯気を吐いている。そしてビジュアルの最大のインパクトは、スープの真ん中にのった溶けかかった羊酪《バター》だ。

「ビックリチキンとマッシュタートルの味噌バター汁になります」

エイミアが静かに料理を紹介する。澄ましてはいるけど、身体から自信が漲《みなぎ》っていた。

そうなるのもわかる気がする。お椀の蓋を開けた瞬間のみんなの反応は上々だ。見た目からも香りからも、おいしそうな雰囲気が伝わってくる。事実、僕もおいしそうだと思ったし、アルマなんて涎を垂らしながら、目を輝かせていた。

「では、食べてみましょうか？　いただきます」

『いただきます！』

一斉に口にする。僕もアルマもお椀を持ち上げ、まずビックリチキンの胸肉を食べてみた。

うまぁい！　これはおいしい。

胸肉が軟らかい。口の中に入れた瞬間、絡《から》まった糸がほどけるように溶けていく。直後、波紋みたいに凝縮された旨《うま》みが広がっていった。表面を軽く炙《あぶ》った火加減も絶妙。かすかな香ばしさが良いアクセントになっていて、満足感もある。

マッシュタートルの傘もいい。

コリコリとした歯ごたえが口内で響く。表面のぬめりには旨みがたっぷりだ。舌をモップがけするようにツルツルと滑って、これでもかと独特の旨みを浸透させてくる。先ほどの戦いでは胞子を飛ばしてきた厄介な傘も、熱を入れることによって毒性がなくなり、こんなにもおいしく食べることができる。

さて、中の具材が大人しく上品なのに対して、スープはなかなかに野蛮な味だ。

使っているのは塩分が少なく、甘みがある味噌。それに塩けのある羊酪《バター》を追加したおかげで、胃にインパクトを与える味になっていた。具材との相性も悪くない。特に味噌と羊酪《バター》を吸ったマッシュタートルの味は、まさしく絶品だろう。マッシュタートル本来の凝縮された旨みに対して、暴力的なまでの味噌と羊酪《バター》のダブルコンボ。おいしくないわけがない！

『うんめぇえええええ！』

幸せそうに声をハモらせる。お腹を空かせた生徒たちには、たまらないはずだ。

こう言うと、力技のような料理に聞こえるかもしれないけど、ちゃんと料理として洗練されている部分もあった。

「エイミアさん……。このお出汁《だし》は何を使いましたか？」

質問したのは、ユリトリスだ。まさに僕も同じことを訊こうと思っていた。

「はい、校長先生。マッシュタートルの石突きに近い部分を使いました」

「どのように煮立てたのでしょうか？」

「たくさんの氷を入れた水を一気に加熱し、沸騰しないうちに火から離しました」

うん。正解だ。マッシュタートルの旨みの成分は特に石突きの近くに集中する。基本的にそこは固くて食べられないので、食用は傘の部分が適しているのだけど、出汁を取るならそっちの方があっている。

また氷水から一気に加熱したのも正しい。

マッシュタートルの旨みは温度が低い時によく出る。しかし低温で長時間煮込むと、今度は変なえぐみが出てしまうことがある。だから、氷と一緒に入れて、低い温度の状態から一気に煮立てる方が、澄んだ良い出汁ができるのだ。

暴力的と言ったけど、この上品な出汁のおかげで味に層が生まれ、奥深い味になっていた。

「はぁ～」

スープを飲んで、思わず声が出てしまう。

すると、アルマが僕の袖を引っ張った。むろん、アルマが食べていたお椀は空だ。

味噌滓《かす》まで飲み干してしまったらしい。

「ルーシェル、大丈夫？　結構うまいよ、この子の料理」

「なんだい？　アルマは僕に負けてほしいのかい？」

「君は甘いからね。後人に花を持たせるのも悪くないかな、とか考えてそうだなって思っただけさ」

「そういうのは、料理をする前に言ってほしいね。それにね、アルマ。僕は確かに第一線から退《しりぞ》いてはいるし、各地をぶらぶら歩いている風来坊だけど、料理人をやめた覚えはないよ」

アルマに向かって口角を上げると、いよいよ僕の番となった。

「それではルーシェル様。料理の方をお願いします」

「うん。じゃあ、みんな外に出てくれるかな。僕の料理は外にあるんだ」

僕はみんなを校舎外に誘導する。

生徒たちはみんな首を傾げていた。

「初代校長の料理、どんなんだろう？」

「そういえば、ルーシェル様って厨房《ちゅうぼう》にいたっけ？」

「確かに。外で料理していたということだろうか？」

興味が半分、疑念が半分といったところかな。

ふふふ……。みんな、ビックリするだろうな。

みんなを僕の即席厨房に案内する。そこにあったのは、粗末な石を積んだ竈《かまど》だった。

その上には格子が入った鉄板が置かれている。

「え？　これって？」

「もしかして……」

「ま、マジ？」

やっぱりみんなが戸惑っている。そういう反応になると思ってはいたよ。

生徒たちを横目で見ながら、僕は持ってきた具材を取り出す。

先ほどの鉄板の上に、具材を丁寧に並べていった。

「今から調理するからちょっと待っててね」

「ちょ、ちょっと待ってください。調理って……。ルーシェル様、まさか」

火を点《つ》け、熱が伝わっていく鉄板を横に見ながら、僕はビックリチキンやマッシュタートルの傘などの具材を串に刺していく。その様子を見て、エイミアも驚きを通り越して、パニックを起こしていた。

そんな後輩に、僕は笑顔で答える。

「そうだよ、エイミア。……今からバーベキューをするんだ」

『ば、ば、ババババーベキューぅぅぅううう!!』

一斉に声が上がる。

「折角の大人数だしね。バーベキューも悪くないかなって」

「ちょっ！　ルーシェル様！　私は真剣に──────」

僕が相手とはいえ、エイミアにとっては真剣勝負の場だ。

それがバーベキューと聞いて、さすがに憤《いきどお》らずにはいられなかったのだろう。

そんなエイミアを止めたのは、ユリトリスだった。

「お待ちなさい、エイミア。ルーシェル様には何かお考えがあるのでしょう」

「考えって……」

「あの方の料理は、いつも想像を超えてくるんですよ」

ユリトリスの視線を感じた。チラリと見ると、笑っている。なんだか嬉しそうだ。

僕は具材を刺した串を何度もひっくり返しながら、丁寧に焼き上げていく。よく火が通ったら、最後に醬油《しょうゆ》ダレを刷毛《はけ》で塗って、僕の料理は完成した。

「はい。ビックリチキンとマッシュタートルの串焼きのできあがりだよ」

名前はそのまんま。捻《ひね》りもない。

生徒たちは疑いの眼差《まなざ》しだ。うん。そりゃそうだよね。

エイミアの料理に比べたら、作り方もシンプルだし、上品な感じもない。

こう言ったらあれだけど、誰でも作れそう──いや、実際その通りだった。

でも、一人だけ違う。ボトボトと涎を垂らしていたのは、アルマだ。

「うひょー！　この香り！　忘れてたよ。そういえば、昔よく食べてたっけ」

アルマは早速、僕から具材の刺さった串を奪って、ガツガツと食べ始める。

大きく頬を膨らませて食べるクアールの姿は、実に幸せそうだ。

アルマの見事な食べっぷりに触発され、生徒たちは一本、また一本と僕から串を受け取っていく。

半信半疑のまま串焼きに噛みついた。

『うううううめぇぇぇぇぇぇぇぇぇぇぇぇぇぇ!!』

その絶叫は、狼《おおかみ》の咆哮を思わせた。

エイミアも信じられないという顔で、舌鼓《したつづみ》を打っている。

「おいしい……！　何？　この不思議なコリコリとした食感……。軟骨？　それにしても、すっごく脂が乗ってる。旨みもあって、軟骨みたいな食感をしたお肉を食べてるみたい」

それに同調したのは、ユリトリスだ。

コリコリ、という音を周囲に聞かせるようにビックリチキンの肉を頬張っている。

その顔は恍惚として、実に幸せそうだった。

「この音……。特にこのコリッとした音がたまりませんね。口の中で響き合って、頭にまで伝わっていく。まるで脳髄にお肉の旨みが染み込んでいくようですね」

こちらも満足そうだ。良かった。みんな、気に入ってくれたらしい。

アルマなんて紙風船みたいにお腹を大きくしながら、おかわりを要求していた。

そうなると、みんなが気になるのは、僕が使った部位だろう。

「これはビックリチキンののど仏の肉だよ」

『のど仏？？？？？』

みんなの目が瓶底《びんぞこ》みたいに丸くなる。

その表情がおかしくて、つい笑ってしまうと、僕は解説を続けた。

「ビックリチキンが一番器官として発達させたのが、こののど仏さ」

巨体もさることながら、ビックリチキンは名前の通り、人や獲物を声で驚かせる習性がある。その声にわかっていても驚かされることから、命名された。当然と言えば当然だけど、身体の中でもっとも特異に発達したのが、のど仏だ。

他の魔獣と比べても、大きく、かつ繊細でしなやか。一流職人が作る楽器に等しい価値を持つ。

事実、その素材を使って、楽器を作る人を僕は知っている。

ビックリチキンを知っていても、意外とこの部位のことを知る人は少ない。珍味中の珍味なのだ。

「おおおおおおお!!」

突然、男子生徒の一人が叫んだ。

何が起こったかわからず、視線がその生徒に向くと、男子生徒は泣いていた。

うめぇ、うめぇ、と囓《かじ》っていたのは、マッシュタートルだ。

バーベキューらしい焼き目の入ったマッシュタートルの傘。エイミアが作った味噌バター汁と比べれば、インパクトは薄い。でも、男子生徒の食べっぷりは、みんなの興味をそそった。

次々と口に入れる。

『うめぇぇぇえええええええ!!』

再び絶叫だ。

男子生徒に次いで、みんなで夢中に頬張り始める。

もはや男性も女性も、人間か魔獣かも関係ない。まるで蟹《かに》を食べてる時みたいに、静かになってしまった。聞こえるのは、咀嚼《そしゃく》音だけだ。

そんな中、初めてエイミアが口にした。

「何これ……。焼いたのに瑞々《みずみず》しく、煮た時のような食感も感じる。でも、旨みが全然違う。それに風味も……。口の中に燻製《くんせい》を食べた時のような強烈な風味がふわっと広がってくる。それに旨みが潮のように引いていくと、今度は独特なコクのようなものすら感じるわ。すごい！　もはや食べ物じゃないみたい。芸術……。もはや芸術だわ。だって後味が、一枚の絵画を見たかのように清々《すがすが》しいんですもの！」

「この醤油ダレもいいですね。決して素材の味を邪魔せず、上品に食材を優しくヴェールのように包んでいる」

「でも、この勝負の前にマッシュタートルのことは調べたんですけど、確か火に弱くて、特に直火《じかび》は厳禁と……。妙なえぐみが出るからと書かれていました。いくら鉄板を通しているとはいえ、どうしてこんなにおいしいんですか？」

「良いところに気づいたね。でも、エイミアにはわかるはずだよ。君はちゃんとできていたしね」

味噌バター汁の時に、エイミアは氷水を入れた鍋で一気に煮立てたと言っていた。

それと似たようなことを、僕はしただけなのだ。

「確かに低温でじっくりと焼いていたような気がしますけど、時間が経てば変なえぐみが……」

「うん。だから、あらかじめマッシュタートルの傘を凍らせておいたんだ。熱が伝わるのを遅らせることによって、えぐみを回避したんだよ。エイミアが氷水からマッシュタートルの石突きを煮立てたようにね」

「具材を凍らせて……！」

その発想はなかった、とばかりにエイミアはショックを隠しきれない。

実は、もっとおいしくする方法はあるのだけど、エイミアが持つ技量を超えたことはあまりしたくなかった。一応これでも僕は多くの弟子を持つ、見た目は子どもだけど教育者でもあるからね。

概《おおむ》ね僕とエイミアの料理を食べ終わると、ユリトリスが手を叩いて注目を促《うなが》した。

「忘れているかもしれませんが、これは正式な料理勝負です。勝敗はきちんと決めますよ」

「待ってください、校長。私の負けです」

「いいのですか、エイミアさん」

「戦った私が一番わかってます。ルーシェル様は私の技量に合わせて戦っていました。本当ならもっともっとおいしく作れる方法があったにもかかわらずです」

バレてたか。バーベキューは露骨すぎたかな？

どうやらユリトリスもわかっていたようだ。僕を責めるように視線を向ける。

でも、負けたエイミアの顔は敗者のそれではなかった。

僕より大きな手をギュッと握り、満足そうに微笑む。

「ありがとうございます、ルーシェル様。……ルーシェル様のこと益々《ますます》好きになりました」

年甲斐《としがい》もなく、と言うのもおかしいかもだけど、エイミアの表情を見て、ちょっとドキリとしてしまった。そして、どこか懐かしさを感じた。

昔、僕の前で切磋琢磨《せっさたくま》していた弟子や仲間たちの顔を思い出したからだ。

きっとエイミアはこれからも伸びる。もしかして、次代の魔獣食を引っ張る存在になるかもしれない。その笑顔を見て、僕は確信めいたものを感じた。

「それでは、エイミアさんとルーシェル様の料理勝負は、ルーシェル様の勝利とします」

ユリトリスが勝敗を伝えると、エイミアが僕の手首を持って勝者を讃《たた》える。

校舎の隅で、温かな拍手が鳴り響いた。

生徒に講義したり、昔倒した魔獣のことを話したりしていたら、すっかり夕方になっていた。

ユリトリスたちは校舎にある宿泊施設に泊まることを勧めてくれたけど、実は明日も予定があって今日の夜までにレティヴィア家に戻らなければならないのだ。馬なら一日かかるけど、僕とアルマなら問題ないと思う。

エイミアたちは校庭の真ん中で、早くも花火で遊んでいた。

同級生たちは歓声を上げながら、楽しんでいる。

僕はユリトリスとともに、その光景を見ながらぽつりと呟《つぶや》いた。

「いい生徒たちじゃないか」

「何を他人事《ひとごと》みたいに……。あなたが育てたんですよ、初代校長」

「そんなことはないよ。……でも彼らを見ていると、昔の僕たちを思い出す」

「お父様のこともですか？」

「全部さ。僕を守ってくれた仲間たち全部……。リーリス、ロラン皇子、そしてユラン」

「確か……。ユラン様は――――」

ユリトリスは顔を顰《しか》めたが、僕は努めて笑顔で言った。

「心配しなくても、ユランは元気だよ。相変わらずブツブツと文句ばかり言ってるけどね」

僕はユリトリスとエイミア、生徒に別れを告げ、空へと飛び立つ。

こうして僕は『ルーシェル魔獣専門料理学校』を後にしたのだった。

第1章 百三年ぶりの屋敷《やしき》生活……。

kousyakuke
no
ryouriban
sama

百年以上住んでいた山が遠ざかっていく。

初めて山に来たのは、今から百三年前。【剣聖《けんせい》】ヤールム・ハウ・トリスタンに見捨てられた僕は、魔獣が跋扈《ばっこ》する山に捨てられてしまった。それからリスティーナ義母様《かあさま》から受けた呪いに苦しめられつつ、山で生きる術を磨《みが》いていった。

毎日が生きるか死ぬかの中で、良《い》い思い出もある。

一つ目は魔獣でありながら、僕の相棒になったクアールの幼獣アルマとの出会い。

二つ目は魔獣を食べられることを知ったこと。

最後に三つ目は、新しい家族に出会えたことだ。

僕は今、馬車に乗って、レティヴィア公爵家へと向かっていた。

山が地平線に没するのを馬車の窓から、目に焼き付けていた僕は、ため息とも、諦めとも取れるような息を吐く。その僕の手を取ったのは、横に座ったクラヴィスさんだった。

「名残惜《なごりお》しいかね」

「嫌な記憶もありますけど……。あの山には色々な思い出がありますから」

「子どもにとって、あの山はとても過酷な場所だ。だが、一概にも辛《つら》い思い出ばかりじゃなかったことは、君の顔を見ればわかるよ。……なに。あの山が消滅するわけではない。帰りたくなったら、いつでも言いなさい。あそこは君の第二の実家みたいなものなのだから」

「……はい。ありがとうございます」

「できれば、その時は私も付いていきたいものだな。リーリスから聞いたのだが、魔草の畑があるとか。興味深い。私も是非見学したいものだ」

クラヴィスさんは魔獣を研究していると聞いたけど、魔草にも興味があるのだろうか。

あ――。そうか。リーリスのお母さんが、原因不明の病気なんだっけ。リーリスのお母さんということは、クラヴィスさんの奥さんということになる。気になるのは当たり前か。

「すみません。火の精霊にほとんど焼かれてしまって……」

「ん？　そうなのか。それは少し残念だな」

「本当にすみません」

「あははは……。そんな深刻そうな顔をしないでくれ。君の魔草が目当てで、レティヴィア家に招いたわけではない。畑がなくなっても、君が住んでいた場所の興味が薄れたわけではないからね」

そう言って、クラヴィスさんは僕の頭を撫《な》でた。ヤールム父様と同じぐらい大きな手だけど柔《やわ》らかく、優しい感情がそのまま伝わってくる。これがヤールム父様と違う父親の手なんだ。

常に張り詰めていた野生の空気とは違う。馬車の中の空気は、まるで温かいお風呂に浸《つ》かっているかのように心地よかった。そこにカリムさんやリーリスも話に加わる。他愛のない会話だったけど、どこか〝家族〟という感じがした。

それでも、僕にはまだ気になることがあった。

盛り上がるクラヴィスさんたちを余所《よそ》に、僕はもう見えなくなった山の方を振り返る。

『ルーシェル……。気になるの、あいつのこと？』

僕の膝《ひざ》の上で丸くなっていたアルマが【精神感応《テレパシー》】で話しかけてくる。

寝ていると思っていたら、起きていたらしい。僕の相棒だけあって、心の機微に敏感だ。

『何も言わず、出てきちゃったからね』

『仕方ないよ。向こうは話を聞いちゃくれないんだから』

『そう……なんだけど』

『そこのエルフも言ってたけどさ。別に山がなくなるわけじゃない。気になるなら、帰ればいいんだよ。でもボクが思うに、今はこの家族を最優先にするべきじゃないのかな？　前みたいなことにはならないようにするためにもさ』

『………』

『なんだよ？』

『いや……。アルマってたまにいいことを言うよね』

『………たまには余計だよ』

また丸くなると、アルマは目を瞑《つむ》った。

尻尾《しっぽ》の先が軽く揺れている。照れているのだ、僕の相棒は。

アルマの言う通りだ。今、僕にとって大事《だいじ》なのは、この目の前の家族だ。

僕を『救う』と言ってくれたクラヴィスさん。

友達になったリーリス。

その兄カリムさん。

さらにまだ見ぬリーリスのお母さんで、クラヴィスさんの奥さん。

レティヴィア家って、どんなところだろうか。

不安もあるけど、僕は少しワクワクもしていた。

胸を弾ませながら、まだ見ぬレティヴィア家の屋敷に思いを馳せていると、クラヴィスさんは少し改まった雰囲気で話し始める。それは僕が山に籠もっている間、人類に降りかかった厄災の話だった。

『大厄災』

約七十年前に引き起こされた人類と魔族の戦い。

八割の都市が壊滅し、五つの国しか残らなかった人類史上稀《まれ》に見る悲しい惨劇。

だが僕はこの時、まだ知らなかった。

『大厄災』の引き金を引いたのが、僕の実父ヤールム・ハウ・トリスタンであったことを……。

僕がそれを知るのは、少し後のことだった。

◆◇◆◇◆

僕とアルマ、さらにレティヴィア家の家族を乗せた馬車はゆっくりと進んだ。

途中宿で一泊し、屋敷に到着したのは昼頃だ。

緑色の大自然の中に、そのお屋敷は突然現れた。

「わぁ〜〜」

「おぉ〜〜」

僕とアルマは思わず車窓にへばりつきながら、声を上げる。

まるで空を映し取ったような青い屋根。壁面は白く眩《まぶ》しく、所々鳥や獅子《しし》などの彫刻が施されていた。三階建ての頑丈そうな建物。両脇には六角柱の塔が立ち、それ自体が綺麗《きれい》なシンメトリーになっている。

トリスタン家も大きな屋敷だったけど、レティヴィア家も負けないぐらい大きい。

何より気に入ったのは、森の真ん中にあることだろう。人の手が入っていて、山の雰囲気とは違うけど、少しだけ心が落ち着くような気がした。

馬車が入口に止まる。早速、中に入るかと思ったけど、二人のメイドさんが僕を待ち構えていた。

「あれ？　リチルさんと、ミルディさん？？」

よく見ると、それはレティヴィア騎士団の一員であるリチルさんとミルディさんだった。

ただ二人とも武装していない。黒のワンピースに、真っ白なエプロン。頭にはフリルのついたカチューシャを被《かぶ》っている。

これはレティヴィア家では普通のメイド服なのだろうか。

よく見ると、エプロンにもフリルがついているし……。

誰の趣味？　もしかしてクラヴィスさんだったりするのかな？

さすがにエプロンにフリルはまずいんじゃ。

「二人ともいつの間に……」

「先に屋敷に戻って、待ってたのよ」

「そう……。先回りしていたのさ」

どうして、そこでドヤ顔なの、ミルディさん？

このノリ……。たぶん、このメイド服はミルディさんの提案だろう。本当ならリチルさんがこういう時にたしなめるものなんだけど、随分とご機嫌だ。もしかしてリチルさんも好きなのかな、こういう恰好《かっこう》。

クラヴィスさんはどう思ってるのだろう。

ちらっと見ると、クラヴィスさんは顎を撫でて真剣な表情で言った。

「悪くない……」

クラヴィスさんも気に入ってた！

なるほど。この屋敷にはこんな恰好をしていても、誰も止める人がいないのか。

随分と自由だな。でも、それが屋敷の雰囲気にも如実に出てる気がする。

僕がいたトリスタン家とは違う。馬車の中で談笑していた時にも感じたけど、クラヴィスさんたちからはどこか自由な空気を感じた。

「後は任せたぞ、リチル、ミルディ」

「お任せください、当主様」

「任せてください！　力の限り頑張ります」

「じゃあ、ルーシェルくん、アルマくん、また後で」

クラヴィスさんとカリムさんは、屋敷の中に入っていく。

その横でリチルさんが頭を下げ、ミルディさんが「承知！」とばかりに力こぶを見せていた。

二人は僕の方に迫る。その目は妖しく光っていた。

「さて、ルーシェルくん」

「行こうか、アルマちゃん」

僕はミルディさんに、アルマはリチルさんにガッシリと腕あるいは足を摑《つか》まれる。

ちょちょちょちょ、ちょっと！　これは何？？　何が始まるの？

横を見ると、リーリスが残っていた。

「リーリス？　これは一体なに？」

「心配しなくても大丈夫ですよ、ルーシェル。これからお風呂に入ってもらうだけですから」

「へ――――？」

お風呂？？？？

着ていたものを、ミルディさんとリチルさんに鼻唄交じりに脱がされて、僕とアルマが訪れたのは白い湯煙が立ち上る湯殿だった。全面が木の壁に覆われ、いい香りがする。すでに湯殿内は暖かく、裸でも気持ちがいいほどだった。

その真ん中に置かれていたのは、人が十人ぐらい入れそうな木の桶《おけ》だ。

お湯で満たされ、白い湯気を吐いている。

「これ……。もしかしてエルフ風呂《ぶろ》かな？」

お風呂は僕がトリスタン家に住んでいた頃から、貴族の屋敷や街の公衆浴場などで親しまれてきた。

一般的に石を積んで作るのだけど、今目の前にある木の湯船は、エルフ風呂と言って、エルフがよく沐浴《もくよく》に用いるものだ。元々エルフは森の中を縄張りとしてきた。木が豊富にあり、木工細工を得意としたこともあって、お風呂もこうした木の桶を用いたのだろう。

それにエルフは他の種族と比べても、疫病《えきびょう》に弱い。とても衛生に気を使う種族なのだ。

レティヴィア家はピュアエルフの家系。

僕が真っ先にお風呂に入れられたのも、疫病対策のためだ。

「なんだよ、それ。ボクたちは病《やまい》を運ぶ悪魔ってわけ？」

「百年も山に住んでいたからね。仕方ないんじゃないかな？」

アルマはプンプンと怒ると、僕は苦笑いを浮かべる。

確かに百年住んでいたけど、僕とアルマも魔獣食によって強い聖属性を帯びている。

常に清められている状態だから、疫病を運ぶような病原菌は身体《からだ》にも纏《まと》っていた服にも付いていていないはずだ。

「でも、折角のエルフ風呂だ。木の香りもいいし。入ろう、アルマ」

「熱いお風呂は苦手なんだよなあ」

とか言いながら、五分後……。

一番お風呂に馴染《なじ》んでいたのは、アルマだった。

湯船の縁《ふち》に顎を置いて、目を細めて熱い湯に浸かっている。実に気持ち良さそうだ。

もちろん、僕も堪能《たんのう》していた。身体が柔らかくなっていく感じがする。ちょっと緊張していたのかもしれない。初めて来たお屋敷だからね。これぱっかりはいくら魔獣食の恩恵を受けていても、どうしようもなかった。

しばらく僕と相棒は無言でお風呂に浸かっていた。

言葉などいらない気持ち良さだ。

すると、湯殿の入口が騒がしい。足音が聞こえると、直後横戸が勢いよく開いた。

「は～い。ルーシェルくん。楽しんでるかなあ？」

ミルディさんだ。目を丸めた僕の方を見て口角を上げている。

その後ろには手ぬぐいを持ったリチルさんが立っていた。眼鏡が白く曇《くも》っている。それは湯煙のせいか、本人が興奮しているのかわからない。ともかく何故《なぜ》か嬉《うれ》しそうだった。

二人は無遠慮に湯殿の中に入ってくる。まだ男の僕がいるのにだ。

「大丈夫！　大丈夫！　若人《わこうど》の未成熟な身体を取って食おうなんて思ってないから。ただしリチルは知らないけど」

「ルーシェルくんに誤解させるようなことを言わないの、ミルディ」

ミルディさんが自分の唇を舐《な》めれば、リチルさんも眼鏡を曇らせたまま大声を上げる。

さっき無警告で僕の服を脱がした二人組である。今度は何をされるかわかったもんじゃない。

僕は湯船に深く浸かり、近づいてくる二人から身体を隠した。

「ぐふふふ……。隠しても無駄よ、ルーシェルくん」

「ぬふふふ……。覚悟してね、アルマちゃん」

「え？　ボクもなの」

逃げ場はなく、ついに二人の魔手が僕の方に伸びてきた。

僕とアルマは二人抱き合いながら、震える。

もの悲しい悲鳴が、湯船に響くのだった。


「うわ～。ルーシェルくんの肌。こうして見ると、綺麗ね。……リチルと違って」

「あんたに言われたくないわよ、ミルディ。わたしたち歳《とし》はそう変わらないでしょ！」

「でも、不思議ねぇ、ルーシェルくんの身体。……筋肉がついているかと思えば、普通の子どもと
そう変わらないし」

「アルマちゃん、これぐらいでどう？」

「お～。そこそこ……」

アルマは泡だらけになりながら、目を細めて気持ち良さそうにしていた。

モフモフの毛を丁寧に洗っているのは、リチルさんだ。

僕の相棒を隅から隅まで洗ってくれている。アルマも気に入ったらしく、身を委《ゆだ》ねていた。

かくいう僕もミルディさんに背中を洗ってもらっている。

「背中を流すなら、先にそう言ってよ」

「むふふ……。ごめんねぇ。でも、ルーシェルくんをからかうの面白くって。それにあたしたちに嘘《うそ》を吐《つ》いた罰だよ」

「ミルディさん、それは――――」

次の瞬間、僕は頭からお湯を被る。

「だから、これでぜ～～～～んぶチャラね」

「ミルディの言う通りよ。辛いなら辛いと言ってね。クラヴィス様だけじゃなくて、わたしたちもルーシェルくんの親代わりだと思ってるんだから」

二人は真剣な眼差《まなざ》しで宣言した。

僕は間違っていたかもしれない。こんなにいい人たちを騙《だま》していたのだから。

「ミルディさん。リチルさん。…………ありがとうございます」

僕はビショビショの髪を掻《か》き上《あ》げながら、ミルディさんたちに感謝する。

良かった。濡《ぬ》れてなければ、二人に情けない姿を見られるところだったよ。

「それはそうと……。背中は洗ったし、今度はルーシェルくんの前の方を洗っちゃおうかなあ、げへへへへ」

不気味な笑い声を上げながら、ミルディさんはワキワキと手を動かす。

完全に獲物を狙う時の狐《きつね》の顔だった。

「馬鹿！　やりすぎよ、ミルディ」

ミルディさんの頭にツッコミを入れたのは、リチルさんだ。

相当な衝撃だったのだろう。ミルディさんは湯殿の床に頭をぶつけて気絶する。若干殺人現場みたいになっていた。その尻尾を摑み、リチルさんはミルディさんを引きずっていく。

「ごゆっくり」

何事もなかったかのように、湯殿の横戸を閉める。

お風呂に浸かって温まったはずの身体が、すっかり冷め切っていた。

そんなちょっとした事件が起こりつつ、僕とアルマは湯殿を出る。

更衣室には、僕のサイズにピッタリと合った服が用意されていた。真っ白なシャツに、上には通気性のいいサマーベスト。下はハーフパンツだ。公爵家だからもっとゴテゴテした服を着るのかと思っていたけど、この恰好はかなり動きやすい。生地《きじ》もしっかりしていて、剣を振るっても動きに問題はなさそうだ。

更衣室から出てくると、ミルディさんとリチルさんに部屋に案内される。

そこが僕の自室だと聞いた時は驚いたけど、入ってみてさらに腰が抜けそうになった。

「広い！」

一際《ひときわ》目を引く天蓋付きのベッドに、大きな学習机。本も一揃《ひとそろ》いあって、ガラス棚の中にきちんと収まっていた。何より三階にある部屋は眺《なが》めも最高だ。さすがに住んでいた山は見えないけど、屋敷の周りに広がる森を一望することができる。

「おお！　すげー！　ふわふわだ」

アルマが声を上げて喜んだのは、自分専用の籠があったからだ。

滑らかな天鵞絨《ビロード》をお気に召した相棒は早速横になると、うたた寝を始めてしまった。

いつも通りに見えて、さしもの皮肉屋も疲れていたのだろう。

ミルディさんたちに部屋を説明してもらった僕は、さらに驚くべきことを耳にする。

「え？　ミルディさんとリチルさんが、僕の側付《そばづ》き？」

「慣れない屋敷の生活をサポートするようにと、当主様から」

リチルさんが理由を説明する。

「でも、二人とも騎士団の活動があるんじゃ。訓練だって大変でしょ？」

「心配ご無用。だからこその二人体制よ。交代制で、側付きをすることになってるの。まあ、しばらくは二人で付くけどね」

「僕のために？」

「わたしはともかく、ミルディが慣れていないのよ。何をしでかすかわからないし」

「確かに……」

「ちょっと！　ルーシェルくんまで。そういう反応はあんまりじゃな～い」

ミルディさんが半泣きになっているのを見て、僕とリチルさんは微笑《ほほえ》んだ。

するとちょうど部屋の中の時計が鳴る。気が付けば、窓の外は薄暗くなっていた。

「そろそろ食事の時間ね」

「食事？」

ピンと耳を立てて、さっきまで眠っていたアルマが起き上がる。

どんなに疲れていても、食事のこととなると別らしい。

「そういえば、アルマちゃんって……」

「ボクはなんでも食べるよ。好きなのはドラゴンステーキ」

ニカッと口を開けると、アルマは小さな牙を光らせた。


食堂に向かう道すがら、クラヴィスさんと鉢合わせる。

小綺麗《こぎれい》になった僕を見て、目を細めた。

「おお。よく似合っておるぞ」

クラヴィスさんに頭を撫でられる。

ちょっとくすぐったくて、僕はお礼を言いながら思わず笑ってしまった。

「ところで、リーリスを見なかったか？」

「お嬢様ですか？」

「部屋にはいなかったのだが……」

リーリスが行方《ゆくえ》不明？　ちょっと心配だな。

僕はスキルを使う。

スキル【追跡眼《ナビゲーション》】

僕の目に屋敷の地図が浮かぶ。その地図に向かって、僕は質問した。

「リーリスの位置を教えて」

矢印が浮かび上がり、屋敷の廊下に沿って動き回る。矢印は階下へと向かっていった。

どうやらリーリスは屋敷の地下にいるようだ。なんでこんなところにいるんだろう。

僕はスキルの結果を伝えた。

「ほへ～。そんなスキルまで持ってるの？　ルーシェルくん相手に、かくれんぼはできないわね」

「地下ってことは、おそらく薬草室ね」

「薬草室？」

僕とアルマは首を傾《かし》げると、クラヴィスさんは顎髭《あごひげ》を撫でた。

「ちょうどいい。ルーシェルくん、リーリスを呼んできてくれないか？」

「いいですけど。僕でいいんですか？」

「ちょっと今、私とリーリスはごたついていてね。……ああ、でも心配しないでくれ。よくある親子喧嘩《げんか》だよ。私はあまり気にしていないのだが、リーリスはね」

そう言えば、リーリスはクラヴィスさんと喧嘩《けんか》して出てきてしまったことを後悔してたっけ。

まだ仲直りしていなかったのか。僕のこともあったから、たぶん言い出すタイミングがなかったのかもしれないけど。

「わかりました。僕で良ければ……」

クラヴィスさんにお願いされて、僕は屋敷の地下へと向かう。

地下には水が通っていた。下水じゃない。とても綺麗な水だ。小さな水路に沿って歩くと、扉があった。リーリスには悪いけど、掛かっていた鍵を魔法で解錠させてもらう。

薬草室ということだけど、食事の時になっても出てこないのは、事故の可能性が高い。

しかし、入ってみるとびっくりだ。

部屋にはたくさんの薬草や魔草が、鉢植えで育てられていた。ざっと百種類はあるだろうか。壁には気温を一定に保つと言われる調温石が使われ、水耕栽培用の小さな設備まで完備されている。

まるで研究所みたいな本格的な薬草室だった。

その部屋の隅にいたのが、リーリスだ。真剣な様子で、アジサイイノリという薬草をスケッチしている。

気管支を拡張させる作用のある薬草で、育てるのは結構難しい。でも小さな蕾《つぼみ》がポツポツとできている。もうすぐ花が咲くだろう。その蜜が先ほど説明した効果をもたらすのだ。

僕が入っていっても、リーリスはまったく気づかない。

よほど集中しているのだろう。その横顔は凜々《りり》しく、ちょっとドギマギしてしまう。

「リーリス……」

「キャッ！」

リーリスは持っていた小さな画板とペンを取り落とす。

やっと僕のことに気づくと、目を丸くした。

「ルーシェル。いつからいたんですか？」

「さっきだよ。ごめんね、驚かせてしまって」

「いいえ。気づかなかったわたくしも悪いですから」

綺麗な金髪を掻き上げつつ、リーリスは落とした画板を持ち上げる。

ちらっと見えたけど、リーリスは絵もうまいようだ。かなり薬草の特徴を捉《とら》えている。

「それにしても、すごいね。全部リーリスが育てたの？」

「はい。二年ぐらい前から。家臣に詳しい人がいて、教えてもらいながらですけど」

「それでもすごいよ」

「ルーシェルの畑だってすごいですよ」

いいや、大したものだ。僕は百年かけて、魔草畑を作り上げた。

でも、リーリスは二年だ。たったそれだけで、こんなに立派な薬草室を作り上げてしまった。

僕でも二年でこのレベルに到達するのは難しい。よっぽど頑張ったのだろう。

「見せてもらってもいいかな」

「ええ。師匠に見てもらうのは、緊張しますけど」

師匠――――って、あの山での設定がまだ生きてるんだ。

三つ指をついて頭を下げた時は、どうしようかと思ったけど。

僕はリーリスと一緒に薬草や魔草を見て回る。かなりの種類があるけど、そのほとんどが先ほどのアジサイイノリのような病気に有効なものばかりだ。

「あっ！　雨露草が芽吹いてる。綺麗な水でしか育たない魔草なのに」

「屋敷で使っている水は、地下の深いところから汲《く》んでいる井戸水なんです。とっても綺麗でおいしいんですよ」

「なら、ご飯もおいしいだろうね」

あ……。そういえばリーリスを呼びに来たんだっけ？

薬草や魔草がいっぱいあったから、思わず長居をしてしまった。

残してきたアルマが怒ってるだろうな。早く食べさせろーって。

僕はリーリスに忠告しようとした時、ふとある魔草が視界に入った。

植木鉢には『ランプユリ』と書かれていて、確かに百合《ゆり》の葉に似た魔草が大きな蕾をつけている。

「でも、これって確か……」

「ルーシェル、どうしました？　急に黙り込んで」

どうやらリーリスは気づいてないみたいだ。

もうすぐ咲きそうだし。今は黙っておいて、後でびっくりさせようか。

僕は小さく笑うと、リーリスと一緒に食堂へと向かった。

「おそいよ、ルーシェル！」

ほら、やっぱりお冠《かんむり》だ。相棒のアルマはチンチンと音を立てて、ナイフとフォークでお皿を叩《たた》いていた。

やめなさい。ここは山の中じゃないんだから。

僕とリーリスは揃って、椅子《いす》に腰掛けた。椅子を引いてくれたのは、リチルさんだ。

テーブルの上にはまだ料理がのっていない。でも、すでに廊下の方から七面鳥の香ばしい香りが漂ってきている。今日は、僕が来て初めての夕食だ。クラヴィスさんは盛大に僕のことを祝ってくれるらしい。

「改めて今日からこのクラヴィス家の新しい家族となったルーシェルくんと、アルマくんだ。みんな、よろしく頼む」

クラヴィスさんが僕を紹介すると、拍手が鳴った。

僕は頭を下げる。これまで夢のような出来事に思えたけど、こうして改めて紹介されることによって、ようやくクラヴィス家の一員になったような気がした。

「父上、ゆくゆくはルーシェルくんを養子にするのでしょう？」

尋ねたのは、カリムさんだった。

リーリスと同じ金髪に、それとはまた違う穏やかな青緑色の瞳。いつも落ち着いていて、僕が視線を送ると優しげな表情を返してくれる。こんなお兄さんがいたらいいな、と思うのだけど、僕はまだクラヴィス家の養子になったわけではない。

「考えてはいる。ただ公爵家の養子となることは、跡取りになるという可能性もある。一度、帝《てい》宮《きゅう》に報告し、お伺《うかが》いを立てねばならぬだろう」

難しいことを言ってるけど、ようはクラヴィスさんの上の人――つまり皇帝陛下にお許しをもらわなければならないということだ。今は違うかもしれないけど、公爵ともなれば子どもが皇帝に嫁《とつ》いだり、婿養子《むこようし》になったりする可能性もあり得る。

たとえ養子でも、公爵家の紋章を背負う限りは、周囲の同意が必要になるということだと思う。

つまり、今レティヴィア家にいる僕は、養子でもなければお客様というわけでもない。

ちょっと微妙な立場だったりする。

「それに一番の問題は、ルーシェルくんの心の問題だ」

「僕の……心…………？」

「今すぐというわけではない。でも、少し考えておいてほしい。いいかな、ルーシェルくん」

公爵家にお世話になるのと、公爵家の養子になるとでは、意味合いがまるで違う。

クラヴィスさんが言ったように、跡取りになる可能性が出てくるからだ。

それに僕が養子になることは、リーリスとは兄妹《きょうだい》ということになる。

これはリーリスとも相談しなければならないことだと思う。

「わかりました。まず心に留《とど》めておきます」

「うん。今はそれでいい。さて、宴《うたげ》を始める前に、もう一つ皆に知らせることがある」

そう言うと、クラヴィスさんはリーリスの方を見て笑った。

「我が妻ソフィーニが療養所から帰ってくることが決まったぞ」

リーリスは椅子を蹴って立ち上がる。

「お母様が帰ってくる？」

「ああ。お医者さんの許可も取れた」

「では、病気は？」

「うむ。完治したと聞いた。すでに手紙でルーシェルくんのことも知らせてある。早く会いたいと言っておったよ。それにお前にもな、リーリス」

リーリスの青い瞳にじわりと涙が浮かぶ。

「良かったね、リーリス」

「はい……」

涙を拭《ふ》きながら、リーリスはとても嬉しそうだった。

◆◇◆◇◆

レティヴィア家に来て初めての晩餐会《ばんさん》は楽しかった。

屋敷の料理人が作る料理はおいしかったし、何より興味深かった。百年生きていても、どうやってこんな味が出せたのかわからないものはあったし、料理人自身の技術も見事だった。

僕は人より長生きしているけど、料理というものは人族やその他の種族が生まれた頃からあったものだ。それこそ百年という月日が一瞬に思えるぐらいの長い歴史がある。多くの料理人が技術を受け継ぎ、さらに研鑽《けんさん》してきたことによって今の料理があるんだ。

料理の底知れぬ奥深さを感じた晩餐会だった。

それに、終始リーリスが嬉しそうなのが良かった。これまで笑顔を見せることがあっても、ほんの少し陰を感じることがあった。でも、今日のリーリスは違う。常にニコニコしている。完治は難しいと言われていたリーリスのお母さんが奇跡的に回復し、療養所から戻ってくるからだ。

僕としてはこれをきっかけにして、リーリスとクラヴィスさんとの仲が良くなることを願っていた。僕から見て、二人とも素敵な親子だ。喧嘩しているなんてもったいない。

でも、今のリーリスにとっては、お母さんと再会することが重要のようだ。

次の日、僕はリーリスから相談を持ちかけられた。

「お母さんに退院祝いのプレゼントをしたい？」

「何がいいと思いますか？　ずっと考えているんですけど、いいアイディアが思い付かなくて」

リーリスはこっくりこっくりと首を動かす。眠そうだ。目も充血している。たぶん、ベッドに入ってプレゼントのことをずっと考えていたのだろう。もしくは興奮して眠れなかったのかもしれない。

本来はリーリスが考えるのが一番だけど、僕は助け船を出してあげることにした。

「そうだね。リーリスのお母さんは療養所から帰ってくるんだよね」

「はい。そうです」

「これは僕の推測だけど、完治が難しい病気には、とてもよく効く薬を使うと思うんだ」

「あ。そうですね。……強い薬は病気に効くけど、身体にも悪いと効きます」

「その通り。弱った身体には薬草や魔草を使った薬膳料理が一番だと思うけど」

「お料理を作るってことですか？」

「いや、それは僕に任せてよ。リーリスには別のものをソフィーニさんにプレゼントしてもらう」

僕はそう言って、昨日見た雨露草の鉢を持ち上げる。

それを見たリーリスは、僕が何をしてほしいのか勘付いたようだ。

「なるほど！　とてもいいアイディアだと思います」

リーリスはパンと手を叩いた。

いよいよソフィーニさんが帰ってくる日になった。

僕も正装をして出迎える。肩のアルマも赤い前掛けをして、ちょっとお洒落《しゃれ》をしていた。

リーリスは胸の前で手を組み、ソワソワしている。朝からずっとこんな調子だ。

すると、アルマの耳が動いた。

「来たよ」

直後、石畳の向こうから大きな客車を引いた馬車がやってくる。

先頭には迎えに行ったフレッティさんとガーナーさんがいた。

馬車はやがて僕たちの前にゆっくりと止まる。馬が鼻ラッパを鳴らす中、客車の扉が開いた。ふわっと豊かな金髪が靡《なび》く。穏やかな緑色の瞳に、真っ白な肌。薄い藍色のドレスをヒラヒラと動かし、客車から下りてくる。ドレスはゆったりとしているけど、それでも大人の部分がはっきりと浮き出ていた。青い瞳を除けば、大きくなったリーリスみたいだ。

視線が合うと、薄い唇がゆるむ。とても上品な笑顔に、僕は思わず見とれてしまった。

「お母様！」

リーリスが弾《はじ》かれるように飛び出すと、ソフィーニさんに抱きついた。

「お母様……。良かった。お元気になられて…………よか…………うわあああああんんんん！」

大声を上げて泣き出した。それを見たリチルさんが釣られて眼鏡を取る。

カリムさんや、ミルディさん、フレッティさんの瞳にも光るものがあった。

リーリスはソフィーニさんのスカートにしがみつき、泣いている。

きっと会って話したいことはたくさんあったと思う。でも、それ以上にリーリスには色んな感情が錯綜《さくそう》しているのだろう。それがソフィーニさんと再会したことによって、爆発したのだ。

「まあまあ……。相変わらずリーリスは泣き虫ね」

ソフィーニさんはそっとリーリスを抱きしめる。ポンポンと背中を叩き、今から子守歌でも歌うかのように愛娘《まなむすめ》を癒《い》やした。久しぶりにソフィーニさんの体温を感じることができたからだろう。リーリスはさらに声を高くして泣き始めてしまった。

「あらあら……。逆効果だったかもね。でも、会えて嬉しいわ。ちょっと背が大きくなったかしら」

ソフィーニさんも泣いている。その涙はどんな宝石よりも美しく見えた。

感動的な親子の対面に加わったのは、クラヴィスさんだ。

「お帰り、ソフィーニ」

今にも泣き崩れそうな顔で、クラヴィスさんは笑った。

たぶんクラヴィスさんだって、色々と言いたいことはあったと思う。だから、その「お帰り」には言いたいことのすべてが凝縮されているように僕は感じた。

ソフィーニさんはリーリスを抱きかかえると、同じく微笑む。

「ただいま、クラヴィス。ご心配をおかけしました」

「いや、お前が戻ってきてくれたことが何よりの喜びだ」

大きく腕を広げて、リーリスと一緒にソフィーニさんを抱きしめる。

予想していなかったのだろう。ソフィーニさんは驚いていた。

「あらあら……。あなた、人前ですよ」

頬を赤くしながら、たしなめるのだけど、ソフィーニさんは嬉しそうだ。

「母上、無事のお帰り嬉しく思います」

「カリムもありがとう。あなたはあたくしを抱きしめてくれないのかしら？」

ソフィーニさんはちょっと意地悪く笑うと、カリムさんはギョッと目を剝《む》いた。

「今は遠慮しておきましょう。リーリスと父上で、満杯のようですから」

「そうね。じゃあ、後でじっくり母を抱きしめてちょうだい」

「母上。そういう言い方は……。人前ですので」

普段クールなカリムさんがタジタジだ。まさしく母は強しだね。

家族の再会を目にして、心が温かくなる。一方、ちょっとだけ羨《うらや》ましくもあった。

すると、ソフィーニさんは僕の方へ近寄ってくる。

「あなたたちがルーシェルくんに、アルマちゃんね。改めまして、ソフィーニ・ギグ・レティヴィアよ。事情はすべてクラヴィスから聞いているわ。リーリスを、そして大事な我が家の騎士団を助けてくれてありがとう」

「いえ……」

「そして大変だった――ううん、大変なんて言葉では片付けられないわ。あなたを生んだお母様の代わりになれるかはわからないけど、この家にいる限り、あなたはあたくしの子どもよ。思いっきり甘えてちょうだい」

ソフィーニさんは細い手を僕の腰に回し、優しく抱きしめる。

柔らかな感触から、ふと懐かしい気分になった。

◆◇◆◇◆

ソフィーニさんの退院祝いが行われることになった。

リーリスはソフィーニさんにプレゼントを、僕も何か一品料理を作るためにレティヴィア家にある炊事場にやってくる。大きな炊事場には多くの料理人がいて、退院祝いの料理を作るため忙しそうに動き回っていた。

邪魔にならないように一角をお借りしようとしたのだけど。

「そいつけできねぇ相談だ」

ギョロッとした黒目が僕を睨《にら》んだ。

薄鈍色《うすにびいろ》の髪に、エラの張った如何《いか》にも頑固そうな顔。背丈《せたけ》は働いている料理人の中では低く、腰は曲がっているのに、ただ炊事場の中で歩いているだけなのに圧倒されてしまう。包丁を握る手は、如何《いか》にも職人という風で、年季を感じた。

推測するに六十代ぐらいのベテラン料理人は、この炊事場の料理長ソンホーさんだ。

「その……、僕は――――」

「聞いているよ。旦那様が預かられた子どもなんだろ？　お前さんの歓迎会の時、メインの料理を作ったのはわしじゃからな」

「ありがとうございます。とてもおいしかったです。それに勉強にもなりました」

「ありがとよ。だが――――」

「お伺いしたかったのですが、あの七面鳥の燻製《くんせい》はどうやって作ったんですか？」

「ん？」

「ただ七面鳥を燻製にしただけじゃ、あんなに軟らかくはなりません。丸ごとなら尚更《なおさら》だし。逆に火が通らなくなると思ったんです。それにちょっと甘みもありました。たぶん、一度茹《ゆ》でているのではないでしょうか？　いや、それだけじゃないな。砂糖……じゃない、もしかして蜂蜜ですか？」

僕は質問と自分の推測を一気にまくし立てた。

横で聞いていたアルマが「始まった」と言って、モフモフの尻尾を丸めて呆《あき》れている。

リーリスも苦笑いを浮かべているけど、僕は料理のことが知りたくて知りたくて、ついソンホーさんに詰め寄ってしまった。

若干僕の勢いに押されながら、ソンホーさんは咳払《せきばら》いする。

「旦那様から聞いてはおったが……。お前さん、本当に料理が好きなんだな」

「はい。山で料理ばかりしてましたから」

「ほっ……。まあ、良い。正解だ。林檎《りんご》のすり身に、酢《ビネガー》、蜂蜜、黒砂糖を一緒に入れて、煮詰めておる」

「やっぱり……。あれ？　でも、おかしいなあ。何か苦みのようなものも感じたんですが」

「苦み？　わたくしは感じませんでした。すごくおいしかったですけど」

横でリーリスが、アルマと一緒に首を傾げている。

しかし、ソンホーさんは違った。ギュッと眉を中央に寄せて、僕を睨んでいる。

ベテラン料理長の顔は少し怖いぐらいだった。

「お前さん……。わしのレシピを盗み見たのではないだろうな？」

「とんでもない！　そんなことはしませんよ」

「まあ、見れるわけないか。レシピはわしの頭の中にあるからな」

「じゃあ……。もしかして、コヒの実を焙煎《ばいせん》した粉を使ったんですか？」

僕が答えると、ソンホーさんは今日で一番というぐらい大きく目を広げる。

動揺を抑えるように目を伏せた後、一人の料理人を呼び出した。

まだ若い料理人に、ソンホーさんは質問する。

「歓迎会の時の七面鳥を覚えておるか？　あれに何の材料が使われたか、お前はわかるか？」

「え？　確か……林檎のすり身に、酢、蜂蜜と黒砂糖でしょ？　料理長の七面鳥は何度も摘まみ食いしてるから、すぐ――あっ……」

若い料理人は固まった。みるみる顔が青くなる。

正反対に横のソンホーさんは悪魔のような表情をして、顔を赤くしていた。

おそらく味見は許されても、摘まみ食いすることは許されていないのだろう。

しかし、ソンホーさんは僕たちの前では怒らなかった。

「それだけか？」

「え？　……ああ。はい」

「わかった。もう行け」

手を払う。若い料理人は身体を小さくして、持ち場に戻っていった。

作業を再開した料理人の背中を見ながら、ソンホーさんは口を開く。

「ああいうヤツだが、若手の中でもかなり技術を持ってる。舌の感覚も悪くない。……そんな料理人でもわしが入れた隠し味のことはわからなかった。おそらく他の料理人たちを含めて、三人気づくかどうかというところだ。それをお前さんは、先日の晩餐会に出したあの一品だけで言い当てた。一体、何年料理をやっとった？」

「あは…………ははは……」

真剣に質問するソンホーさんに対して、僕は笑って誤魔化すしかなかった。

僕が料理長のおよそ二倍の時間を生きているということは、まだ家族ぐらいにしか伝えていない。

ソンホーさんたち家臣を信用してないわけではなさそうだけど、クラヴィスさんとしては、僕が不老不死であるという情報を現時点で公表するつもりはないようだ。それは僕の正体を知ると、皆が気味悪がるということではなく、僕の力を悪用しようという大人たちから守るためだ、と教えてくれた。

不老不死の子どもなんて誰がどう考えても珍しい。

邪《よこしま》な考えを持つ人間から守るためにも、情報を制限すると決めたようだ。

「ソンホー……。ルーシェルに炊事場を使わせていただけませんか？」

「お嬢様の頼みとあらば聞いて差し上げたいのですが、炊事場には存外危ないものが多い。お嬢様や客人であるお前さんに怪我《けが》をさせては、旦那様に面目が立たなくなる」

「あの……。絶対に迷惑をかけません。だから――」

「早まるな、小僧。誰も使わせないとは言っていない。……そうだな。一品、何か作れ。わしが満足できれば、炊事場を貸してやろう。それでどうだ？」

テストをするってことか。いいね。望むところだ。

あんなにおいしい料理を作れる料理人さんに食べてもらえると思うと、それだけで胸が弾む。

むしろこっちが頭を下げて、頼みたいぐらいだ。

「よろしくお願いします」


僕は早速エプロンの帯を締めて、調理を始める。

山で着ていたエプロンもあるけど、借りた真っ白なエプロンも悪くない。

ここで働いている料理人に交じった気分になって、身が引き締まった。

「何を作るの、ルーシェル？」

アルマが僕の目の前に立って、尋ねる。その横で心配そうにリーリスが見つめていた。

ソンホーさんから出された条件は「豆料理」。

調理の過程で余ったらしく、すでに水煮にされていて、表面が艶々と輝いていた。

「それはできてからのお楽しみだよ、アルマ」

「ルーシェル、すみません。わたくしがソンホーを説得できていれば」

「リーリスは悪くない。むしろこういうチャンスを与えてくれて感謝してるんだ。僕は今すっごくワクワクしてるよ。だってあんなに素晴らしい料理を作る人に、自分の料理を食べてもらえるんだからね」

「ルーシェル……」

「二人の分も作るから楽しみにしてて。でも、食べ過ぎは禁物だよ」

炊事場の氷室から、赤茄子《トマト》、玉葱《たまねぎ》、馬鈴薯《ばれいしょ》、さらに豚のこま切れ肉を取り出す。

「ふむ。見たところ、ポークビーンズか？」

ソンホーさんは材料を一目見て、当ててしまう。

ポークビーンズとは、主に豚肉と豆を、赤茄子《トマト》と一緒に入れて煮込む料理のことだ。

貴族の朝食では鉄板の料理で、野菜などを一気に摂取できるから人気もある。

トリスタン家でもテーブルに並んでいた料理で、その人気は百年経《へ》っても衰えていないようだ。

「何か必要なものがあるなら言え。あらかたの材料《もん》はあるからな」

「ありがとうございます」

お礼を言うと、ソンホーさんは離れていく。

「言葉はぶっきらぼうだけど優しい人だね、ソンホーさん」

「ええ？　ボクにはそんな風には見えないけどなあ……」

「料理に対してはとても厳しいですけど、料理人たちからはとても慕《した》われているんですよ」

アルマが首を傾げる横で、リーリスはクスクスと笑った。

慕われているのは、漂ってくる雰囲気からわかる。僕もソンホー料理長から色々学んでみたい。

そう思わせる威光のようなものを、料理長から感じ取っていた。

「料理長、できました」

僕はソンホーさんの元へとやってくる。

他の料理人たちは調理を続けているけど、ソンホーさんの作業は終わったらしい。

時折、料理人たちと味付けの相談をしたり、最後の仕上げをしたりしていた。

銀蓋《ぎんぶた》が載ったトレーを見て、ソンホーさんは目を細める。

「料理長はやめろ。わしはお前さんの上司ではない」

「すみません、ソンホーさん」

「では、そこのテーブルに料理を置け」

炊事場の隅にある小さなテーブルの上にトレーを置く。ソンホーさんは椅子に座った。

アルマとリーリスが注目する中、僕は銀蓋を開く。

ふわりと漂ってきたのは、食欲を誘うチーズの匂いだった。

「チーズたっぷりポークビーンズです」

真《ま》っ赤《か》な赤茄子ベースのスープと、たっぷりのお豆。

赤茄子の汁気を吸った野菜と、豚のこま切れ肉の上には、クリーミーなチーズが載っている。

皿から上がってくる濃厚な赤茄子の香りと、チーズのそれが合わさり、どこか芳醇《ほうじゅん》さすら感じる香りが、炊事場に充満する。すると、敏感な料理人たちの鼻を刺激したらしい。皆が一瞬手を止めると、炊事場の隅のテーブルに置かれた料理へと、視線が集中した。

アルマとリーリスも、鮮やかな赤と、クリーム色の料理に目を輝かせている。

赤茄子とチーズが合うことは、言うまでもないだろう。

「ポークビーンズにチーズか。なかなか洒落たものを作るじゃねぇか」

見た目と香りをしっかりと確かめた後、ソンホーさんは第一印象を僕に伝えた。

なかなか感触は悪くなさそうだ。

「でも、味はどうかな？」

小さなスプーンを握ると、豆とチーズ、スープをのせて口に入れた。

皺《しわ》が寄った顎をゆっくりと動かし咀嚼《そしゃく》すると、ソンホーさんの目が大きく開いていく。

「こりゃうめぇ！」

絶賛する。

僕はリーリス、アルマとハイタッチをかわした。

「赤茄子とチーズの相性は言わずもがなだが、一工夫《ひとくふう》してるな。凍らせた赤茄子を煮立てたか」

「はい。赤茄子は凍らせた方が、旨《うま》みが強くなる食材ですから。完全に凍らせて、そのまま下ろし金でおろして、スープにしました」

「豆の火の通し方もわかっておるようだな。噛《か》んだ時の固い感触も残しつつ、爽《さわ》やかな淡味を感じる」

ソンホーさんは二口目を食べる。

「玉葱や馬鈴薯の食感も良い。それぞれの食感を残しつつも、赤茄子の味がよく染みておる。絶妙な火加減だ。特にこの時期の玉葱や馬鈴薯はすぐに軟らかくなってしまうが、それもちゃんと頭に入れて、煮立てておる。綿密な計算の上でないと出せない味だ。見事じゃな」

「ありがとうございます」

すごいなあ。まだ二口しか食べてないのに、経験と自分の舌だけでわかるなんて。

やっぱりソンホーさんはすごい料理人だ。

「肉は塩漬けした物を使ったな。余計な味付けはせず、肉の旨みと塩みだけで調整したか。具材だけでまとめるとは、これも見事……」

この時点で僕がやった工夫はほとんど言い当てられてしまった。

残りは一つだ。

「そして、スープに隠れる奥深い味は……」

ここで予想外のことが起こった。

側に立ったリーリスも、アルマも息を呑《の》む。

突然、ソンホーさんが泣き出してしまったのだ。

「ソンホー……さん…………？」

周りが心配しても、ソンホーさん自身が慌てる様子もない。ただそっと頬を伝う涙を拭《ぬぐ》った。

手に滲《にじ》んだ涙の痕を見て、ようやく自分が泣いていることに気づいたらしい。

その痕をじっと見ながら、ソンホーさんは感慨深くこう言った。

「わしの母は、わしが十歳の時に亡くなった。もう五十年以上も昔の話だ。戦争でな」

「そうだったんですか……」

「母の得意料理は、ポークビーンズだった。これがうまくてな。子どもの頃、よくせがんだもんだ。……でも、母が亡くなって気づいた。あのポークビーンズをもう食えないことにな。その味を再現しようと、わしは料理の道に進んだのだ」

だけど、ソンホーさんはなかなかお母さんの味を再現することができなかったらしい。

月日が経ち、気づけばソンホーさんは多くの弟子を抱える料理長になっていたそうだ。

「それでも母が作ってくれたポークビーンズの味の決め手がわからなかった。……今日まではな」

「ソンホー……。じゃあ、ルーシェルが作ってくれたそのポークビーンズは……」

「チーズこそのっているが、スープの味はまさしく母の味に似ている。赤茄子の中に隠れたこの奥深く、複雑な味……。なあ、教えてくれねぇか。お前さん、一体このポークビーンズに何を加えた」

色々な工夫は入れているけど、僕が作ったポークビーンズは昔、トリスタン家にいた時に、執事長である爺《じい》やに習ったものが基本になっている。

その頃は一般的だったけど、おそらく魔族との戦争によって多くの人が失われて、一部のレシピが伝承されず、途絶えてしまったに違いない。

スープに入れたものは、僕にとっては当たり前のものだ。

でも、それを再現できたのは、僕が百年生き続け、覚えていたからだろう。

「干し野菜から取った出汁《だし》を使いました」

ポークビーンズには色々な味がある。

馬鈴薯や玉葱、豆の甘み。赤茄子やチーズなどの酸味。塩漬けにした肉とバターの塩け。たくさんの刺激的な味と、それぞれに栄養価が高いからこそ、貴族の間でこの料理は親しまれてきた。

だけど、色んな味があるからこそまとめるのも難しい。

その味をまとめるために僕が頼ったのが、干し野菜の旨みだ。

動物性の出汁にも負けない強い旨みは、複雑な味をまとめ、味に奥行きを与えてくれる。

結果、飽きのこない上品な味へと昇華するのだ。

僕が答えると、ソンホーさんは手を叩き、神様に祈るように天を仰《あお》いだ。

「そうか！　干し野菜か。確かに野菜は乾燥させると旨みが増す。それを出汁に使うとはな。栄養価も悪くない。……聞いてみれば、なんてことないが。そんな方法があったとはな」

ソンホーさんは結局完食する。

皿を僕に返すと、僕の頭を撫で回した。

「ルーシェルだったな」

「は、はい」

「炊事場はいつでも使っていい。ただ料理人たちの邪魔だけは絶対にするな。あとな、一人で調理をしようとするなよ。必ずわしか、他の料理人に立ち合ってもらえ。その条件さえ守ってくれれば、わしは何も言わん」

「ありがとうございます」

やった！　ソンホーさんからお墨付きをもらえたぞ。

これでソフィーニさんの料理が作れる。リーリスが作ろうとしているプレゼントの目処《めど》も立った。

早速、準備をしないと。あまり時間がないしね。

「あ。そうだ。ソンホーさん……。良かったら、度々《たびたび》炊事場を見学させてもらえませんか？」

「見学？」

「はい。ソンホーさんや料理人のみなさんの技術を盗んで、もっとおいしい料理を作りたいんです」

「はっ……。がはははは！　こいつはなかなかの有望株が出てきたな。ふん。見学なんてケチ臭いことを言わず、炊事場に入って見ておれ。ただし炊事場の中にいる限りは、手伝ってもらうぞ。新人は皿洗いからと決まっとるがな」

「炊事場で働いてもいいんですか？」

「随分嬉《うれ》しそうじゃな。そんなにここで働きたいか。なら、わしから旦那様に話を通してやろう」

すごい。これは予想もしてなかった。

一流の、公爵家で働く料理人たちの調理を間近に見ることができるなんて。

「よろしくお願いします」

「よし。なら、そのエプロンはもらっていけ。わしからの祝儀じゃ」

それだけ言って、ソンホーさんは料理人たちが働く炊事場の方へと戻っていく。

さっきまで涙を流していた料理長はすぐに目尻を吊《つ》り上《あ》げると、料理人が作った料理にダメ出しし、修整を加えている。料理長としてのソンホーさんと、個人としてのソンホーさん。それをきちんと使い分けているところに、プロフェッショナルを感じざるを得なかった。

僕も頑張らなくちゃ。

ゆるんだ帯紐《おびひも》を締め直す。

さあ、今度はソフィーニさんに出す料理だ。

◆◇◆◇◆

ソフィーニさんの退院祝いは野外で行われた。

瀟洒《しょうしゃ》な白いテーブルには、屋敷の料理人たちが腕によりをかけたご馳走《ちそう》たちが並んでいる。

今にも雪崩を起こして、埋もれそうだった。

みんなが談笑を楽しみながら食事を味わう中、アルマだけは黙々と料理を食べている。

その首元に蝶《ちょう》ネクタイを着けてちょっとおめかしした相棒は、なんだか嬉しそうだ。

おめかしと言えば、リーリスの服装もいつもと違う。

白が眩しいワンピースから着替えて、水色のドレスを着ていた。健康そうな白い二の腕と肩が出ていて、胸元には真《ま》っ青《さお》な花の飾りが挿さっている。ソフィーニさんが着るワインレッドのドレスとは対照的だけど、二人は二輪の花を見るように華やかだった。

リーリスも嬉しそうに、最近の出来事を話している。それにソフィーニさんは笑顔で応えていた。リーリスはよっぽどソフィーニさんのことが好きなのだろう。

宴もたけなわという中、ソンホーさんがやってきた。

軽く頷《うなず》き、僕に合図を送ってくれる。どうやら、僕の料理が完成したらしい。

「ソフィーニさん、改めて退院おめでとうございます」

「ありがとう、ルーシェルくん。あなたも存分に甘えていいですからね」

「はい。お言葉に甘えさせていただきます。お近づきの印というわけではありませんが、僕を歓迎してくれたソフィーニさんと、クラヴィスさん、そしてご家族に料理を作りました。お口に合うかどうかわかりませんが、どうぞご堪能ください」

僕が「お願いします」と声をかけると、メイド服を着たミルディさんとリチルさんが料理を載せたワゴンを引いてやってくる。その上にはケーキスタンドがあって、お菓子のような料理が並んでいた。

丸く一口サイズのベーグルに、茸《きのこ》や玉葱、さらにトロリとしたホワイトソースがかかっている。種類はそれだけじゃない。塩漬けの肉をスライスしたものや、玉蜀黍《トウモロコシ》、豆、さらにハーブを刻んでかかっているものもある。彩りは鮮やかで、ホワイトソースとベーグル、さらに爽やかなハーブの香りが食欲をそそった。現に、相棒のアルマの唇からは、涎《よだれ》が垂《た》れている。

ソフィーニさんは目を丸くしていた。

「これは？」

「ふしぎ茸《たけ》のグラタンベーグルです」

「ふしぎ茸……⁉」

声を上げたのは、横で聞いていたクラヴィスさんだった。

カリムさんも興味深そうに、ケーキスタンドに並んだふしぎ茸のグラタンベーグルを見つめる。

「万能の効果があると聞く魔茸ですね。ですが、それはあくまで噂《うわさ》と聞きます。事実、食べた者の中にはまったく効果がなかったと証言する者もいるそうですが。母上の病気には……」

「カリム……。真面目なのはいいけれど、そういう言い方は好きではないわ。それにあたくしはもう病人ではないのよ。折角作ってくれたルーシェルくんに失礼だわ」

「失礼しました、母上。すまない、ルーシェルくん」

カリムさんはわざわざ頭を下げたが、僕は全然気にしていなかった。

「いえ。カリムさんの言うことは間違ってないんですよ」

「どういうことかね、ルーシェルくん」

クラヴィスさんが首を捻《ひね》る。

ソフィーニさんに肩を抱かれながら、リーリスも僕の言葉に耳を傾《かたむ》けた。

「ふしぎ茸に効果がないというのは、ある意味、本当です。でも、それはおそらく採取の時期が悪かったのだと思います」

ふしぎ茸は冬以外の時期ならいつでも取れる茸だ。

季節によって色が変わることから、ふしぎ茸と呼ばれ、傘の先がくるっと巻いているから、他の茸とも判別しやすい。

けれど、季節によってその効果がまちまちなことは、意外と知られていない。トリスタン家にあった書物にも書かれていなかった。おそらく珍しい茸だから、検証例が少ないのだろう。

「ふしぎ茸に効果がなかったり、あったりするのは、採取時期のせいなんです。そして、その効能が最大になるのが夏至の夜になります。その日に取ったふしぎ茸には様々な効果があるんですよ」

僕が解説すると、クラヴィスさんやソフィーニさんは興味深そうに頷く。

カリムさんやリーリスも感心した様子だった。

「素晴らしいわ、ルーシェルくん。本当に物知りなのね」

「ルーシェル！　説明はいいから早く食べようよ」

アルマが辛抱できないとばかりに立ち上がって抗議する。

「そうですね。出来立てのうちに食べてみてください」

「じゃあ、いただきましょうか。魔茸を使った料理なんて初めてだわ。それにこの見た目も可愛《かわい》くて素敵だし」

ソフィーニさんはケーキスタンドに手を伸ばすと、小さなグラタンベーグルを摑む。

一口で頰張ると、ソフィーニさんの顔は次第にゆるんでいった。

「おいしい！」

全部食べ切ると、これまで療養所にいたとは思えないほど、大きな声を上げた。

「ベーグルがふわふわで、雲を食べてるみたい。茸とホワイトソースの相性も良いわね。ほんのり焦《こ》げていて、とても香ばしく感じるの。それになんと言ってもふしぎ茸だわ」

ソフィーニさんは二つ目を頰張ると、目を細めた。

幸せそうな顔を見て、こっちも嬉しくなり、頰をゆるめてしまう。

「噛んだ瞬間、茸の独特の旨みが広がっていくの。同時に風味が口の中に満ちていって……。ああ。まるで深緑の森の中で思いっきり空気を吸ってるみたい。眩しい木漏れ日や、緑の鮮やかさ、芽吹く命、香り立つ枯れ葉の匂い。小さな森が全部、ふしぎ茸に凝縮されているようだわ」

はううううう……。ソフィーニさんは絶叫する。

そのリアクションには驚いたけど、気に入ってもらって何よりだ。

クラヴィスさん、カリムさん、リーリスも手を伸ばす。一口で食べられるグラタンベーグルに舌《した》鼓《つづみ》を打つ。ソフィーニさんのようにふしぎ茸の味に酔いしれたり、カリッとした塩漬け肉に満足したり、ハーブの香りに癒やされていたりした。

「ルーシェルくん……。君のことだ。ふしぎ茸を選んだのには、何か理由があるんじゃないか」

「病気が治ったといっても、ソフィーニさんは病み上《や》が《あ》りです。内臓も弱っていることから、ふしぎ茸を選びました。この茸には整腸作用などもあるので。小さく作ったのも、その方が食べやすいからです。噛む力も弱っていると思ったので」

「すべては病み上がりのソフィーニのためか。うむ。見事だ、ルーシェルくん」

「素晴らしいわ」

ソフィーニさんは僕を抱き寄せる。

僕の頭はソフィーニさんの豊かな胸と、香りに包まれた。それは母親の匂いだった。

やっぱり、リーナ母様に似てる……。

でも覚えているはずがない。リーナ母様は僕を産んですぐに亡くなってしまったからだ。でもソフィーニさんに抱きしめられた時、そんな考えが頭によぎった。

クラヴィスさんやフレッティさんにもこうして抱きしめられたことがあるけど、二人が力強いのに対して、ソフィーニさんはとても優しい。許されるなら、いつまでもこうしていたかった。

「お母様……。わたくしからも、お母様にプレゼントがあるのですが」

リーリスが手を後ろに回して、ソフィーニさんの前に進み出る。

そうだ。リーリスからもプレゼントがあったんだ。

「まあ、何かしら？」

僕がソフィーニさんから離れると、リーリスは手に隠していた小さな薬入れを差し出す。

薬入れの蓋を開けると、そこにはクリームのようなものが入っていた。

「これは？」

「保湿クリームです。雨露草から作りました」

「雨露草から作った保湿クリーム？　これをリーリスが作ったの？」

「全部がというわけじゃありません。ルーシェルにアドバイスをもらいました」

「僕はちょっと口を挟んだだけです。リーリスは一生懸命ソフィーニさんのために作っていました」

「そうなの？」

「療養生活が続いて、お母様はきっと色んな苦い薬を我慢して飲んできたと思います。強い薬は病気にも効くけど、他の部分に不調を来《きた》すと学校で教えてもらいました。よく言われるのは、肌荒れです。だから――――」

リーリスの言葉はそこで途切れる。

ソフィーニさんの瞳から涙が流れていたからだ。

自分でも気づいていなかったらしい。慌てて拭うと、リーリスに笑顔を向けた。

「ごめんなさい。急にあたくしったら、どうしたのかしら」

「お母様？」

「早速、使ってもいいかしら？」

「ええ。是非！」

ソフィーニさんは早速、リーリスが雨露草で作った保湿クリームを塗ってみる。

雨露草は水が少ない砂漠や亜熱帯でも生《は》えることができる魔草だ。取り分け水分を保持する能力に長《た》けていて、最大半年以上分、必要な水を貯水することができると言われている。

リーリスが作った保湿クリームは、雨露草を煎じて作ったものだ、塗ることによって水の層を作り、肌を乾燥から守ってくれる。【熱耐性】を得ることができるから、小火《ぼや》程度の火なら、火傷《やけど》をすることもないという、熱や乾燥に対して非常に優れたクリームなのだ。

「すごい……。肌の潤いが戻っていくわ」

ソフィーニさんはとても美しいけど、やはり長い闘病生活で受けた代償は大きい。

よく見ると、肌の荒れが目立っているところもあったのだけど、保湿クリームを塗ることによって、瑞々《みずみず》しい肌を取り戻していった。

「ふふふ……。五十年若返ったみたい」

「おいおい。五十年前はまだソフィーニは生まれていないだろう」

クラヴィスさんがツッコむと、ドッと笑い声が響く。

僕もアルマも、そしてクラヴィス家の人たちも等しく笑顔だ。

いいなあ。こういう雰囲気。これが真の家族の姿なのかもしれない。

そう思うと、胸が温かくなった。

「ありがとう、リーリス。とっても素敵な――――」

「お母様？」

え？　何？

突然、ソフィーニさんは胸を押さえる。折角のドレスがくしゃくしゃになるほどにだ。

すると、立ち上がって、大きく口を開けた。

「あ、あああああああ！　あああああああああああああああああ!!」

広い屋敷に、ソフィーニさんの絶叫が響き渡る。

まるで獣だ。先ほどまで、僕やリーリスに笑みを振りまいていたエルフと同一人物とは思えなかった。顔は苦悶《くもん》に歪《ゆが》み、血管が浮き出ている。テーブルクロスを摑むというより搔きむしると、載っていたケーキスタンドごとひっくり返してしまった。

僕たちが見てる中で、ソフィーニさんは倒れる。

みんなが呆然《ぼうぜん》とする中、ふしぎ茸のグラタンベーグルが僕の足先にコツンと当たった。

第2章
百三年ぶりの竜の呪い

ソフィーニさんの病気は治っていなかった。

それでも療養所から屋敷《やしき》に帰ってきたのは、完治の見込みがまったく立たないことと、ソフィーニさんの強い意思だったという。

知っていたのは、クラヴィスさんとカリムさん、屋敷に常駐するお医者さんのみ。

家族で知らなかったのは、リーリスだけだった。

たぶん、それはクラヴィスさんたちなりの優しさなのだろう。あらかじめソフィーニさんとも打ち合わせして決めたことだとも聞いた。

けれど、やはりリーリスの落ち込みようは僕が知る限り尋常ではなかった。

今は薬草室に鍵をかけて、閉じこもっている。治ったと思った母親の病気が、本当は完治していなかったのだ。心を痛めて当然だと思う。でも、それだけじゃないだろう。

山でソフィーニさんの話をしてくれた時、リーリスは自分だけがのけ者にされていることに肩を落としていた。だから、クラヴィスさんと喧嘩《けんか》別《わか》れみたいな形になっていることを悔いているとも話していた。

ソフィーニさんが帰ってきたことによって、そのわだかまりがなくなるかと思ったけど、結局また子ども扱いされたことに、リーリスの心は再び深く傷付いたに違いない。

一夜明けて、朝食の時間になってもリーリスは薬草室から出てこなかった。

同じようにクラヴィスさんとカリムさんも憔悴《しょうすい》している。

昨日まで華やかだったレティヴィア家の空気は、蠟燭《ろうそく》の火を消したかのように暗く沈んでいた。

「ルーシェル……。それでソフィーニさんはどうなったんだ?」

僕は自室に戻り、ベッドに座りながら、アルマと相談していた。

相棒は天鵞絨《ビロード》の寝床が気に入っていて、その上で丸まっている。

「今はお医者さんの薬が効いて、小康状態みたい」

「あんな症状は初めてだな。突然、暴《あば》れ始めて」

アルマが首を傾《かし》げると、僕は無言で答えた。

どうすればいいか、どうすることが正しいのか、わからないからだ。

「迷うことないんじゃないの。ルーシェルなら治せるよ」

「うん……。でも――――」

ソフィーニさんを治したい。今、ふさぎ込んでいるリーリスのためにも。

僕を我が子のように大切にしてくれる、レティヴィア家の人たちのためにも。

でも、ソフィーニさんの病気はただの病気じゃない。すごく優秀なお医者さんでも治せなかった難病だ。そんなものを、見た目では子どもにしか見えない僕が治していいのだろうか。

「何を言ってんだよ、ルーシェル」

アルマはピョンと跳び上がり、僕の肩に乗った。

僕を励ますように顔を擦《なす》り付《つ》けてくる。短いクアールの髭《ひげ》がくすぐったかった。

「迷うことなんてないだろ。この屋敷にいる人たちは、人の倍ほど生きてて、竜なんて目じゃないほど強いボクやルーシェルを受け入れてくれた。今さら白い目で見たりするもんか」

「アルマ……」

「ボクは魔獣だし。人間がどうなろうと知らない。けれど、寝床は気に入ってるし、ここの料理も悪くないと思ってる。だから、助けてあげようよ。それに宿代と食事代ぐらいにはなるんじゃないの？」

相棒らしい言い方だ。僕は思わず笑ってしまった。

「ボクの相棒の辛気くさい顔を見るのも飽きてきた頃だしね」

「辛気くさいは余計だよ。まったく……、いつも一言多いんだから。でも、ありがとう、アルマ」

アルマの言う通りだ。迷うことなんてない。

目の前に苦しんでいる人がいる。

理由はそれで十分じゃないか。


僕は【解錠】の魔法を使って、鍵のかかっていた薬草室の扉を開く。

鼻腔《びこう》を衝《つ》いたのは、花や草などの植物の匂い。小さな水路にはよどみなく透明な水が流れ、涼やかな音を立てている。その隅には小さなテーブルが置かれていて、少女が顔を伏せていた。

リーリスだ。人の気配に気づくと、僕の方を向く。

隈《くま》が濃く、その目は充血している。一晩中ずっとここで泣いていたのかもしれない。

僕と同じぐらいの年頃とは思えないほど、リーリスは疲れ切っていた。

「ルーシェル……」

「ごめん、リーリス。鍵は開けさせてもらったよ。……クラヴィスさんやカリムさんが心配してる。もちろんソフィーニさんだってね。一旦部屋に戻ろう」

「……い、いやです」

「どうして？」

「わたくしがいてもいなくても、一緒だからです。わたくしは子どもだから……。足手まといでしかないんです」

「ソフィーニさんが助からないから何もしないの？」

僕にはっきり言われたリーリスは肩を震わせる。

こんなこと本当は僕も言いたくない。でも、今は言わなきゃならない時だと思う。

アルマが落ち込んでいた僕を励ましてくれたように。そしてきっとこの先、リーリスの笑顔や言葉に励まされることもあると思うから。

僕は手に力を込めて、リーリスに話しかけ続けた。

「助からないと思うなら、余計にソフィーニさんの側《そば》にいてあげるべきじゃないかな」

「でも……」

「確かにリーリスは子どもだけど、誰も足手まといだなんて思ってないよ。だって、あんなにもクラヴィスさんやカリムさん、ソフィーニさんに愛されているじゃないか」

そう。家族に囲まれたリーリスはとても幸せそうだった。

ソフィーニさんの病気が治ったことは嘘《うそ》だったけど、それでもリーリスに向けた笑顔まで嘘だったわけじゃない。

「リーリスには、僕みたいになってほしくない」

形はどうあれ。突然家からも、家族からも離ればなれになる悲しみを背負ってほしくなかった。

リーリスはゆっくりとこっちを向く。僕の前に来て、頭を下げた。

「ごめんなさい、ルーシェル。わたくし、お母様やお父様の気持ちだけじゃなくて、ルーシェルの心配する気持ちまで台無しにするところでした。わたくしよりも遥《はる》かに悲しいお別れ方をしたのに」

「謝ることじゃない。僕が言ったのは、ただの本心なんだ」

「でも――――。それでも、つらいんです……。お母様に会うことが…………」

「僕も付いていくよ。だから、一緒に行こう」

リーリスは寄りかかるように僕の胸に頭を預ける。

「少しだけ……。少しだけこうしてていいですか」

「うん。僕で良ければ」

リーリスは泣いていた。声には出さなかったけど、肩を震わせている。

時々、綺麗《きれい》な涙が地面に落ちていく。

そんなリーリスを見ながら、僕は言った。

「リーリス、そのままで聞いて。……僕がソフィーニさんの病気を治すよ」

「ルーシェルが……⁉」

「まだ治せるかどうかはわからない。僕の目から見ても、ソフィーニさんの苦しみかたは異常だったし、僕が記憶する限り合致する病名は見当たらなかった。心当たりはあるけどね」

「では…………」

「それに僕には秘策がある。だから、リーリスにも手伝ってほしいんだ」

「わたくしに何かできることがあるでしょうか？」

「あるよ。君にしかできないことが……。手伝ってくれる？」

「はい！」

顔を上げ、リーリスは涙を拭《ふ》く。充血した青い瞳を僕に向けるのだった。

◆◇◆◇◆

リーリスの手を握り、僕はソフィーニさんの寝室を目指す。

廊下の奥からアルマが慌てた様子で走ってきた。ちょうど僕のことを呼びに来たらしい。

「リーリスのお母さんがまずいよ」

話を聞いて、僕たちは弾《はじ》かれるように走り出す。

ノックもなく扉を開けると、飛び込んできたのはあの獣のような叫び声だった。

「あああああああ！　あああああああああああああああ!!」

腰を大きく突き上げながら、ソフィーニさんがベッドの上で暴れていた。

のたうち回るソフィーニさんをお医者さんと家臣の人たちが、必死になって押さえ付けている。

しかし、四人がかりで押さえているのに、ソフィーニさんはそれすら振り払ってしまった。

「ソフィーニ！」

遅れてクラヴィスさん、カリムさんがやってくる。

ソフィーニさんの豹変《ひょうへん》ぶりを見て、息を呑《の》んだ。それは横のリーリスも同様だった。

なんとか薬を飲ませようと試みるも、その救いの手すら、ソフィーニさんははね除《の》けてしまう。

お医者さんは回復魔法をかけて鎮静化しようとするけど、それもダメだった。

諦めムードが漂う中で、僕とアルマだけが近づいていく。

「アルマ……」

「わかってるよ」

僕たちはそれぞれ手を掲《かか》げた。

緑色の光がソフィーニさんに下りていくと、徐々にソフィーニさんの動きが緩慢になっていく。

「これは……。【大回復】の魔法か」

クラヴィスさんが口を開く横で、カリムさんは瞼《まぶた》を大きく開きながら、声を上擦《うわず》らせた。

「いえ。違います。【大回復】の上位互換である【天使の祈り】です。【鑑定】の時に確認していましたが、本当に使えるとは……」

次第にベッドの上で暴れていたソフィーニさんの動きが鎮まっていく。

「今だよ、リーリス」

リーリスは何か口に含むと、ソフィーニさんに近づいていく。

周囲の制止を振り切り、ベッドにいるソフィーニさんにキスをした。

おやすみのキスとかそういうものではなく、唇と唇を重ねる。

しばらくの間、部屋に集まった大人たちは親子同士のキスを眺《なが》めることになった。

互いの唇がモゴモゴと動いた後、ソフィーニさんの喉がこくりと動く。

リーリスは唇を離すと、心配そうにお母さんを見つめた。

僕とアルマが【天使の祈り】を止めると同時に、ソフィーニさんの動きも完全に止まる。

やがて瞼が開くと、緑色の綺麗な瞳が側にいたリーリスを捉《とら》えた。

「リー……リス………？」

「はい。お母様！」

リーリスはソフィーニさんにギュッと抱きついた。

目からポロポロと涙を流し、声を上げて泣き始める。

その美しい金髪をソフィーニさんはゆっくりと撫《な》でた。

二人の姿を見て、周囲は拳《こぶし》を上げて沸き立つ。

「すごい！」

「奇跡だ！　奇跡が起こった‼」

お医者さんと家臣の人たちは、両手を突き上げ、あるいは手を叩《たた》いて喜ぶ。

大きな歓声が寝室を包み、張り詰めていた緊張の糸が一気にゆるんでいった。

「静かに……」

威厳のある声を上げたのはクラヴィスさんだった。

ゆっくりとベッドに近づき、ソフィーニさんに声をかける。

「あなた……」

「ああ。……良かった」

クラヴィスさんはソフィーニさんの手を取って、手の甲に軽くキスをした。

その手は歓喜に震えている。

「リーリスが、あたくしを――」

「どうやら、そのようだ」

クラヴィスさんはリーリスを引き寄せると、そのおでこにキスをする。

「よくやったな、リーリス」

リーリスは首を振って、僕の方を見つめた。

「ルーシェルのおかげです」

「そうか。ルーシェルくんもありがとう。君の回復魔法のおかげだ」

「いえ。リーリスがソフィーニさんを助けたいと強く願ったからです。僕はその手助けをしただけに過ぎません」

「では、母上は一体……。リーリスが何か口移しをしていたのは見えたけど」

カリムさんの質問を聞いて、僕は素直に白状した。

「聞いているかもしれませんが、その……スライム、です。スライムで作った飴《あめ》です」

『ええ⁉』

周囲が慌てふためく。部屋にいる家臣や、ソフィーニさんも驚いていた。

たぶん、僕のことは知っていても、スライム飴のことまでは知らなかったのだろう。

初めて目の当《ま》たりにしたクラヴィスさんも感心したように顎鬚《あごひげ》を撫でている。

「話には聞いておったが、本当に魔獣で作った飴がソフィーニの病《やまい》を治してしまうとは」

「いえ。ソフィーニさんの病気はまだ治っていません」

部屋の温度が二、三度下がったような寒々しい空気が流れる。

みんなは一様に顔を青くする。リーリスも、クラヴィスさんもショックを隠せないようだった。

「こんなに安定しているのに、ソフィーニの病気はまだ治ってないというのか？」

「あなた……。ルーシェルくんが言っていることは本当よ。なんとなくわかるの。胸の中のチリチリとした疼《うず》きを、何かが抑えてくれているの。きっとスライムの飴の効果ね」

「翻《ひるがえ》せば、まだ発作が再発する可能性はあるということか……」

クラヴィスさんは頭を抱えた。側にいたリーリスも、ソフィーニさんに抱きつく。

またも重い空気が寝室にいる全員にのしかかる。

その空気を察しつつも、僕は知る限りの情報を伝えることにした。

下手に希望を持たせるよりも、事実をはっきりと告げることの方が重要だと思ったからだ。

「僕が使ったのはケアスライム。傷の再生を促《うなが》しますが、病や毒に対しては症状の進行を遅らせるか、一時的に鎮静化させるだけの効果しかありません」

「では、その飴を食べさせ続ければ、ひとまず症状を抑えることはできるのだな」

「それは可能かと。ただ根治《こんち》には至らないと思います」

確かにケアスライムの飴を定期的に舐《な》めていれば、病からくる苦痛を抑えることはできる。けれど、何度も使うことによって耐性が付いてしまう可能性は高い。

ケアスライムや痛み止めでも抑えられなくなれば、次に発作が起こった時、いよいよソフィーニさんの身体《からだ》が持たなくなる可能性がある。

僕の視界にリーリスが入る。青い瞳は湿り気を帯びていて、震えた唇からは今にも嗚咽《おえつ》が聞こえてきそうだった。家臣の人たちも絶望に顔を歪《ゆが》ませている。

このまま放っておくことなんてできない。ソフィーニさんを治すといったリーリスとの約束もあるしね。

「クラヴィスさん、僕に一度ソフィーニさんを診察させてくれませんか？」

「診察？　それは構わぬが、医者も、そしてこの私も何度も【鑑定】を使った。だが、原因すら摑《つか》めなかった難病だぞ」

「はい。でも、僕には【竜眼】があります」

「りゅ、【竜眼】……!! 【鑑定】の上位スキルか！ 竜と契約することによって得られると聞くが……。本当にそんな伝説のスキルを持っているのかね、ルーシェルくん」

僕は黙って頷《うなず》き、ソフィーニさんの前に立った。

「じっとしててくださいね」

「はい……。お願いね、ルーシェルくん」

ソフィーニさんは目を伏せる。

僕は【竜眼】を使った。

《名前》ソフィーニ・グラン・レティヴィア《種族》ピュアエルフ
《力》23《頑強》38《素早さ》41《魔力》98
《感覚》65《持久力》33《状態》使命　疲労　やや不良
《魔法》【火】【回復】【霧】

だいたいここまでぐらいの情報なら【鑑定】でも確認することができる。

けれど【竜眼】ならば、さらに突っ込んで説明を聞くことが可能だ。

まず気になったのは『使命』という状態だ。『使命』というのは何らかの役目を担うことを宿命づけられた人間の状態を表す。たいていとても大事なことだったりするので、今は覗《のぞ》かないでおこう。

問題は『やや不良』の方だ。

「『やや不良』についての詳細を」

さらに僕は魔力を上げると、視界に文字の羅列が浮かぶ。

《名称》やや不良《分類》言葉《種類》状態《属性》なし

《説明》現在、対象者は高クラスの呪いを受けているが、強力な鎮静作用のある薬で抑えられている状態。ただし再び呪いの作用によって、死の危険性あり。

「やっぱり……」

僕は『呪い』という項目を見て、目を細めた。

実は、ソフィーニさんの暴れ方を見て、もしやと思っていたのだ。

そうでないことを今の今まで祈っていたけど、その願いは届かなかったらしい。

続いて僕は結果の文面に出ている『高クラスの呪い』について調べる。

《名称》高クラスの呪い《分類》魔法用語《種類》状態《属性》闇

《説明》竜あるいは、それに相当する生物の呪物が使われた可能性が非常に高い。

思わず文面から目を背《そむ》けてしまった。

嫌な予感が当たった。でも、僕の胸に往来したのは戸惑いではない。

怒りだ。

この呪いがまだ、百年経《た》った今でも使われているなんて。

「ソフィーニさんを苦しめる元凶の正体がわかりました」

「おお！」

「それで？　母上は一体なんの病気にかかっているんだい？」

カリムさんは前に出て尋ねる。

ソフィーニさんの手を握ったクラヴィスさんが、僕の方に真剣な眼差《まなざ》しを送った。

僕は乾き切った舌で告知する。

「これは『竜の呪い』……。以前、僕がリスティーナ義母様《かあさま》から受けた呪いです」

◆◇◆◇◆

「なんとソフィーニ様が呪いにかかっていると……！」

大声を上げた後、レティヴィア騎士団団長のフレッティさんは絶句した。

僕がいるのは、屋敷の中にある会議室だ。主に領地の問題などが議論される場で、今日はソフィーニさんにかかっていた『呪い』とその対策について話し合われていた。

長方形のテーブルには、僕、アルマ、クラヴィスさん、カリムさん、フレッティさん、そしてリーリスが着いている。事情を知る僕はともかく、子どもであるリーリスが入る場ではないかもしれない。実際、クラヴィスさんやカリムさんは最初渋っていた。これは大人の会議だ。子どもの耳に入っては、不都合なこともあり得る。

でも、今苦しんでいるのは、領民ではなく、リーリスのお母さんだ。

だから、僕からリーリスを推薦した。ソフィーニさんの呪いを解く鍵を握ると考えているからだ。

「しかも、竜を使った呪物などと」

聞いたことのない呪いの名と、そこに竜が絡《から》んでいることを知り、フレッティさんは絶望に意気消沈するよりも、顔を赤くして憤《いきどお》っていた。

竜はあらゆる生物の頂点と言われ、実際神に仕《つか》えることが許される唯一の獣である。

その素材が使われた呪物は神器と同等の力を持ち、人の力では到底太刀打ちできない。神器とは神様が作ったものであって、そもそも人間が再現できるものではないからだ。

それはつまり、人間ならざる者が、呪いをかけた可能性があるということでもあるのだけど。

「呪いなのだから、どこかに術者がいるはず。その者を見つけ、解呪を願い出ればいいのではないのか？」

「呪術師に心当たりはあるのですか？」

質問するけど、返ってきたのは沈黙だった。

「皆目見当も付かぬ。人間外であれば尚更《なおさら》だ。だが、呪術師がソフィーニに呪いを打ち込んだ動機については、おおよそ検討がついている。ソフィーニは〝鍵柱《かぎばしら》〟なのだ」

「鍵柱？　それは確か魔族を封印するために人柱となった人たちのことですよね」

僕が山で暮らしている間の詳しいことは、馬車の中で聞いていた。

山で暮らし始めてから程なくして、人間と魔族の戦争が始まった。魔族は長い間、東の果てにある島に長らく封印されていたのだけど、それが突如解かれてしまったのだ。その引き金を引いた人物の名前を知るのは、もっと後になるのだけど――ともかく人類は劣勢に立たされた。

多くの人や国が丸ごと滅ぼされ、残ったのはたった五つの国だけ。残った国の命運も風前《ふうぜん》の灯火《ともしび》となる中、人類の一部が神族と手を結び、魔族の再封印に成功したのだという。

その封印には多くの魔力が必要となる。それを供出した者こそ〝鍵柱〟と呼ばれているそうだ。

「ソフィーニは四人の鍵柱の一人なのだ」

封印には多くの魔力が必要になるけど、ピュアエルフであるソフィーニさんなら申し分ない。ピュアエルフの魔力が強いことは、リーリスを追ってきた火の精霊の執着を見れば明らかだ。

さっき【竜眼】で調べた時に『使命』と出ていたのも、鍵柱のことだったに違いない。

いずれにしろ魔族が関わっていることは間違いないようだ。僕やアルマに悟らせないということは、かなり潜伏スキルに長《た》けた魔族なのだろう。

念のためソフィーニさんの寝室に、【結界】を張っておいた方が良さそうだ。

「理由はわかりました。でも、残念ながら『竜の呪い』は簡単に解呪できるものではありません。術師本人はおろか、僕やアルマでも解除できない死の呪術です。対象が死ぬまで、呪いは身体を蝕《むしば》み続けます。それどころか、生まれてくる子どもにも影響する可能性があるのです」

「そんな……」

リーリスが絶望的な声を上げる。震えるリーリスの肩に、僕は手を置いた。

「大丈夫。リーリスにもカリムさんにも呪いはついてないよ。それにこの呪いを解く方法はある」

「確かルーシェルくんも同じ呪いにかかっていたと言ったね。君はどうやってそれを克服したのか教えてくれないか？」

「はい。その通りです、カリムさん。ですから、ソフィーニさんは助かります」

僕の力強い言葉を聞き、みるみるリーリスの青い瞳が輝き出す。

満面の笑みを見せたリーリスに、僕は大きく相槌《あいづち》を打った。

クラヴィスさんもホッと胸を撫で下ろす。気を取り直し、僕に質問した。

「それで？　その方法とは何だね、ルーシェルくん」

「はい。竜の呪いを解くためには、竜にお願いするしかありません」

「竜に願い出る。そんなことが可能なのかね？」

「心当たりはあります」

すると、カリムさんは身を乗り出し、ズバリ指摘した。

「もしや、それは君の呪いを解いてくれた竜では？」

「はい。その竜に願い出れば、呪いを解いてくれると思います。ただ――――」

「何か問題があるんだね？」

僕が下を向くと、代わりにアルマが答えた。

「その竜ってすごい気分屋なんだよ」

「竜が……気分屋…………？？」

「そんな竜がいるのか？」

フレッティさんと、クラヴィスさんが目を丸くするけど、アルマが言ったことは本当だ。

僕が出会ったのは、竜の中でも神竜の一種だ。人間よりも遥かに強く、気高《けだか》く、種としての誇りを持って長い年月を生きている。人間に対しては敬意を持っているわけでも、敵対心を持っているわけでもないようだ。比較的には大人しい部類の神獣なのだけれど、一度怒らせれば大地が焦土と化すまで暴れ続ける。

天変地異をそのまま生物にしたような獣だった。

と、言っても神竜と僕たち人間の感覚は随分違う。僕とアルマが出会った神竜も、端から見てもかなり気難しい性格をしていた。

「それに厄介なのは、今ルーシェルとその竜が大絶賛喧嘩中ということだね」

「は、はあああ？　竜と喧嘩？」

「ルーシェル、一体何をしたのですか？」

これにはリーリスも黙っていなかった。心配そうに僕のことを見つめる。

アルマはひらりと尻尾《しっぽ》を振った。

「ボクから見ると、どっちもどっちだね。怒らせたルーシェルも悪いし、謝っても怒りを鎮めないあいつもどうかと思うし」

「謝っても許してくれないのですか、ルーシェル？」

「う、うん。……僕なりに誠意は尽くしたんだけどね」

「なるほど。それは気分屋と言われても仕方ないかもしれないな」

フレッティさんも肩を竦《すく》める。

「なので……。今回、僕から直接竜を紹介するのは控えようと思います。逆に竜が臍《へそ》を曲げる可能性もあるので」

「では、具体的に我々は何をすればいいんだい？」

カリムさんはテーブルに手を置き、穏やかに尋ねた。

「戦ってください」

「戦う？」

「その竜は自分よりも強い人間以外、興味がないんです。逆に言えば、その竜より強いことを証明できれば、呪いを解いてくれると思います」

「随分と武闘派な竜なのだな」

クラヴィスさんが顎髭を撫でると、フレッティさんはポンと手を打った。

「そうか。聞いたことがある。『試練の竜』か」

「それなら僕も聞いたことがあるよ。試練に打ち勝った人間の願いを叶《かな》える竜がいると……。冒険者や傭兵《ようへい》の間では有名で、実際願いを叶えたという者の証言が掲載されている文献もあったはずだ」

カリムさんの解説を聞き、クラヴィスさんは深く俯《うつむ》いた。

「『試練の竜』か……。竜を倒すのは、至難の業どころではないぞ」

できることなら、僕がその役目を引き受けたい。

でも、『試練の竜』は僕の言うことを聞いてくれないだろう。

それに僕と竜の問題だけじゃない。他にも理由がある。

『試練の竜』は実力よりも、人の心を試してくる。つまり、試練に打ち勝つためには、真に『ソフィーニさんを助けたい』という願いの強さが重要になる。そういう意味でも、最近この屋敷に来た僕では力不足だろう。昔からソフィーニさんを慕い、愛してきた人たちの力が竜の試練には必要なのだ。

会議室が沈黙する中、フレッティさんは立ち上がった。

「何を言います、当主様。お命じください。この騎士団団長フレッティに。竜に勝て……と！」

フレッティさんが叫んだと思えば、今度は会議室の扉が勢いよく開いた。

現れたのは、二名のメイド――ミルディさんと、リチルさんだ。

可愛《かわい》いメイド服を着ていても、二人の視線は鋭く光っていた。

「あたしも！　ソフィーニ様にはお世話になってるし、何よりリーリスお嬢様が可哀想《かわいそう》です」

「ミルディと想《おも》いは一緒です。その試練、我々も同行させてください」

「お前たち……」

現れた部下を見て、フレッティさんは嬉《うれ》しそうに目を細める。

しかし、それでもクラヴィスさんは首を縦に振らなかった。

『試練の竜』と対決するということは、簡単なことではない。五体無事に屋敷に帰ってくる保証など、どこにもなかった。ソフィーニさんのために、もしかしたら多くの優秀な騎士を失うかもしれない。

家族の命と家臣の命、どっちを取るのか。難しい決断であることは間違いないだろう。

「父上……」

声をかけ、クラヴィスさんの前に膝《ひざ》をついたのはカリムさんだった。

顔を上げると、父親と母親から譲り受けた青緑色の瞳が鋭く光る。

「僕も参ります」

「カリム！」

「僕なら竜とも対等に戦うことができるはず。それにソフィーニは僕の実母です。母上が苦しむ姿を、もうこれ以上見ていられません」

どうか、とカリムさんは頭を下げた。

クラヴィスさんはギュッと瞼を絞るように目を瞑《つむ》る。

カリムさんは貴重な跡取りだ。本来であれば、すぐ否定するところだろう。

迷っているクラヴィスさんを見て、カリムさんは立ち上がった。

「我が手で踊れ、【風の精霊《シルフィル》】！」

窓も開いてないのに、急に会議室に風が逆巻く。

突風が会議室の空気を攪拌《かくはん》すると、緑色に輝く光がゆっくりとカリムさんに集まっていった。

やがて、小さな少女が現れると、カリムさんの手の平でくるりと踊る。

「ルーシェル、あれ……」

「うん。間違いない。【契約精霊】だね」

通常、人間には見えない微細な生物――それが精霊だ。

魔法の属性でもある【火】【水】【風】【土】【金】【雷】【光】【闇】の中にあって、僕たち人間は精霊の補助を受けて、魔法を使っている。

【契約精霊】とは精霊以外の種族と専属契約を結んだ精霊のことである。一度契約を交わせば、破棄することはほぼ不可能だ。対立する精霊との契約はできないなどの制約も多い。破れば当然罰を受けるけど、契約できれば精霊が持つ莫大《ばくだい》な力を、自在に使うことができる。

その力を制御することもまた難しいのだけど、カリムさんは完全に【契約精霊】を御し得ていた。

緑色の髪を揺らした手乗りサイズの少女と、カリムさんは仲睦《むつ》まじそうに見つめ合っている。

「すごい……。精霊と完全に同調してる」

「ルーシェルに言ってませんでしたね。カリム兄様は、若くして【勇者】の称号をお持ちなんですよ」

「え？　勇者？？」

【勇者】というのは、【剣聖《けんせい》】に次ぐ実力者として認められた者の証《あかし》だ。

百年前と価値基準が一緒であるならば、カリムさんは相当な使い手ということになる。

強者《つわもの》の雰囲気は最初出会った時から感じていたけど、まさか【勇者】だなんて。

「わかった、カリム。そしてフレッティよ。お前たちに任せる。頼む。ソフィーニを、我が愛妻を、そしてそなたの母を助けてやってくれ」

「はっ！　必ずや竜の試練に打ち勝ってみせます、父上！」

カリムさんは自分の右胸に手を当てた。フレッティさんたちもクラヴィスさんに向かって膝をつき、頭を下げる。レティヴィア家の意志はこうして固まった。

カリムさんが【勇者】なのは驚いたけど、あの竜を攻略するのはまだ難しい。

勇敢なフレッティさん率いるレティヴィア騎士団がいてもだ。

「ルーシェル、何を考えているんだ？」

相棒は僕の顔を見て、何かを察する。

「ちょっと危険だけど……。あれを試すことにするよ」

「あれ？　あれとはなんですか、ルーシェル」

「一度食べたらやめられない、ちょっと危険な魔獣料理のことさ」

横で僕の話を聞いていたリーリスは瞼を瞬《またた》かせるのだった。

◆◇◆◇◆

カリムさんたちが挑む『試練の竜』は強い。

フレッティさんが率いるレティヴィア騎士団の強靱《きょうじん》さと、カリムさんの【勇者】としての力を合わせても、『試練の竜』は彼らを認めてくれるかは五分五分だ。

何より相手は竜である。

魔獣や獰猛《どうもう》な獣と同じく、戦いとなれば容赦なくその命を刈りにくる。たとえ僕の知り合いだったとしても、躊躇《ためら》うことなくその牙や爪を使って、殺しにくるだろう。

できれば、被害は最小限に留《とど》めたい。人死には絶対に出してはダメだ。

騎士として主君の家族を助けることは誉れかもしれない。でも、誰か犠牲を出してまで命を長らえることを、ソフィーニさんが喜ぶとはとても思えない。むしろ悲しむだろう。

僕のやることは限られている。

その一つが、山でもやったように魔獣食による、カリムさんとフレッティさんたちの強化だ。

僕は討伐に向かうカリムさんと、レティヴィア家に仕える騎士たちを大食堂に集めた。

「あの魔獣食が食べられるのか……。楽しみね！」

ミルディさんはまだ料理がテーブルに置かれる前から尻尾を振っている。

口元には涎《よだれ》が付いていて、横のリチルさんに怒られていた。

「ミルディ！　ここにはご飯を食べに来たわけじゃないのよ？　魔獣食を食べるのは、ソフィーニ様を助けるために大事なことなの。もうちょっと緊張感を持ちなさい」

「だって！　最初は使われている食材が魔獣って聞いて、ドキッとしたけど、あの山で食べた獄烙《ごくらく》鳥《ちょう》のハサミパンは超おいしかったし。リチルだって、おいしいって言ってたじゃない」

「それは間違ってないけど、今はそういう時じゃないでしょ」

二人が口論になりかけるけど、止めたのはガーナーさんだ。

寡黙な騎士はそれぞれの肩に手を置き、「静かに」とぼそっと声をかける。

「あんたは静かすぎるのよ、ガーナー」

ミルディさんはガーナーさんの鳩尾《みぞおち》に肘鉄《ひじてつ》を食らわせる。

僕は『試練の竜』に挑む騎士たちが集まったことを確認すると、こほんと咳払《せきばら》いした。

「今からみなさんには僕の作った魔獣食を食べてもらいます。ただ――一つ問題があります」

はっきり言って、この魔獣料理だけは使いたくなかった。

何故《なぜ》なら、この料理はまさに禁断。僕自身、危険と感じて封印したものだからだ。

すでに僕の心中を察するアルマも、神妙な顔をしていた。

お尻をテーブルの上に乗せて、人間みたいに前足を組んでいる。

「確かにあの料理は危険だね」

「危険？　そんな料理があるのかね、ルーシェルくん」

フレッティさんは尋ねた。

今までフレッティさんや、レティヴィア家の人たちが食べた魔獣食は、その料理の中ではとても安全な部類に入る。だけど、魔獣だけあって、時に危険な料理も存在する。

「まさか死んじゃうとか」

「いや、死より辛《つら》い苦しみとかかもしれません」

先ほどまで楽しそうに談笑していたミルディさんや、リチルさんの顔から血の気が引いていく。

ガーナーさんだけが相変わらずで、表情から感情を窺《うかが》い知ることはできなかったけれど、若干緊張しているようにも見えた。

今回、参加するカリムさんが口を開く。

「それが『試練の竜』に挑むことに必要なんだね」

「はい。この料理が最適と判断しました」

「なら答えは簡単だ。僕たちは母上を助けにいく。少しでも竜の試練とやらを突破できる確率が上がるなら、喜んで君の魔獣食を受け入れよう」

カリムさんは穏やかに僕の前で宣言した。

フレッティさんも同じ想いのようだ。カリムさんと同じ覚悟を決めた目をしている。

騎士たちも二人についていくようだ。

「わかりました。みなさんがそこまで言うなら、お出ししましょう」

「でも、どんなものか気になるわねぇ。たとえば、その魔獣食はとっても不味《まず》いとか？」

ミルディさんが口を挟むと、僕の前のテーブルに座ったアルマは首を振った。

「違うよ。……むしろおいしすぎるから問題があるんだよ」

『おいしすぎる？？』

カリムさんを含め、騎士たちは一斉に首を傾げた。

僕が言ったことの意味がわからず、ミルディさんやリチルさんは混乱している。

この魔獣食は不味いわけでもないし、何か毒のようなものを含んでいるわけでもない。

いや、ある意味毒と言えるかもしれない、あのおいしさは……。

「はい。　度食べたら最後……。食べることをやめられず、止《と》めることもできません」

「食べることをやめられない……？」

「止まらない――ですって」

「一体、どんな魔獣食なんだ」

騎士たちはそれぞれ息を呑む。

僕はワゴンを引いてくると、のっていた銀蓋《ぎんぶた》を取った。

「これが『試練の竜』に挑む、切り札となる魔獣料理です」

『おおおおおおおおおおお！』

銀蓋を上げた途端、香ばしい油の香りが鼻を衝く。

さらに騎士たちの目に映ったのは、薄い狐《きつねいろ》色に揚がった大量のねじり揚げだった。

それもただのねじり揚げじゃない。プツプツと赤い斑点のようなものが混ざっていて、何かのすり身が練り込まれていることは明白だった。

「ドラゴンバタフライのねじり揚げです」

「ど、ど、ドラゴンバタフライ！」

フレッティさんは叫んだ。

Ａランクの魔獣で、鋭利な牙を持つ虫型魔獣の中でも最大の大きさを誇る。

ドラゴンという名前の由来は、炎を吐くところから来ているみたいだけど、群れで行動するため大群を見た人間が、ドラゴンがやってきたと勘違いしたことからその名がついたという説もある。

すばしっこく、さらに噛《か》む力が強くて、一度口にしたものは死ぬまで絶対に離さない。

先ほども話した炎もだが、群れで外敵を排除しようとするので、一度に大群のドラゴンバタフライを相手にしなければならないことも、危険度を上げている要因の一つだ。翻せば大量の捕獲ができるチャンスということでもあるんだけど。

「ドラゴンバタフライは虫型ですが、その身は魚に似て、とても淡白でおいしいんです。その身をすり身にして、小麦と混ぜて揚げたシンプルな料理になっています」

フレッティさんは、自分の前に置かれたドラゴンバタフライのねじり揚げを摘まむ。

「こんなお菓子みたいな食べ物が、『試練の竜』に対抗する切り札とは」

どうも信じられない様子だ。

仰《おっしゃ》る通り、ただの揚げ菓子にしか見えないから、そう思うのも無理もないだろう。

だが、この中には『試練の竜』に対抗する要素が、いっぱい詰まっていることは事実だ。

最初はフレッティさんと同様に、他の騎士たちも見た目に戸惑っていたけど、徐々に口に入れる者が現れる。


サクッ！　サクッ！　……サクッ！

サクッ！

サクサクッ！　サクッ!!

あちこちから気持ち良い音が響いてくる。

聞いているだけで、その食感の良さが伝わってきた。

しかし、音はそれだけに留まらない。


サクッ！　サクッサクッ！　サクッ!!

　　　　サクサクッ！　サクサクサクサクッ!!

　　……サクッ！　サク…………サク！


突如、『サクサク』という音だけが食堂を満たす。

それは屋根を叩くスコールでも、誰かが楽器を叩いているというわけでもなかった。

はっきりと聞こえるほどの咀嚼《そしゃく》音が、広い食堂に響き渡る。

夏の森の中に響くオリーブゼミの鳴き声のような音圧すら感じられた。

「あ~あ。始まった」

僕の前に座ったアルマが、半ば呆《あき》れながらドラゴンバタフライのねじり揚げを食べる騎士たちを見つめている。幹部も下士官も、身分も、男も女も関係ない。みんながドラゴンバタフライのねじり揚げに夢中になっていた。

「うま～～～～～～～～～～～～～～い!!」

手に何本もねじり揚げを持ったミルディさんが叫ぶ。

横ではリチルさんが眼鏡を曇《くも》らせながら、両手を使って口にねじり揚げを押し込んでいる。

「ドラゴンバタフライのすり身を揚げただけなのにどうしてこんなにおいしぃの」

「素朴な味わいの中に、絶妙な塩加減……」

フレッティさんが幸せそうに天を仰《あお》ぐと、隣のカリムさんが大きく頷いた。

「この食感がもうたまらない。自分や周りから聞こえてくる咀嚼音が、気持ちいいと感じたのは初めてだよ。まるでみんなで合唱しているかのようだ」

「でも、そんなことよりも……」

「ええ！」

「間違いない！」

「この魔獣食は――――」

『やめられない！　とまらなぁぁぁぁああああああい!!』

ドラゴンバタフライのねじり揚げの味に酔いしれた人たちは、絶叫する。

予想はしていたけど、気に入ってくれて良かった。

「味に飽きたら、卵黄に、塩、油、お酢を混ぜたものをつけて食べると味変になっていいですよ。あと、茹《ゆ》でてパスタみたいに食べたりする料理も――――」

「ルーシェル。たぶん、みんな聞いてないよ」

「……みたいだね。さてどうやってみんなを止めようか」

「眠らせたら？　その方が手っ取り早いでしょ」

「そうだね」

一応、補足しておくと、ドラゴンバタフライの中に中毒性のある成分は含まれていない。

本当においしくて、食感も良く、ただ食べ始めると止まらないだけなのだ。

けれど、これで準備は整《ととの》った。

今のカリムさんと、フレッティさんたちならきっと試練を突破できるはずだ。


翌朝、出陣式が執《と》り行《おこな》われた。

鎧《よろい》を纏《まと》った騎士たちの先頭に立ったのは、カリムさんだ。

魔法の効果がかかった緑色の鎧を纏い、腰には剣を帯びている。屋敷にいる時の優しげなカリムさんとは違う。戦う覚悟を決めた【勇者】の顔をしていた。

それはフレッティさん率いるレティヴィア騎士団も一緒だ。ミルディさんとリチルさんも、メイド服から鎧に着替え、戦闘態勢を整えている。騎士全員が精悍《せいかん》な顔つきをしていて、目の前に登壇したクラヴィスさんを見つめていた。

僕も、同じく参加したソフィーニさんやリーリスもクラヴィスさんの口から何を語られるのか、じっと待っている。

青空の下、正装に身を包んだクラヴィスさんがついに口を開いた。

「勇敢なる騎士たちよ。我が妻のためによく集まってくれた。ここからそなたらの顔を見て、私は確信した。必ず竜の試練に打ち勝ち、我が妻の呪いを解いてくれることを」

『おおおおおおおお！』

勇ましいクラヴィスさんの激励に、騎士たちは手を上げ、あるいは握った得物を掲げて、声を張りあげて応じる。

今から彼らが相手するのは竜だ。遭遇したことはなくとも、強いことはわかっているはず。

それでもレティヴィア騎士団の士気は高い。これは僕が作ったドラゴンバタフライの効果ではなく、日頃の厳しい訓練から来る自信と、騎士たちが持つ勇気のおかげだろう。

「カリム、頼むぞ」

「はっ！　身命を賭して、母上の呪いを解いてみせます」

カリムさんはクラヴィスさんに向かって深々と頭を下げる。

その声は少し上擦っているように聞こえた。さすがのカリムさんも緊張しているようだ。

クラヴィスさんも気づいたのだろう。頭を下げたカリムさんの肩を叩いた。

「カリムよ。命を賭けてはならぬ」

「父上？」

「そうです、カリム。命を賭けてはダメです。必ず生きて母の前に帰ってくること」

ソフィーニさんが二人の間に入り、声をかけた。

「もうすぐ納涼祭の時期だ。新しい家族も加わった。家族揃《そろ》って、納涼祭を楽しむ。それが私の望みだ。それをくれぐれも忘れないでくれ」

「必ず……。必ず父上と、母上のもとに帰ってくることを誓います」

「それで良《い》い。フレッティも頼むぞ」

「はい。この命……いえ、必ず皆を無事に生還させてみせます。むろん、私自身も」

「そうだ。それでいい。騎士団員すべてが我が家族だ。一人も欠けてはならぬ。生きて帰り、そしておいしい料理と美酒に酔いしれようではないか」

『おおおおおおおおおおおおおおおおおおおおおおおお!!』

先ほどよりも大きな声が、空に向かって打ち上がる。

最高の盛り上がりを見せた後、ついにカリムさん率いるレティヴィア騎士団は出発した。

◆◇◆◇◆

カリムさんとレティヴィア騎士団が旅立って二日が経った。

行程が順調なら、おそらく明日の昼には到着するはずだ。

それまでに、僕の方でソフィーニさんの呪いを解く条件を揃えておく必要がある。

カリムさんたちが『試練の竜』に打ち勝つことは間違いない。でも、予測ではまだ足りないはず、ないんだ。

「リーリス？」

「え？　あっ……。ごめんなさい」

リーリスは反射的に下を向いた。

今、僕たちは例の薬草室にいる。そこで僕はリーリスに今、できることをレクチャーしていた。

けれど、リーリスは心ここにあらずだ。カリムさんや騎士団のことが心配なのだろうと思ったけど、質問してみると、意外な答えが返ってきた。

「お母様の病気が、病気じゃなかったことがショックで……。もっと早くわかっていれば」

「仕方ないよ。お医者さんだって見抜けなかったことなんだから」

「そうだよ、リーリス。あまり自分を責めるのは良くないぞ」

今日はアルマも薬草室にいる。三人で作戦会議だ。

「アルマもたまにはいいことを言うよね」

「だから、たまには余計だって。それに忘れたのかい。ボクは魔獣だけど、これでも百年以上生きているんだ。年の功って言ってくれよ」

「それ自分で言うことかい？」

「別にいいじゃないか。ボクはボクが好きなんだ。自画自賛したっていいだろう」

年の功って、自画自賛なのかな。よくわからないけど。

「うふふふ……。本当に二人は仲がいいですね」

鈴の音が鳴るような声を上げて、リーリスは微笑《ほほえ》む。

良かった。少しだけだけど、いつものリーリスに戻ったようだ。

「リーリスって、結構欲張りだよね」

「欲張り？」

「何でもできるようになりたいって思ってる。お母さんの病気を治したい。呪いも発見したい」

「だね。気持ちはわかるけど、そういうのは際限がないぞ。決して報われない。ボクたちを見てみろよ。百年経っても至らないことばかりだ」

僕もアルマも魔獣を食べて強くなった。

その気になれば、『試練の竜』なんて軽く捻《ひね》ることができるだろう。

けれど、僕たちには今、血の繋《つな》がった親も兄弟もいない。一緒に遊んだ友達もいないし、住んでいた屋敷もどこにあるかすらもうわからない。

百年生きようが、二百年生きようが、満たされていくわけじゃない。むしろ欠陥ばかり増えていくような気さえする。ないものを補うことは重要かもしれないけど、身《み》の丈《たけ》にあっていない力を欲することは別問題だと思う。

「リーリスの周りには魔獣学者のクラヴィスさんがいて、【勇者】のカリムさんがいて、強靱なレティヴィア騎士団がいる。みんなすごい人たちばかりだから、早く追いつかなくちゃって焦《あせ》るのは、気持ちとしてわかるよ。僕もそうだったからね」

【剣聖】の父様に一日でも早く追いつくため、僕は子どもの体力を超えた修練を行った。

それは父様の指示でもあったけど、僕自身もまた一刻も早く【剣聖】になるべく無茶な努力を続けた。視野が狭くなった僕は、結果的にリスティーナ義母様《かあ》の呪いを見抜けず、山に追放されてしまった。

リーリスにはそうなってほしくない。

そのためにも、僕はソフィーニさんを助けることに協力を惜しまないのだ。

「僕はリーリスもすごいって思ってるよ」

ある鉢植えを両手で慎重に持ち上げると、僕は薬草室の中にあるテーブルの上に置いた。

「このランプユリがどうしたんですか？」

以前、僕が薬草室でたまたま見つけた魔草の一種である。

植木鉢に書かれた名前が本当なら、秋には眩《まぶ》しいぐらいの明るい花を咲かせることだろう。

冬になるまでずっと光っている魔草で、秋の夜長にはピッタリだ。

そのランプユリが蕾《つぼみ》をつけていた。本来であれば、晩夏あるいは初秋ぐらいに蕾をつけるのに、だ。

「でも、本には夏に蕾をつけることもあるって」

「可能性がないわけじゃないよ。でも、今はまだ初夏に入ったところだ。早咲きだとしてもいくらなんでも早すぎる。でね、リーリス。実は、ランプユリとそっくりな魔草があることを知ってるかい？」

「ランプユリと似た魔草？　…………まさか！」

「ルララ草……。咲けば願いが叶うと言われている魔草だよ」

幻の魔草ルララ草。

その効果の程は定かではない。

ただ一説によると、花が咲けばあらゆる願いが叶うと言われている。

「本当にルララ草なのですか？」

「間違いないよ。ボクも【竜眼】で確認したからね」

アルマは大きく胸を反《そ》る。

リーリスが信じられないのも無理もないだろう。

育てることが難しいルララ草を無自覚に育てていたんだから。

よほど大事に育てられたのだろう。そうでなければ、蕾なんてつかない。きっとリーリスの愛情にルララ草が応えたのだ。

まるで魔草に感情があるみたいだけど、ルララ草にはそういうところがある。

「リーリスが無力だなんてことは絶対ない。知識も根気も愛情もなしに、ここまでルララ草を育てることなんてできないんだ。もっと自信を持って、リーリス」

「……ルララ草が咲けば、お母様は助かるでしょうか？」

「うん。間違いない」

僕が頷くと、急にリーリスは頰を赤くした。

身体をモジモジさせた後、ぽつりと言う。

「お父様とも、仲直りできるでしょうか？」

「うん。大丈夫。きっと仲直りできるよ。……ついでにリーリスがストレートでも紅茶が飲めるようにお願いしようか」

テーブルに置かれた紅茶を指差す。

僕はストレートで飲んでいたけど、リーリスはミルクをたっぷり入れて飲んでいた。

リーリスには悪いけど、これはもはや紅茶じゃなくてミルクだ。

「る、ルーシェルはイジワルです」

ミルクたっぷりの紅茶を飲み干す。その様子を僕とアルマは笑いながら見ていた。

カップをお皿に戻すと、リーリスはまた僕に質問する。

「でも、ルララ草があると知っていて、何故ルーシェルはカリム兄様や騎士団を『試練の竜』がいる場所に向かわせたのですか？」

「それも必要なことなんだ。……ルララ草を咲かせるためにはね」

「え？」

僕の言ってることがわからず、リーリスは小首を傾げるのだった。

第3章　百三年ぶりの試練？

屋敷《やしき》を出て三日が経《た》ち、カリムとフレッティ率いるレティヴィア騎士団は、『試練の竜』がいるという山の麓に到達していた。そこから茂みを払い、崖に縄ロープを張り、激流の沢に丸太をかけて、山の奥へ奥へと分け入っていく。それはちょっとした冒険だった。

否応《いやおう》なく騎士たちの体力が奪われていく。以前ルーシェルの山でアイアンアントに追いかけられた経験から、鉄製の鎧《よろい》は魔法袋に収納し、皮や魔獣の素材で作った鎧を着ているから、移動はまだ楽だが、突然魔獣が襲いかかってくるのではないかという緊張感が、騎士たちの神経をヤスリがけにする。

いつもより動かない身体《からだ》を無理矢理動かしているのだ。疲労が倍増するのは自明の理であった。

「少し休憩しましょう、カリム様」

「そうだね」

フレッティの提案にカリムは顎についた汗を拭《ぬぐ》って、頷《うなず》いた。

さしもの騎士団たちも慣れない山登りに顎を上げている。大盾を背負ったガーナーなどは座り込むなり、水筒の栓を抜いて水を飲んでいた。特に体力に自信のないリチルは歩くのもやっとだ。

唯一、獣人のミルディだけが余力を残していたが、疲れの色は隠せていなかった。

kousyakuke no ryouriban sama

「君はさすがだね、フレッティ。当主の息子として、誇らしいよ」

側《そば》にあった木の根に腰を下ろし、カリムは顔を上げる。

普段から厳しい訓練を己に課しているフレッティだけが涼しげな顔で、辺りを警戒していた。

「恐れ入ります、カリム様」

「うん。……さて、そろそろルーシェルくんが教えてくれた地点だと思うんだけど……」

カリムはルーシェルからもらった地図を広げる。ルーシェルがスキルを駆使して拵《こしら》えた魔法の地図には、辺りの様子が克明に描かれている上に、現在カリムたちがいる地点が赤く点滅していた。

地図にはもう一つ白い光点があって、これが『試練の竜』を示している。

赤い点と白い点には、もうさほど距離はなく、森の中でなければ目視できてもおかしくなかった。

「団長……」

唐突にフレッティの肩を叩《たた》いたのは、ミルディだった。兜《かぶと》を脱いで、耳を立てている。

何か物音に気づいたらしく、茂みの向こうを指差していた。

「見つけたのかい？」

カリムも声を潜めて、腰掛けていた木の根から立ち上がる。

騎士団をこのまま休ませ、まずカリム、フレッティ、ミルディで様子を見に行くことになった。

すると、茂みの向こう。山の森の中に不自然にできた広い土地を発見する。木々はなく、背の低い草花が生《は》えているだけだ。そして三人が見つけたのは土地だけではなかった。

竜だ。

翼を畳み、長い首を土の上に載せて、気持ち良さそうに舟《ふね》を漕《こ》いでいる。その大きさにフレッティとミルディは同時に息を呑《の》むが、カリムは別の部分に着目していた。

「あらかじめ聞いていたけど、ホントにいるなんて」

カリムの細い首筋に、一筋の汗が垂《た》れる。

父と母の両方の色が混ざった青緑色の瞳に映っていたのは、夏雲を思わせる真っ白な鱗《うろこ》だった。

「神に仕《つか》えし竜――ホワイトドラゴン……。初めて見ましたよ」

カリムの二の腕が震える。それは武者震いなのか、あるいは恐怖か、もしくはその美しさに見とれたのか。そのすべてということもあるが、本人にもわからない。

ただ魔獣学者の父を持ち、カリム自身もその背中を追いかける者として、好奇心をかき立てられずにはいられなかった。クラヴィスに伝えれば、見たかったとさぞ悔やんだことだろう。

息を整《ととの》え、カリムがもう一度頭を上げた時だった。

シュッと竜の鼻穴から煙のような濃い息の塊が吐き出される。

「誰ぞ……」

一瞬、誰が発したかわからなかった。

一つわかることは、その場にいた誰でもないということだけだ。

夏の遠雷のように轟《とどろ》いた声には、何か威厳めいたものを感じる。

すると、おもむろに竜の瞼《まぶた》が持ち上がった。

人間の白目に当たる部分は黒く、白い瞳は蛇のように蠢《うごめ》く。

竜の大きな瞳は確実に、カリムたち騎士団を視界に収めていた。

「まさか人語を喋《しゃべ》ることができるのか？」

カリムは息を呑む。

「理解することもできるぞ、人間よ」

ゆっくりと巨体が持ち上がる。それに連れて、騎士団員たちの首の角度が上がっていった。

立ち上がったホワイトドラゴンは激しく息を吐き出す。

濃い獣臭がぽっかりと山に拓《ひら》いた土地に立ちこめた。

「さて何者だ？　我の眠りを妨げるとは!!」

ホワイトドラゴンの首が下がる。翼を地面と水平に伸ばし、大きな身体を縮めるように屈《かが》む。

竜種に見られる警戒のポーズである。

「何をしにきた、人間!!」

「これが『試練の竜』か……」

ホワイトドラゴンから放たれる圧迫感は、もはや交戦を避けられないレベルだった。

カリムはフレッティに指示を出すと、号令をかける。

茂みの中で待機していた騎士団たちが次々と出《い》でて、竜を囲む。突発的な遭遇になってしまったが、団員たちは覚悟を決めていた。それぞれ得物を握り、自分より十倍以上も大きい竜を睨《にら》む。

誰一人逃げなかったのは、団長の統率力と主君に対する強い忠誠心のおかげだろう。

「なんだ？　我とやろうというのか？　十年？　いや、二十年か。いずれにしても、まだ我に挑もうなどという愚かな人間がいたのだな」

ホワイトドラゴンは笑った。剝《む》き出《だ》した牙は、硬い岩すら容易に砕いてしまえそうだ。

少数とはいえ、精鋭揃《ぞろ》いの騎士団。

それを前にしても、喋るホワイトドラゴンには余裕が感じられた。

その前に一人出たのはカリムだ。その横のフレッティは腰に差した剣の柄に手を置き、目の前の竜を威嚇《いかく》している。

カリムは開戦を宣言する前に、手を広げてホワイトドラゴンに話しかけた。

「竜よ。我々はあなたと争いたいのではない。我が母であり、そしてこの者たちの主君の妻ソフィーニにかけられた『竜の呪い』を解いてほしくてやってきた」

「ほう……。そのために何が必要かわかっておるのか？」

竜の口端が広がる。

ルーシェルから聞いていた通り、好戦的な性格のようだが、竜の割に人間っぽい性格だなと、カリムは分析する。これが神に仕えると謳《うた》われるホワイトドラゴンとは思えないほどに、どこかやんちゃな知性を感じた。

「試練のことは聞いた。本当に我々が力を見せれば、我が母ソフィーニの呪いを解いてくれるのか？」

「それはお前たち次第ということだ。さあ、お前らの覚悟の強さを見せるがいい」

シャアアアアアアアアアア!!

竜の嘶《いなな》きは山川を越え、天地に轟く。

レティヴィア家の屋敷にまで響いたのではないかと思う程に、強烈な開戦の合図だった。

騎士たちが浮き足立つ。

「落ち着け‼」

絶妙なタイミングで、騎士団の動揺を収めたのはフレッティだった。

その声も、ホワイトドラゴンの嘶きに負けておらず、効果も絶大だ。日頃から厳しい修練を課し、フレッティに怒鳴られているからだろう。普段聞けば身が竦《すく》むほどの恐怖を感じるのだが、今日ほど頼りに思うことはなかったはずだ。

騎士たちが落ち着きを取り戻すのを見て、フレッティは命令を飛ばす。

「作戦通りにやれば、我々は勝てる。……ミルディ！」

「はい！　団長‼」

ミルディが直立した。

他の騎士団たちの表情も、戦《いくさ》をする人間のそれへと変貌《へんぼう》していく。

「お前の遊撃部隊は背後へ回り、竜の飛翔《ひしょう》を食い止めよ。リチル率いる魔導士隊は補助魔法を中心に援護。ガーナー率いる重装騎士隊は魔導士隊を守れ。尾っぽの攻撃には十分気を付けろよ」

一通り指示を出した後で、フレッティはスラリと剣を抜く。

「正面は俺と、カリム様が受け持つ。おのおの――――」

かかれっ‼

騎士団がホワイトドラゴンを取り囲むように陣形を取ろうとする。

「ぐはははは。捻《ひね》りのない、ど真面目な戦法だが、嫌いじゃないぞ、そういうの！」

ホワイトドラゴンは一瞬身を引く。

首下の皮膚がまるで雨蛙《あまがえる》の鳴嚢《めいのう》のように膨《ふく》らんだ。

「早速ですか！」

「防御態勢‼」

騎士団員たちは一斉に防御態勢を敷《し》く。

ガーナー率いる重装騎士たちが魔導士部隊の前に立ち、大盾を構えて防御姿勢を取る。

魔導士たちもスタッフを指揮者のように振るい、詠唱し、防御系の魔法をありったけ唱えた。

ミルディたちは一時森の中まで後退する。

次の瞬間、ホワイトドラゴンの口内が光った。

カッと吐き出されたのは、猛烈な吹雪と氷の飛礫《つぶて》だ。

刹那にして、辺り一面が白く染まり、気温が一気に氷点下へと落ち込んでいく。

深緑の上に雪が被《かぶ》るという異様な光景が、騎士たちを包んだ。

初夏の山に突然冬が訪れる。

そこに響くのは騎士団たちの鬨《とき》の声《こえ》ではない。ホワイトドラゴンが咳《せき》をする音だった。

「げふっ！　げふっ！　久しぶりにブレスを吐いたら、喉が……。それにしても、ちと張り切りすぎたか。いつもなら相手の出方を見ながら、じわじわいたぶってやるのが、ドラゴン流の流儀ならぬ竜技なのだが……。久しぶりの挑戦者なので、手加減を忘れてしまったぞ――むっ？」

背後からの殺気にホワイトドラゴンは、尻尾《しっぽ》を振って反応する。

それで迎撃できたかと思ったが、視界を覆い尽くしていたのは、紅蓮《ぐれん》の猛火であった。

「うおおおおおおおおおおお!!」

慌ててブレスを吐こうとしたが、間に合わずホワイトドラゴンは諸《もろ》に受けてしまう。

炎が雪原のように美しい白い鱗を焦《こ》がす。息を吸えば炎が喉に入り、その苦しみを受けてホワイトドラゴンは暴《あば》れ回る。凡庸な魔獣であれば、たちまち燃え滓《かす》になってしまう熱量にもかかわらず、巨軀《きょく》を維持できているのは、やはり神竜だからだろう。

炎の熱は真っ白になった世界を否定するように溶かし切る。

「我の鱗を焦がすどころか、氷のブレスまで溶かすとは……。ただの炎ではないな」

ホワイトドラゴンは、ついに炎を振り払う。全身から白い湯気を立ち上らせながら、目の前の騎士を睨む。その剣の色を見て、先ほどまで余裕ぶっていたホワイトドラゴンの目の色が変わった。

前線に出でた勇猛な騎士が握っていたのは、炎がそのまま固まったような紅蓮の魔剣だ。

「精霊の剣か……。厄介な物を持っているではないか」

ホワイトドラゴンの表情は恐怖にあらず、歓喜に震えていた。

大きな牙を剝き出し、炎の魔剣を繰る騎士に噛《か》みつこうと動く。

そこに殺到したのは、風の刃だ。

圧縮された空気の刃が高速で回転し、ホワイトドラゴンの鱗と肌の隙間《すきま》に入り込み、肉を抉《えぐ》る。

それも一つだけではなく、三つ、四つと傷口に集中砲火を加えた。

純白の皮膚に、鮮血がかかると、さしものホワイトドラゴンも悲鳴を上げる。

顔を上げ、憎々しげに睨むと、そこには風の上に乗ったもう一人の騎士が立っていた。

「おのれ!!　こっちは風の精霊の契約者か！　その落ち着きよう。貴様、【勇者】だな」

「その通り。お覚悟を、ホワイトドラゴン殿」

青緑の瞳に覚悟を滲《にじ》ませ、【勇者】カリムはホワイトドラゴンと対峙《たいじ》するのだった。

◆◇◆◇◆　カリムたちが旅立つ少し前……　◆◇◆◇◆

突然、フレッティさんがカリムさんとリチルさんを伴って、僕の私室へとやって来た。

やや神妙な顔のまま、フレッティさんは持ってきた箱を開ける。

そこには魔法と魔導具で厳重に封印された一振りの魔剣が入っていた。

「これはもしかして、あの盗賊が持っていた『フレイムタン』ですか？」

忘れもしない。フレッティさんたちを苦しめ、さらにはリーリスが盗賊たちに追われる元凶となった魔剣である。盗賊の頭領が精霊と契約を果たさずにフレイムタンを使ったため、僕とアルマは火の精霊を鎮めなければならなかったのだ。

「このまま封印しておこうと思ったが、竜と戦う以上少しでも戦力が多い方がいい。だが、契約の仕方がわからないのだ」

フレッティさんが首を振ると、カリムさんは補足した。

「僕は風の精霊と契約しているが、精霊との契約についてはよく知らないんだ。【風の精霊《シルフィル》】との契約もたまたまだったしね。そこで、ルーシェルくんならということで、相談しにきたんだ」

「何か知らないかしら、ルーシェルくん」

最後に眉を八の字にして、リチルさんが尋ねる。

精霊と契約するって口で言うほど簡単なことじゃない。そもそも精霊がどこにいるのかわからないし、僕もカリムさんと同じく、たまたま出会ったから契約できたようなものなのだ。

でも、仰《おっしゃ》る通りあのホワイトドラゴンを認めさせるのに、戦力が多いに越したことはない。

精霊契約者が二人となれば、さしものあの竜も目を回すことだろう。

「わかりました。では、僕が契約している火の精霊を呼びましょう。フレイムタンを借りますね」

僕は箱からフレイムタンを取り出し、施された封印を解く。

途端、フレイムタンから炎が噴き出した。僕の私室にリチルさんたちの悲鳴が響く。

「こら！　調子に乗るな！」

その炎を収めたのは、アルマだった。

子どもを諫《いさ》めるように軽く威嚇すると、炎は急に大人しくなる。

僕はフレイムタンを握ったまま、語りかけた。

「突然、脅かしてごめんね。ちょっとだけ出てきてくれないかな。相談があるんだ」

僕がフレイムタンを前にかざすと、燃えさかる炎の中から人の形をした何かが現れる。

炎が揺らぐ中、鎧のような筋肉をした男がゆっくりと立ち上がった。

表情は炎に包まれていて、見えない。背丈《せたけ》は高く、たくましい身体付きをしていた。

僕の方を見て、今度は膝《ひざ》をついた。

「ご無沙汰《ぶさた》しております、ルーシェル様」

「ルーシェル？　？」

「〝様〟⁉」

精霊の畏《かしこ》まった態度に、フレッティさんとリチルさんが声を上げる。

カリムさんも息を呑み、僕と精霊とのやりとりに驚いていた。

騒ぐフレッティさんたちを、精霊はギロリと睨む。

「だ、大精霊⁉」

「ルーシェル様は我らが王――大精霊様に認められている逸材……。拝跪《はいき》するのは当然！」

「大精霊って……。確か精霊の上位存在で、それってもはや神様に等しい存在のはず」

「ルーシェルくん……。君は――――」

どうやら火の精霊の威嚇も逆効果だったみたいだ。

「ま、まあ、成り行き上、仕方なくね」

「何が成り行き上だよ。ルーシェルが大精霊を殴って大人しくさせたのが、発端じゃないか？」

『だ、だ、だ……大精霊を殴ったぁぁぁああああああ⁉』

三人は一斉に素っ頓狂な声を上げる。

僕はもうその時、面白いぐらい引きつった三人の顔を見て、苦笑するしかなかった。

「まさか神様を殴っちゃうなんて」

「い、意外とルーシェルくんって武闘派なんだな」

「ルーシェルくんには、ホントに驚かされてばかりだ」

「あはははは……。ま、まあ、色々ありまして。それよりも……」

僕は話を無理矢理に戻す。これ以上に過去の黒歴史を掘り下げられるわけにもいかないしね。

フレイムタンから出てきた火の精霊に、僕は事情を話した。

「……というわけで、精霊契約をしてほしいんだ。頼めるかな」

「畏まりました。して——いずれの者と契約を結べばよろしいのでしょうか？」

この場合、僕とアルマは論外。試練を受けるのは、カリムさんたちだし。そもそも僕たちは必要ない。——となれば、カリムさん、フレッティさん、リチルさん、あるいはミルディさんを含む騎士団の誰かということになる。

ただこの中でカリムさんは除外される。すでに風の精霊と契約しているからだ。

契約者が自分と契約している精霊、あるいは敵対する精霊とは別種の精霊と契約することは可能だ。でも、正直僕から言わせるとオススメできない。精霊との契約は決して代償がないわけじゃない。常にほんの少しずつだけど、精霊に魔力を供給することが求められる。それはいついかなる時もだ。

契約する精霊が増えれば、その供給する魔力量も増えることになる。

僕のように長年魔獣を食べ続けたおかげで、魔力量が普通の人の限界値を軽く突破しているならまだしも、常人では二種類の精霊を保持するのが精一杯だろう。たとえ二種類でもある程度日常生活をセーブして過ごさなければならないはずだ。供給が断たれれば、山で起こったような精霊の暴走が始まる。そういう意味でも一人一契約が望ましいのだ。

さて、となると僕たちとカリムさん以外ということになるけど……。

「やはり、ここはフレッティじゃないのかな？」

最初に提案したのは、カリムさんだった。

「僕もそれがいいと思います」

「そう言ってもらえるのは、嬉《うれ》しいが……。私で務まるのだろうか」

「わたしも団長がいいと思います」

ふんと鼻息荒く主張したのは、リチルさんだ。

「そもそも団長は自分を過小評価しすぎです！　あんなに頑張って己を鍛えて、忠義に厚くて、優しくて、屈強なレティヴィア騎士団団員全員が団長のことを認めているのに、まだそんなことを言っているのですか？」

横で見ていた僕たちも驚くぐらいの速さで、リチルさんは言葉をまくし立てる。

「いや、その……。別に〝優しい〟は関係なくないか？」

「ふぇっ……。と、とにかく、ちゃちゃっと精霊と契約して、強くなって、わた――――レティヴィア家の当主様たちを今よりも強固に守れるようになってください」

リチルさんはそっぽを向く。その顔は真《ま》っ赤《か》だ。横のカリムさんはクスクスと肩を震わせているけど、僕にはよくわからなかった。

「わかりました。……火の精霊との契約、お受けいたします」

フレッティさんは覚悟を決める。

「リチル、ありがとう。お前の言葉で決心がついた」

「べ、別に……。わ、わたしはその……団長ぐらいしかいないかなって思っただけで。団長は頑丈だし、強いし、そのカッコいいし……って、わたし何を言ってるんだろう！」

さっきまで滑舌《かつぜつ》よく喋っていたリチルさんが、今度はしどろもどろに弁解を始める。

リチルさんのこういうところ、初めて見るなあ。何か理由があるのだろうか。後で本人に聞いてみようかな。

「それではルーシェル様、早速契約を……」

「うん。頼むよ」

「え？　ちょ！　待て！　け、契約についてもっと説明はないのか？」

「狼狽《うろた》えるな、人間。我が炎に耐え切れるかどうかを試すだけだ」

「ほ、炎に耐え――――」

次の瞬間には、フレッティさんは炎に包まれていた。

紅蓮に染まるフレッティさんを見て、カリムさんとリチルさんは悲鳴を上げる。

そのまま飛び出そうとしたリチルさんを、アルマが先回りして止めた。

「大丈夫だよ。フレッティを信じて見てて」

「ホントに？　だ、団長……」

リチルさんの顔は一転して、今にも泣きそうだ。

目いっぱい瞼を広げて、逆巻く炎に沈むフレッティさんを見つめた。

そんな心配を余所《よそ》に、炎の中からフレッティさんの戸惑《とまど》う声が聞こえてくる。

「炎が熱くない？」

「団長！　大丈夫なんですか？」

「ああ。大丈夫だ、リチル。……それよりもこれは？」

「たぶん、以前食べた獄烙鳥《ごくらくちょう》の効果が残っていたんでしょう。あの肉を食べると炎に対する耐性が付くので……」

「そういえば、盗賊の頭領と戦った時も、炎が効かなかったな」

フレッティさんはつい先日あった激戦を思い出す。

すると、炎の中から火の精霊の声が聞こえた。

『お前は私の炎に耐えた。試練は合格だ。……ルーシェル様に感謝するんだな』

「え？　もう？　これだけでいいのか？」

もちろん、炎に耐えたことだけが合格の決め手になったわけじゃない。

精霊は人の心も見通せる。その人に邪《よこしま》な心があれば、今度は魂が焼かれる。フレッティさんが認められたということは、火の精霊と契約するのにふさわしい心の持ち主だったということだ。

『さあ、お前の刃の形を見せろ』

「刃……？」

『そうだ。お前の中にある炎をそのまま刃にしろ。さすれば自《おの》ずと形作られよう』

「私の刃……。私のフレイムタン……」

フレッティさんは剣を握るように構える。炎がさらに逆巻く。気が付けば、私室は真っ赤になっていた。これほどの熱量を浴びれば、汗でびっしょりなはず。だが、僕もアルマも、カリムさんや、リチルさんも汗をかいていない。

フレッティさんから放たれる炎は、リチルさんが言うように優しく、僕たちを包んでくれていた。

炎がフレッティさんの手に集まっていく。

やがてフレッティさんが目を開いた時、そこには紅蓮に光る刃が握られていた。

◆◇◆◇◆　試練の山　◆◇◆◇◆

フレッティが握っていたのは、まさしく魔剣フレイムタンだった。

だが、その形状は盗賊の頭領が振るっていたものとは、明らかに違っている。

悪魔の羽のように歪《ゆが》んだ刀身は、使い手の実直な心を映すかのように真っ直《ます》ぐと伸び、棟《むね》はどっしりとして重い一方、刃先は鋭く光り続けている。振ると飛沫《ひまつ》の如《ごと》く炎が唸《うな》り、空間が歪んで波紋のように空気が波立った。

まさしくフレッティの心を映し取ったような片刃の直剣であった。

その守るものの多さを示すような長い刀身をホワイトドラゴンに向ける。

「戦いはここからだ、ホワイトドラゴン」

気勢を吐くと、対する『試練の竜』は口を開けて、目を輝かせた。

「面白い！　来い、人間ども！」

再びホワイトドラゴンは顎の下を膨らませる。

「やらせません！」

カリムが飛び上がる。

一瞬にしてホワイトドラゴンに取り付くと、竜鱗《りゅうりん》の間に剣を突き立てた。

「しゃらくさい！」

ホワイトドラゴンは構わずブレスを吐く。

呼応するかのようにフレッティもまた、フレイムタンから炎を吐き出した。

竜の息、フレイムタンの炎はほぼ互角。肉薄こそしなかったものの、ホワイトドラゴンの恐ろしいブレスを完封したことに、騎士団たちは沸き立った。

対するホワイトドラゴンは息を吐く。

ブレスの連発が身体を消耗させたのだろう。完全に顎が上がっているように見える。

その間隙《かんげき》を見逃すほどレティヴィア騎士団とカリムは甘くない。

「颪よ‼」

大気が震えると、無数の颪の刃が現れる。

如何《いか》にも威力ありげな音を立てて高速で回転を始めると、猟犬のように白き竜に迫った。

「ぐああああああ‼」

溜《た》まらずホワイトドラゴンは悲鳴を上げる。

翼を広げて、一旦空へと逃れようとするが、待っていたかのようにあちこちから鉤爪《かぎづめ》が放たれた。

硬い竜鱗に引っかかった鉤爪には、縄が結ばれている。

「でやあああああああ‼」

その縄を伝い、ホワイトドラゴンの背に取り付く者たちの姿があった。

ミルディ率いる遊撃隊だ。どうやらずっと森の中に潜伏していたらしい。

軽装の彼らは軽やかにホワイトドラゴンの背に着地する。

「貴様ら！　何をする？？」

「悪いね、竜様。試練合格のためにも、ちょっと痛い目にあってもらうよ」

ホワイトドラゴンが怒鳴る一方、ミルディは得意げに笑う。

すると、竜の鱗と鱗の間に何かを貼り付けた。火が導火線をジリジリと焼く。

爆薬である。

「ばいばーい！」

「きさ――――」

赤い爆炎がホワイトドラゴンの背中の上で爆発する。

凄《すさ》まじい爆圧に、さしものホワイトドラゴンも押しつぶされた。

再び自分の作った荒れ地に戻されると、悲鳴を上げる。

「今だ‼　一気に畳み込め‼」

フレッティが全軍出撃の号令をかけると、騎士たちが大の字に倒れた竜に群がる。

森の中からは魔導士たちの呪唱が聞こえ、前線に立つ騎士たちに強化補助の魔法を使う。

さらに別の魔導士部隊では、大規模な攻撃魔法の準備が始まっていた。それが決まれば、いくらホワイトドラゴンの身体が頑丈であろうともタダではすまないだろう。

「ええい！　鬱陶《うっとう》しいな、お前ら！」

再び首の下を大きく膨らます。

三度目のブレスを吐き、騎士たちを押し込もうとした。

かくてブレスは吐き出される。先ほどよりも猛烈な勢いで、吹雪が荒れ狂う。

飛礫が砲弾のように巻き上がり、騎士たちに襲いかかった。

「どうだ‼」

得意げに鼻を鳴らし、ホワイトドラゴンが叫ぶ。

特に森に向けて放たれたブレスは、大規模魔法を用意していた魔導士たちに直撃した。一瞬で身も凍る冷気のブレス。息を吸うだけで肺が凍り、絶命に至るはず……。

ホワイトドラゴンは笑う。

しかし、勝利に酔いしれるのはまだ早かった。

薄い雪の粉が煙る中で、現れたのは屈強な重装騎士たちである。

しっかりと魔導士たちを吹雪から守っている。

本来、鉄の鎧は冷たくなると肌に貼り付き、凍傷を起こすのだが、騎士たちの装備は皮、魔獣の素材などがメインだった。鉄製なのは盾と武器ぐらいである。

「馬鹿な‼」

ホワイトドラゴンは絶叫する。

その顔は最初出会った頃の雄々しさも、厳格さからもかけ離れていた。

ブレスに耐え、易々《やすやす》とドラゴンの皮膚に傷を刻む。それは精霊契約者だけではない。他の騎士たちも然りだった。

「驚くのも無理はないね」

「わたしたちには勝利の女神ならぬ」

「天使がついてるもんね」

「…………」

「いけるぞ、この戦い！　勝利へ進め！　各々《おのおの》！　竜の試練を越えろ‼」

フレッティは再び炎の剣を振る。

その一瞬、ホワイトドラゴンが青ざめた。

それは恐怖に似たものだが、フレッティたちが知る由《よし》もない。

すべてはルーシェルに食べさせてもらった『ドラゴンバタフライのねじり揚げ』のおかげだ。

騎士たちを夢中にさせた魔獣食には、竜のブレス攻撃に対して強力な耐性を持つという効果に加え、【竜特攻】というスキルが付与される。結果、ホワイトドラゴンの攻撃を完封すると同時に、竜に対してのみすべての攻撃が致命傷になるという能力を得るに至っていた。

「こ、こやつら、本当に人間か⁉　化生《けしょう》の類《たぐ》いではないのか？」

特にホワイトドラゴンを苦しめていたのは、【竜特攻】の効果だ。

このスキルを持つ者は、竜に対する攻撃力が普段の三倍以上に跳ね上がる。

竜を倒すという信念が強いほど、効果が増し、硬い竜鱗をも貫く力の源となっていた。

もはやレティヴィア騎士団は竜の天敵――ホワイトドラゴンにとって最悪といっていい相手になっていたのだ。

「いけるぞ！　このまま押し込むのだ‼」

フレッティの大声が戦場に響き渡った。

このままレティヴィア騎士団が押し込むかと思われたが、そうはならなかった。

ホワイトドラゴンのしぶとさは、フレッティたちの予想よりも遥《はる》か上をいくものだったのだ。

敗北を認めることも、試練の合否を告げることもなく戦い続けている。途中、大魔法の直撃を受けても、牙と闘志を剥き出して反撃してきた。

こうなると、団員たちの疲労が心配になってくる。

防御の薄い遊撃隊は動き回り、重装騎士たちは竜の攻撃を防ぎ続け、魔導士たちは援護と防御魔法をかけ続けている。加えて険しい山を登ってきて、休憩する間もなく、戦闘に突入してしまった。疲れていないわけがないのだ。

気が付けば陽は落ち、空には星が瞬《またた》いていた。

長時間に亘《わた》って戦闘が続いたことによって、有利かと思われていたレティヴィア騎士団の旗色が次第に悪くなっていく。脱落者が出始めて、リチル率いる魔導士部隊も、その対処に追われた。

魔法での援護が少なくなったことによって、火力不足が顕著だ。

それでもホワイトドラゴンに対抗できているのは、間違いなくルーシェルの料理のおかげだろう。

「ぐっ！」

唸りを上げたのは、フレッティだった。

一旦ホワイトドラゴンから距離を取る。

致命傷こそないが、鎧はもうボロボロだ。手甲の辺りが真っ黒になり、その手も震えている。

実はもうこの時、手の感覚がなくなってきていて、剣を握るのも難しい状態だった。

原因は一つ。フレイムタンを連続使用したせいだ。

燃えさかる魔剣の炎は繰り手に対しても、決して無害ではない。

そもそも魔剣は握っているだけで魔力を吸い上げられていく。常時、精霊の力を使っているような状態だから、魔法を連発する以上の負荷が身体にかかっているのだ。

本来魔剣士でもないフレッティが、長時間フレイムタンを振るえているのも、元々持っている魔力量が大幅にアップしたおかげである。それが誰の仕業《しわざ》かは、説明するまでもないだろう。

しかし、疲労はまた別だ。いくら生死の境にある戦場とはいえもう三時間も戦い続けている。

さすがのフレッティも息が上がっていた。

「フレッティ、少し休んでいなさい」

声をかけたのは、共に正面で戦っていたカリムだった。

「いえ。まだまだ……」

フレッティは前のめりになるが、逆に膝をついてしまった。

身体が動くことを拒否している。フレイムタンから燃え上がっていた炎も消えてしまった。

「ずっととは言いません。ほんの少しでいいのです。それに父上との約束をもう忘れたのですか？」

フレッティはハッと気づく。自分が握る魔剣を今一度確認した。

ホワイトドラゴンに勝つだけではダメなのだ。自分が生きて帰らなければ、意味がない。

「ふふ……。あれはカリム様に向けられた言葉とばかり思っておりました」

「違いますよ。あれは『試練の竜』に挑む全員に向けられた言葉です。その中には、あなたも入っているのですよ」

「…………わかりました。私が戻るまで、待っていてください」

「ええ……。と言っても、あなたが戻る頃には、終わっているかもしれませんけどね」

ふわりと風がフレッティの頬を撫《な》でる。それは風の精霊の契約者たるカリムが起こしたものだったのか。はっきりとわからなかったが、何故《なぜ》かエールを送られているような気がした。

それはフレッティだけが感じたわけではない。

戦場にいる全員が、何か背中を、肩を、頭を撫でられたような感じを受ける。

自然とみんなの視線がカリムの方を向く。

それはホワイトドラゴンも例外ではなかった。

「風使い……。お前、もしかして今まで本気じゃなかったな」

「僕のせいじゃないよ。風の精霊はとても気まぐれなんだ。本気を出したら、みんなを巻き込む」

「かかっ！　愉快！　実に愉快！　あの炎使いも面白いヤツだったが、お前はさらに面白い。この震え……。十年、いや二十年ぶりだぞ」

ホワイトドラゴンは傷だらけの顔を歪めて笑う。

最初、白亜の石像を思わせたホワイトドラゴンの皮膚は、無数の傷と血にまみれていた。

翼は破れ、背中の皮膚は吹き飛び、骨が見えているところもある。

それでも笑えるのは、竜が竜たる所以《ゆえん》だろう。

「行くよ、ホワイトドラゴン……」

カリムの足裏から頭の頂に向かって、風が吹き上がる。

金髪を乱したカリムを中心にして、暴風が渦を巻いた。

その強烈な風に、騎士たちはおののく。

「くらえ!!」

先手必勝とばかりにホワイトドラゴンは白い吹雪を吐き出した。

直線上に放たれた吹雪をカリムはギリギリで回避し、距離を詰めていく。

次にカリムに襲いかかってきたのは、ホワイトドラゴンの爪だ。

纏《まと》わり付《つ》く蝿《はえ》をはたき落とすように振るう。

しかし、カリムはこれも躱《かわ》してしまった。

風を操作し、まるで何かに引っ張られるように高速で動き、あっさりと竜の後ろを取る。

まさに一陣の風の如き、動きだった。

「鬱陶しいな！　お前!!」

ホワイトドラゴンの目尻が吊《つ》り上《あ》がる。

鼻息を荒くすると、今度は大きな尻尾で背後のカリムに応戦した。

それもひらりと躱す。

カリムは剣に精霊を込め、ホワイトドラゴンに振り下ろした。

砂や石を巻き込み、暴風と化した剣は竜の鱗を弾き飛ばし、中の肉を抉る。

大量の血液が吹き出し、それすらも風に飛ばされていった。

「痛《い》ででででででで!!」

ホワイトドラゴンは悲鳴を上げながら仰《の》け反《ぞ》った。

倒れるかと思われたが、ホワイトドラゴンは目くじらを立てながら、カリムを追撃する。

一撃をもらえば絶命は必至。だがカリムはホワイトドラゴンの攻撃をひらりと躱す。

「あの尻尾……」

そのカリムが着目したのは、ホワイトドラゴンの尻尾だった。

先の方が少し変色している。古傷のような痕にも見えた。

「そこが弱点と見ました!!」

カリムは風の刃を発生させる。

高速で撃ち出されたそれは、ホワイトドラゴンの尻尾の先を集中的に狙った。

だが、寸前で躱される。

「お前、どこを狙っておるのだぁ!!」

ホワイトドラゴンは腕を上げて、駄々をこねる子どもみたいに抗議する。

やはり何かあるらしい。

カリムはさらに攻撃を追加していった。

「すごい……」

カリムの戦いを見つめていたミルディが呟《つぶや》く。

その目に映ったのは空を飛び回るカリムである。血に濡《ぬ》れたホワイトドラゴンを翻弄《ほんろう》していた。

その様は悪竜を裁きに人間界へと降臨した天使のようだ。

しかし、蝶《ちょう》のように舞い、蜂のように刺す戦い方はいつまでも続かない。

「おっと……」

カリムの周りを覆っていた風の加護が消える。

すとんと釣瓶《つるべ》が落ちるようにカリムは地上へと落ちていった。

「ぐはははは!!　調子に乗ったな、風使い!!　自分の魔力量を省みず、力を連発するからそうなるのだ！」

ニヤリと笑ったホワイトドラゴンの指摘はもっともだった。

ホワイトドラゴンの鱗を削った大技。

さらに人一人を持ち上げるほどの風を発生させ、巧《たく》みに操作する時も、魔力が必要になる。

軽やかな動きに目が行きがちだが、使用する魔力量はかなりのものなのだ。

「フッ……」

落下する最中、カリムはホワイトドラゴンと同様に笑った。

「別に魔力が空になったわけではありませんよ。こうやって魔力切れをした振りをすれば、あなたがこっちに注意を向けてくれると思っただけです」

「なにぃ？？」

ホワイトドラゴンは首を傾《かし》げたが、さほど間を置かず、カリムが言った言葉の意味を知ることになる。

ごぅお……。

夜の帳《とばり》は落ちた頃だというのに、忘れ物をした太陽が戻ってきたようだった。

そう思わせる十分な量の火塊が、東の空に高々と掲げられる。

振り返ったホワイトドラゴンが見たのは、フレイムタンを握りしめたフレッティの姿だった。

「おおおおおおおおおおおおお!!」

極大の炎を掲げて、ホワイトドラゴンに突撃していく。

さらにミルディが爆弾で削り、リチル率いる魔導士たちが鱗を抉って援護する。

ホワイトドラゴンがカリムに気を取られたこの時を待っていたかのように、レティヴィア騎士団の総攻撃が始まった。すべての戦力と魔力をホワイトドラゴンにぶつける。

やがて小さな太陽と化したフレッティの一撃がホワイトドラゴンに突き刺さった。

勝負あったかと思ったが、竜の目はまだ死んでいない。未《いま》だに戦意は衰えず、口を開けてブレスを吐こうとする。危急の時にあっても、ホワイトドラゴンはどこか嬉しそうだった。

その闘志に燃える瞳は、耐えた炎の一撃の向こうで人影を捉《とら》える。

天使のように光るエルフの青年が掲げていたのは、嵐を三つ四つ圧縮させたような暴風であった。

「さすがに、この一撃は耐えられないでしょ？」

普段、冷静なカリムの顔が野蛮に歪んでいた。

やがて巨大な風の剣が真っ直ぐホワイトドラゴンへと振り下ろされる。

直後、ホワイトドラゴンは強烈な暴風の中にさらされた。

「ギャアアアアアアアアアアア‼」

これこそが竜の断末魔の悲鳴だった。

そう思えるような決定的な叫びが、山の峰に轟く。

瞬間、赤黒く濁っていた竜の目から生気が失われていった。

ついに竜の巨軀が地面に倒れる。

どぉ、という轟音《ごうおん》の直後、周囲に走ったのは沈黙だった。

騎士たちは倒れた竜を食い入るように見つめる。

静寂に騎士や魔導士たちの荒い息づかいと、早鐘《はやがね》のように鳴る心臓の音が混じった。

「うおおおおおおおおおお‼」

フレッティは叫ぶ。

背筋を反《そ》り、胸を張って空に浮かぶ月まで届かんばかりの声で、雄叫《おたけ》びを上げる。

その瞬間騎士団員たちは勝利を実感し、団長に続いて叫ぶのだった。

◆◇◆◇◆　レティヴィア家　◆◇◆◇◆

妙に胸騒ぎがする夜だった。

一度ベッドに潜ったけど寝付けず、今は窓際《まどぎわ》に座って僕は星を眺《なが》めている。

相棒はぐっすりだ。天鵞絨《ビロード》の寝床がよほど気に入ったらしく、気持ち良さそうに眠っている。お腹《なか》を上に向けて、幸せそうな顔をしていた。

「行軍が順調なら、今頃『試練の竜』がいる山かな」

カリムさんたちがレティヴィア家を出発して、三日が経つ。

騎士を休めるという意味でも、到着して早々戦うなんてことはないと思うけど、今頃もうホワイトドラゴンと激戦を繰り広げているかもしれない。

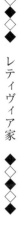

「無茶してないといいけど……」

カリムさんやフレッティさんたちはもちろんのこと、僕はホワイトドラゴンのことも心配していた。

神竜って呼ばれているくせにやたら好戦的だし、ドラゴンと言っても根っこは獣だから、理性というものが働かない。夢中になると、見境がなくなるのだ。

といっても、今のカリムさんたちは強い。

負けることはないと思うけど、すべてはホワイトドラゴン次第だった。

「……ちょっと心配になってきたなあ」

やっぱり様子を見に行くか。でも、僕が行ったらまたややこしいことになりそうだし。

頭を抱えていると、僕は深夜の屋敷を動く人の気配に気づく。

【竜眼】で確認すると、それはリーリスだった。

どうやら心配なのは、僕だけじゃないようだ。

◆◇◆◇◆　試練の山　◆◇◆◇◆

「騒がしいのぅ……」

騎士団の歓喜は長くは続かなかった。

皆が肩を組んで抱き合う中、彼《か》のホワイトドラゴンは起き上がる。

そして、ただ起き上がっただけに留まらない。ホワイトドラゴンの巨軀が光の膜に覆われる。回復魔法の光に似ていたが、まさしくそれであった。翼を破られ、肉を削られ、炎に巻かれて黒ずんでいた竜の身体はみるみる回復していく。やがてすべての再生が完了すると、その膜を破って真っ白なホワイトドラゴンが現れた。まるで脱皮だ。

何事もなかったかのように元の姿に戻った竜を見て、歓喜に沸いていた団員たちは言葉を失った。

「そ、そんな……」

「あれで生きているのか……」

「それも、全回復なんて」

「そんなの卑怯《ひきょう》だよ！」

ミルディは抗議の声を上げる。

フレッティも、カリムも立ち上がったホワイトドラゴンから目を背《そむ》けることができない。

騎士団が絶句する中で、飄々《ひょうひょう》としていたのは当の竜であった。

目の横をポリポリと爪で搔《か》きつつ、ホワイトドラゴンは口を開く。

「あー。まー。そんな顔をするなよ、人間。決着は着いた。我の負けでいい」

「え？」

「今、負けを認めると」

「そう言ったよね？」

「どういうことですか、ホワイトドラゴン？」

カリムは確認を取ったが、ホワイトドラゴンはいやいやと首を振る。

「言葉通りの意味だ。お前たちは我の試練を突破した。……まあ、それはそれで、お前らが続きをしたいというなら話は別だがな」

そう問われて、勇ましく手を上げる者はいない。

カリムですら、こりごりとばかりに肩を竦めた。

「お前らは我に力を見せた。もう十分だろう。特にそこの騎士――」

ギロリとホワイトドラゴンは、フレッティを睨む。

「あの炎の一撃はなかなか効いたぞ」

「あ、ありがとうございます」

フレッティは思わず深々と頭を下げてしまう。

「それと風使い。……お前はもうちょっと心の修練が必要だな。何を恐れているか知らぬが、もっと自分に自信を持て。そうだな、我のようにだ」

「ご、ご忠告感謝申し上げます、ホワイトドラゴン殿」

いきなり説教を始めたことよりも、カリムにとっては急速にホワイトドラゴンから戦意がなくなっていく方が驚きで、つい声が上擦《うわず》ってしまった。

とにかく竜に戦意がないということは、もう試練とやらは終わりということだ。

カリムは散々ホワイトドラゴンの皮膚に突き立てた剣を、鞘《さや》に収めた。

「じゃあ、俺たち……」

「本当に勝ったのか？」

「終わり……」

「……みたい、だな？」

騎士たちは戸惑いながら、二度目の歓声を上げる。

一度倒したと思った竜が復活したかと思えば、敗北を認めたのである。

目が点になるのも無理からぬことだった。

「すまない、ホワイトドラゴン。試練とはいえ、あなたの身体をボロボロにしてしまった」

「気遣いは無用だ。それにこの通り、我の身体は全快しておる。そもそもボロボロなのは、お互い様であろうが」

「ええ。まったく……。あなたが本気だったなら、私の命がいくつあっても足りなかったでしょう」

「かかっ!! これでも神の獣だぞ。人間ごときに取られるほど、我の首は易くはないぞ」

「ところで、気になっていたのですが、あの尻尾の傷は治さないんですか？」

カリムは尻尾の先についた古傷を指差す。

他は綺麗《きれい》だというのに、その傷だけが残ったままになっていた。

「ああ。それはのぅ。ちと特殊な切られ方をしたのだ」

「特殊？」

「詮索するな。それは我のチズだ」

「チズ？」

「恥部って言いたいんじゃないかしら?」

ミルディが首を傾げると、リチルがそっと囁《ささや》く。

すると、突然ホワイトドラゴンが尻尾を振り回して、太鼓みたいに大地を叩き始めた。

「思い出すだけで腹が立つ。よし! 我は決めた! 今度、あやつに会ったら、我のブレスでカチカチにして、頭からバリバリ食ってやる! 覚悟せよ、ルーシェル!!」

「え? ルーシェル??」

フレッティが反射的に反応する。

カリムとリチル、ミルディはルーシェルからの忠告を思い出して、慌てて団長の口を塞《ふさ》いだ。

しかし、遅かった。それまで穏やかだったホワイトドラゴンの表情は一変する。

最初会った時よりも、その顔はさらに険しいものになっていた。

「貴様ら、ルーシェルを知っているのか?」

「あ、ああ……」

「だ、団長! 認めてどうするんですか?」

頷いたフレッティを見て、ミルディは驚く。

「ここに来て知らぬ存ぜぬは難しいだろう。下手に嘘《うそ》を吐《つ》くより、真実を話した方がいい」

「はあ……。団長らしいと言えば、団長らしいけど……」

ミルディは肩を落とす。

しかし、フレッティの信念とは裏腹にホワイトドラゴンの機嫌は、明らかに下降線を辿《たど》っていた。

ゴゴゴゴ……と謎の喉なりを鳴らしながら、ホワイトドラゴンは一つ頷く。

「なるほど。お前らが我に対抗できたのは、あやつの悪知恵か」

「ホワイトドラゴンよ。あなたとルーシェルくんの間に何があったというのだ？」

「答えよ……」

フレッティの呼びかけを無視し、ホワイトドラゴンは再び唸る。

「ルーシェルは、今どこにいる？」

ホワイトドラゴンの瞳は、赤く光るのだった。

第4章 百三年目の再会

kousyakuke
no
ryouriban
sama

リーリスは中庭の噴水に腰掛け、ぼうっと夜空を眺《なが》めていた。

手にはルララ草が植えられた鉢植えを持っている。茎がしなるほど大きくなった蕾《つぼみ》は下を向き、今にも咲きそうだ。

もう深夜にもかかわらず、リーリスが中庭にいるのは、ルララ草のためだろう。

たいていそうなのだけど、魔草は日光に弱い。日陰に置いていても枯れてしまうことがある。魔草が貴重なのは、そういった性質ゆえなのだ。さりとて植物なので光がなければ正常に成長できない。だからこうして定期的に星明かりにさらす必要があるのだ。

側付《そばづ》きの人がやっているのかと思ったけど、リーリス本人がやっているとは思わなかった。

重い鉢植えを薬草室から地上まで持ってくるだけでも、かなりの重労働なはずなのに。

あるいはルララ草が蕾をつけたのも、そんなリーリスの努力を認めてくれたからかもしれない。

「あまり夜風に当たりすぎると、風邪を引くよ、リーリス」

リーリスの肩が小さく震える。

初夏とはいえ、まだ夜は肌寒い。薄着だとさすがに風邪を引くだろう。

僕は【収納】の魔法を使い、羽織り物を取り出すと、リーリスの肩にかけた。

「ありがとうございます、ルーシェル」

「どういたしまして。……ルララ草の蕾、また大きくなったね」

「はい。……でも、なかなか咲かなくて」

「焦《あせ》りは禁物だよ。大丈夫。きっとルララ草は、リーリスの想《おも》いに応《こた》えてくれるよ」

「だといいんですけど……。ところで、ルーシェルはどうしてここに？」

「どうも寝付けなくてね。そしたら、リーリスが屋敷《やしき》の廊下を歩いているのを見つけたんだ。すごいね。魔草を外に出すのも、リーリスがやってるんだ」

「普段は側付きに頼んでいるのですが、今日は目が冴《さ》えてしまって。ルーシェルと同じです」

そこで一旦会話は途切れてしまった。

僕もリーリスも、次の話題を探すというよりは、夜空に浮かんだ星々に向かって息を呑《の》む。

百年以上、山で見てきたけど、クラヴィス家から眺める星の姿はまた違う趣《おもむ》きがある。障害物の少ない山の頂上で臨む星は格別だったけど、一抹の寂しさを感じることが多かった。特にアルマと一緒に過ごす前の十年は、星を見れば泣いていた記憶しかない。

けれど、今は違う。

側《そば》にはリーリスがいて、背後にレティヴィア家の屋敷があって、クラヴィスさんやソフィーニさん、レティヴィア家に仕《つか》える家臣がいる。

そう思うと、なんの気兼ねもなく、星の美しさを楽しむことができた。

「……――ンは星を見ても、寂しくなかったのかな？」

「ん？　何か言いましたか、ルーシェル？」

「え？　あ、いや……。ホワイトドラゴンのことをちょっと考えていたんだ」

「ホワイトドラゴン……？　もしかして、それは『試練の竜』のことですか？」

「え？　う、うん……」

初めて出会った時、『試練の竜』は五百年生きていると言っていた。

僕の倍以上の時間を、一匹で生きてきたとも。

そんなホワイトドラゴンには、この星はどんな風に映っているのだろうか。

「ずっと気になっていたのですが、『試練の竜』と戦うことによって、どうやってお母様の呪いが解かれるのですか？」

「そうだね。そろそろ話してもいいかもしれない」

ホワイトドラゴンは神竜だ。神に仕える獣ではあるけど、〝神〟と名が付くだけあって、神様の力を使うことができる。それを神術《しんじゅつ》と言う。

「でも、神術は魔法やスキルと違って、簡単に発動できるものじゃないんだ。それは『試練の竜』ホワイトドラゴン自身も例外じゃない」

「では、どうやって？」

「僕も詳しいことは知らない。でも、ホワイトドラゴンはこう話してくれたよ」

人の願いが必要だって。

「人の願い？」

「人間の願いの力って、とっても小さいんだ。でも、それが集まり、そして堆積していくことによって奇跡を起こす力を持っている。それが神術なんだよ」

「人の願いを叶《かな》える力……」

「神様っぽいだろ。でも、善《よ》し悪《あ》しはあって、本当に純粋な願いや想いでしか神術に使うことができないそうなんだ。つまり、その人が本当に望む願いでなければ、奇跡は起こせない。今、リーリスが持っているルララ草がそうであるように」

ルララ草にも、神術と同じ効果があるのかもしれない。

僕はルララ草が起こす奇跡を見たことがないけれど、仮に神術のような力をルララ草が持っているのだとしたら、それは魔草ではなく、神草ということになる。

つまり『叡智《えいち》の実』『万能の露《つゆ》』といったものと同じ神界の植物だということだ。

「じゃあ、『試練の竜』と戦う理由は何なのですか？」

「ホワイトドラゴンは僕にこう言った。『人の願いは極限状態の中で生み出されるものだ』って。人の本音というのは、死に近いところにあるらしい。僕はそんなことはないと思うんだけどね」

「死って……。じゃあ、カリム兄様や、フレッティたちは！」

「大丈夫。ホワイトドラゴンの目的は人間を殺すことじゃない。試練に挑む人間の純粋な願いを引き出すことだから。心配しないで」

「ルーシェルが、そう言うなら……」

ホッと胸を撫《な》で下《お》ろす。

リーリスはルララ草に視線を落とした。

「歯がゆいですね。本来であれば、わたくしがホワイトドラゴンの前に出て、お母様の呪いを解くよう願い出るべきなのに。今はこうしてルララ草の前で祈ることしかできない」

「気持ちはわかるよ。試練を受ける資格のない僕だって、似たようなものだしね。それに歯がゆいと思っているのは、僕たちだけじゃないみたいだよ」

「わたくしたちだけじゃない？」

「そうですよね。クラヴィスさん」

僕が声をかけると、中庭に出る屋敷の出入り口からクラヴィスさんが現れた。

魔法でカンテラの明かりを点《つ》けると、軽く肩を竦《すく》める。

「さすがに、ルーシェルくんにはバレバレか」

「お父様、どうしてここに？」

まさかの登場に、リーリスは驚いていた。

「どうも寝付けなくてな」

クラヴィスさんは軽く頭を撫でる。その台詞《せりふ》を聞いて、僕とリーリスはクスリと笑った。

一方、クラヴィスさんはリーリスが持つルララ草を見つめる。

「なるほど。ルララ草で間違いないようだ。この分だと、今夜中には咲きそうだな。リーリス、よくここまで育てたな」

クラヴィスさんは愛娘《まなむすめ》の髪を撫でる。リーリスはあまり嬉《うれ》しそうではなかった。まだクラヴィスさんとの仲のことを気にしているのかもしれない。

その気持ちを、クラヴィスさんも汲《く》み取《と》ったのだろう。

そっと髪から手を離し、ルララ草に目を落とした。

「こんなことを言うと、リーリスは怒るかもしれないが、父もお前と同じなのだ」

「お父様も、わたくしと同じ？」

「私は公爵だ。他の者よりも少し地位が高く、多くの人間を動かせる権限を皇帝陛下から賜っている。私自身も魔獣学者という肩書きがあり、長命なエルフであるから、たくさんの知識と経験を有している。リーリスよりも遥《はる》かに、そして大人だ」

「……はい」

リーリスは伏せ目がちに頷《うなず》く。

さらにクラヴィスさんの話は懺悔《ざんげ》のように星明かりの差す中庭に響いた。

「だが、そんな私ですら、ソフィーニの病《やまい》を治すことは叶わなかった。いや、リーリスと同じく病でないことすら知らなかった」

「……お父様」

「ソフィーニが療養所から屋敷に帰りたいと言った時、私は止めることができなかった。病を特定することすらできていないのに、完治してないとわかっているのに、私は家族に会いたいと言うソフィーニを止めることすらできなかった。……そのことをお前に伝える勇気すら持てなかったのだ」

クラヴィスさんは膝《ひざ》を折り、上から見下げるのではなく、真っ正面から愛娘と向き合った。

親子共々同じ青い瞳が重なり、星空の下でもはっきりと各々《おのおの》の姿を映し出している。

「すまなかった、リーリス。不甲斐《ふがい》ない父を許してほしい」

「お……………お……………お、とう…………。おとう…………さ…………――――」

クラヴィスさんを最初に抱きしめたのは、リーリスだった。

産声《うぶごえ》にも似た泣き声が、広いレティヴィア家にこだまする。八歳の子どもの腕はクラヴィスさんの首にしっかりと回され、まるで実の父を慰《なぐさ》めているようにも見えた。

泣きじゃくる娘を、クラヴィスさんも赤子をあやすように優しく抱きしめた。

「不甲斐ないのは、わたくしも一緒です。わたくしは何もできなかった！　でも、わたくしはお父様の気持ちも知らずに、ずっと――――」

「リーリス、それでいい。子どもが大人の気持ちを推し量るものではない。だが、私はお前の気持ちを知りながら、蔑《ないがし》ろにしてしまった。私とお前の立場にさほど違いはないはずなのに」

「そんなことは……」

「たとえお前が子どもであろうとも、私たちは家族だ。突き放すのではなく、一緒に戦うべきだった」

やはり、この二人は親子なんだなって思う。

ずっと同じ悩みを抱え、ずっと同じ心の痛みを秘め、申し訳なさと悔《くや》しさと、嬉しさを今この時共有している。ただ二人は知らなかっただけ。そう。本当にそれだけなのだ。

側にいても知らないことなどたくさんある。遠く離れて、やっと知ることだってあるだろう。

トリスタン家から離れて初めて、家族という繋《つな》がりの大切さに僕が気づいたように。

「良かったね、リーリス。クラヴィスさんと、仲直りできて」

僕は自然と流れていた涙を拭《ぬぐ》う。

直後、ある変化が起こる。最初に気づいたのは、クラヴィスさんだった。

「蕾が割れている……。リーリス！　ルララ草が咲こうとしておるぞ！」

「え？」

興奮気味にクラヴィスさんが叫ぶと、まだ涙に濡《ぬ》れた目のままのリーリスは、信じられないという風に瞼《まぶた》を大きく広げた。

「やっぱり」

「え？」

「何がやっぱりなのだ、ルーシェルくん」

「ルララ草がなかなか咲かなかった原因です」

あくまでこれは僕の予測になるけど、リーリスには二つの願いがあった。

一つは言わずもがな、ソフィーニさんの呪いの解呪。

そして、もう一つはクラヴィスさんと仲直りすることだったのだと、思う。

二つの願いはとても純粋だったのだろうけど、ルララ草にとって複数願いを持つことは、不純と見なされたのかもしれない。あるいは願いそのものを叶えることができるのは、一つだけなのかもしれない。

でも、クラヴィスさんと仲直りできたことによって、ルララ草はついにリーリスの願いに応《こた》えようとしているのだ。

蕾がゆっくりと開いていく。

花びらも見えてきた。黄金色に輝き、闇夜を照らす。

中庭に光が満ち、燐光《りんこう》にも似た光が空へと上っていく。不思議な光景に思わず見とれた。

まるで神の園の上に座っているようだ。

その中で、ルララ草の花びらは懸命に苞葉《ほうよう》を押しのけ、咲こうとしていた。

「ルララ草が」

「咲こうとしている」

「叶うのか。リーリスの――いや私たちの願いが……」

周囲が黄金色に染まっても、僕たちはルララ草から目を離せない。

生まれたばかりの子馬が立ち上がる瞬間を見ているかのような願いと高揚感を感じる。

僕も、リーリスも、そしてクラヴィスさんも半ば興奮気味に、少しずつ花開いていくルララ草の開花を見守った。

そして、それは僕の油断を生むことになる。

不意に邪《よこしま》な気配がした。

僕は咄嗟《とっさ》にリーリスとクラヴィスさんを守ったけど、その力の目標は別のものだった。

「あ………」

リーリスが小さく悲鳴を上げる。

絶望に染まった青い目に映っていたのは、花托《かたく》からバッサリと切られたルララ草の姿だった。

開きかけた花はぽとりと落ちると、植木鉢の上で跳ね上がり、そのまま中庭の地面に転がる。

ルララ草の光は萎《しぼ》んでいき、やがて闇夜が戻ってきた。

リーリスは時が止まったように固まっている。

クラヴィスさんも同様だ。

僕だけが夜の闇に現れた闖入者《ちんにゅうしゃ》を睨《にら》んでいた。

息を吸い、一旦こみ上げてきた怒りを胸の奥へと押し込む。

「無粋《ぶすい》だね。ずっと潜伏していたくせに、今ここで現れることはないだろ！」

静かな中庭に、怒気をはらんだ僕の声が響き渡る。

その声の余韻が残る中、聞こえてきたのは不規則な足音だ。

中庭に生まれた大きな影の中から、メイド服を着た女の人が現れる。

「あれは……」

「我が家の家臣ではないか⁉」

クラヴィスさんが声を荒らげる。

前に出ようとしたクラヴィスさんを、僕は手で制した。

「近づいてはダメです。……あれはレティヴィア家の家臣じゃない。いや、人でもない」

「どういうことだね、ルーシェルくん！」

やがて聞こえてきたのは甲高い哄笑《こうしょう》だった。

振り子時計のようにぐらりぐらりと揺れながら、メイド服を着た女の人が近づいてくる。

笑い声も動きも異様だけど、何より恐ろしかったのは顔だった。

不気味な鉛色の肌。口は裂け、ボロボロの歯が見え隠れしている。

きっと綺麗《きれい》だったであろう長い黒髪は所々抜けて、大きくほつれていた。

何より目だ。左目が気味の悪いほど肥大している。おかげで右目が完全に潰れていた。左目の外縁部には触手のようなものがあり、常に蠢《うごめ》いている。

星明かりの下で露《あら》わになった顔を見て、リーリスはペタリと尻もちをついた。

クラヴィスさんも代わり果てた家臣を見て、息を呑んでいる。

「ビニーホルダーですね」

「ビニーホルダーだと！　まさか、ではあやつは……」

「はい。間違いありません。あれは魔族です」

魔族にも種類が存在する。

中でもビニーホルダーは下級魔族に分類される魔族だ。

あの左目こそ本体で、ほとんど魔獣みたいな姿だけど、魔獣と違って知性があり、下級でも人の言語や、果ては心の動きを理解することができる。

特にビニーホルダーは、人に寄生するという厄介な性質を持つ下級魔族だ。

一度、寄生されれば最後、人の身体《からだ》を貪り、心まで破壊する。

残念だけど、おそらく寄生されている家臣の人は、もう死んでいるはず。

僕とアルマが気づかなかったのも、ビニーホルダーが人に寄生していたからだろう。

「ククク……！　この時を待っていた！」

ビニーホルダーはその瞳をギョロギョロと動かしながら、宿主の口を使って言葉を発する。

「厄介な【勇者】に加えて、騎士団が離れる時をな。特にあの【勇者】は面倒だ。実力的には、中級魔族すら脅かす力を持っている。悔しいがオレ様の手に余るからな」

「カリムやフレッティたちが不在の時を狙ったというわけか……」

「その通りだよ、ご当主様。まあ、もっと前から狙う機会があったんだけどな。この宿主がなかなかしぶとくてよ。身体を乗っ取るのに難儀したぜ」

「貴様‼」

「おっと！　怒るなよ。オレ様はなあ。この女の願いを叶えただけなんだぜ。家臣でありながら、当主様に横恋慕した女の願望を叶えてやったのさ」

「まさか……。だから、ソフィーニに呪いを……」

「ぎゃはははは！　その通りさ。人の心は面白いよなあ。最初は拒《こば》んでいたけどよ、『妻がいなくなれば、お前にもチャンスがある』って親切心でアドバイスしてやったら、コロッと態度を変えやがった。家臣のくせにチャンスがあるって本当に思ってやがるのな」

「貴様がそそのかしたんだろう⁉」

「そうさ。それがオレ様の能力だからな。呪いを打ち込んでからはなかなか傑作だったぜ。自分がやったことの重大さに気づいたのさ、この女は。だから、オレ様が当主様に危害を加えないようにするために、ずっと部屋に籠《こ》もってたんだ。一番危害を加えているのは、てめぇだっていうのにな。ぎゃはははは！」

「なんということだ……」

「ひどい……」

クラヴィスさんが頭を抱えれば、リーリスも顔を伏せて声を振り絞る。

絶望に歪《ゆが》む二人の表情を見て、ビニーホルダーは寄生主の顔のままで汚く笑った。

「しかし、もうオレ様を縛るものは何もない。お前らを殺して、部屋でじっくり鍵柱が呪い殺されるのを待つとしよう。お前らが部屋に張ってる結界を解除してな。……いや、その前にお前らの悲鳴を聞いて、飛び出してくるかもなあ。げははは……。ぎゃはははははは！」

星空の下で高笑いが響く。

ビニーホルダーは笑いながら、僕たちの方に走ってきた。

「ほらほら！　よく泣けよ！　母親によく聞こ――――」

「ごめん――」

瞬間、僕は迫ってきたビニーホルダーの前に出《い》でる。

【体術強化】【悪特攻】【拳《こぶし》の達人】【速度上昇】【俊敏性上昇】【鋼の守り】

【物理攻撃力上昇】【魔法攻撃力上昇】【技能上昇】【部位強化】【致命】

次々と魔法とスキルを自分の身体に施す。

大きく身体を捻転させると、渾身《こんしん》の力を込めて自分の拳を打ち出した。

拳はビニーホルダー本体に直撃する。そのまま寄生主ごと吹き飛ばされ、屋敷の壁にめり込んだ。

「へっ……」

ビニーホルダーはまだ生きていた。思っていたよりもしぶといらしい。

ただ何が起こったかわからず、明後日《あさって》の方向へと捻《ねじ》れた目を動かす。

大きな日に映っていたのは、夜の闇の中で腕を回す僕の姿だった。

「なんだ、今のは……。もの凄《すご》い力だった。中級…………いや、上級の…………魔族になぐ――」

「少し自分の甘さに辟易《へきえき》しているんだ」

「はっ？」

「君が潜伏していることは、なんとなくわかっていたよ。でも、君を殺したところで竜の呪いを解くことはできないから放置していたんだ。呪いをかける以外のことに興味がないのなら、放っておいても問題ないってね。……そうか。でも、そうやって人の心を土足で踏みにじるような存在がいることを知らなかったよ」

いや、知らなかったんじゃない。

僕は今日の前にいる魔族のような人間を知っている。

その名前はリスティーナ。僕の母を殺して、僕の家族を滅茶苦茶《めちゃくちゃ》にした人だ。

まさかリスティーナ義母様《かあさま》みたいな卑怯《ひきょう》な悪が、二人もいるとは、百年生きてて初めて知った。

山にも狡猾《こうかつ》な魔獣や生き物はいた。けど、いたぶるためだけに他の種を貶《おとし》めるヤツはいなかった。

「なるほど。百年生きていても僕はまだまだ子どもみたいだ。知らないことが多すぎる」

「お前、何を……言ってん、だ？」

ビニーホルダーとその寄生主はめり込んだ壁からなんとか脱出する。

「オレ様がいることを知っていて、放置してた？　問題ないだと？？　お前、舐《な》めてんのかよ。オレ様は魔族なんだぞ‼」

「魔族だからって何か関係あるのかい？　僕からすれば、魔族なんて人間よりちょっと強くて、賢《さか》しいだけのケダモノでしかないと思うけどね」

「ふざけるなぁぁぁぁああああああああ！」

ビニーホルダーは再び僕に向かってくる。

前言撤回だ。魔族は賢しいんじゃない。

ただ愚かなんだ。

光魔法【五芒《ごぼう》の光鎖】！

走ってきたビニーホルダーを、寄生主ごと光の鎖で縛り上げる。

向こうは必死になって脱出しようとしていたけど、逆に鎖はビニーホルダーと寄生主の身体にめり込んでいく。一際《ひときわ》効いていたのはビニーホルダーの本体だ。思った通り、光の属性魔法に弱いらしく、獣のように呻《うめ》いている。光の鎖が目の辺りに当たると、鉄板を押し当てたように白い煙が上がった。

僕は後ろを振り返る。僕の意図を察したのか、クラヴィスさんは頷いた。

再び手を掲《かか》げる。

「やめろ！　オレ様をやれば、寄生主も死ぬんだぞ」

「……もう亡くなってる」

「いや、まだ生きているぞ！　オレ様にはわかる。オレ様だって、こんなことはしたくねぇ。でもさ。これは……あれだ。宮仕えの苦労ってヤツだよ。オレ様は命じられただけで」

「君の言ってることはよくわからないよ。でも、君が嘘《うそ》を言ってることはわかる。寄生主は死んでいる。【竜眼】で確認したからね」

緑色に光る瞳を見て、ビニーホルダーはおののいていた。

「竜の力を操るだと……。お前、何者だ？　ただの人じゃ……。そういえば、さっき訳のわからないことを言っていたな。百年生きてるとか」

「そうか。君はずっと部屋にいて、知らなかったのか。僕の名前はルーシェル。父親の名前はヤールム・ハウ・トリスタンだ！」

「ヤールム！　トリスタン！　お前、まさかあの……いや、あの方の、こども――」

「さようなら、魔族」

精霊魔法【浄化《セイクリッド・》の火鉾《トライデント》】！

下級魔族ビニーホルダーを断罪したのは、光と炎を伴った三《み》つ叉《また》の鉾《ほこ》だった。

寄生主ごと刺し貫くと、一気に炎が燃え上がる。

業火はビニーホルダーと、その発した悲鳴ごと鯨の如《ごと》く飲み込む。

さらに炎は黄金色に光り輝き、春の陽気に似た空気が僕たちを包んだ。

立ち上った火柱と同じく、光は天へと昇っていく。

そこに素朴な顔をした女性の姿があった。

「シラーラか……」

女性に声をかけたのは、クラヴィスさんだった。

目を細めた悲しげな顔の当主に対し、シラーラという家臣は最終的に笑顔を見せる。

ビニーホルダーに寄生された時に浮かべていた笑顔ではない。ちょっと不器用だったけど、クラヴィスさんを励《はげ》ますような、あるいは謝っているような笑みだった。

そしてシラーラさんは消えていく。

夜の空に溶け込み、星の光と一体化した。

「少し不器用な娘だったが、とても働き者だった。給料を田舎《いなか》の両親に送っているとも聞いている。すまぬ。シラーラ、どうか安らかに眠ってくれ」

シラーラさんが消えていった星空に顔を向け、クラヴィスさんは静かに黙禱《もくとう》する。

僕もまた目を瞑《つむ》った。魔族の存在を知りながら、放置していたのは僕だ。

シラーラさんの魂には悪いことをしてしまった。

「馬鹿野郎！　ルーシェル!!　後ろだ!!」

唐突に、アルマの声が聞こえてくる。

僕は邪悪な気配に反応し、回避した。

目の前を通っていったのは、真っ黒に焦《こ》げたビニーホルダーの本体だった。

「何をぼうっとしているんだよ。ルーシェルらしくもない」

「ごめん」

「相手は隠密《おんみつ》に特化した下級魔族だ。今のようにボクたちでも正確な場所は摑《つか》めなかった」

「うん……。でも――」

「魔族を見逃していたのは、ルーシェルだけじゃない。ボクもだ。だから、自分ばかり責めるな」

「アルマ…………。うん。ありがとう」

僕は相棒の気遣いに感謝する。

一方、ビニーホルダーは虫の息だった。

「くそっ！　こうなったら!!」

次の瞬間、ビニーホルダーは僕たちの視界から消える。

高速で移動したのだ。ビニーホルダー本体はそもそも小さい。闇夜ならすぐに溶け込んでしまう。

僕たちは必死に気配を追う。すると、夜空に向かって大きく跳躍する異形の姿が見えた。

「逃がすもんか！　追うよ、アルマ」

「当たり前だ」

僕とアルマは【浮遊《フローティング》】を使おうとする。

その瞬間だった。大きな影が現れたのは……。

「あれって——。まさか！」

「なんであいつが、こんなところにいるんだよ！」

空に雲がかかったのかと思ったけど違う。

ただただ空に浮かんでいたものが、ひたすら巨大なだけだった。

空を摑んでしまえそうな大きな翼。分厚く岩のような顎。頭から角が伸び、顎の下の袋は時々大きく膨《ふく》らんでは、萎んでいくのを繰り返している。

白目と黒目が逆転していて、その中心にある白い瞳は蛇のように蠢いていた。

夜の闇の中でも、その白さは極まって見える。

まるでそこだけジグソーパズルのピースが剝《は》がれたようだった。

「な！　嘘だろ！　なんで、こんなところにドラゴンが、しかも、ホワイトドラゴンだと」

突然のホワイトドラゴンの登場に、一番慌てていたのは、気流に乗って移動していたビニーホルダーだ。

ホワイトドラゴンの大きさからすれば、もはや塵《ちり》に等しい。

事実、竜は目の前の下級魔族などまったく相手にしていなかった。

「どけっ！」

ただそれだけ言うと、ホワイトドラゴンは目の前に浮かんだビニーホルダーを食いちぎっていた。

真っ白な岩のような巨体が、暴風を伴って下りてくる。

広いレティヴィア家の中庭に着地すると、地響きを起こし、屋敷の窓を揺らした。

すでに屋敷内は大騒ぎだ。地響きによって叩《たた》き起こされた家臣たちが右往左往している。廊下の窓から見た白い竜を見て、悲鳴を上げては卒倒する家臣が続出した。

僕とアルマはリーリスとクラヴィスさんを背にし、突如現れた竜を睨む。

中庭に降り立ったホワイトドラゴンもまた、僕を睨み、不気味な音を立てて喉を鳴らしている。

魔族という脅威は完全になくなったけれど、それよりも遥かに厄介な存在が現れてしまった。

僕は額の汗を拭い、アルマは小さな身体を低くし、戦闘姿勢を取る。

「あなた、これは一体……」

羽織り物を肩にかけたソフィーニさんが、屋敷から出てくる。

反応したのは、ホワイトドラゴンだ。長い首を立たせると、ゆっくりと顎を開いた。

「いかん！　ソフィーニ、出てくるな！」

「お母様!!」

一触即発の空気が流れる。僕は咄嗟にソフィーニさんに防御魔法を敷《し》こうとするのだけど、その前に聞き覚えのある声が竜の背中から聞こえてきた。

「おーい……！……」

ひょっこりと顔を出したかと思えば、フレッティさんとカリムさんが竜から下りてくる。

「お兄様！」

「フレッティさんも！」

装備こそボロボロだけど、二人とも元気そうだ。

こちらに走ってくる二人の顔には、笑みもあった。装備の具合からしてホワイトドラゴンとの激戦をくぐり抜けた後だろう。竜の背に乗ってきたということは、試練に打ち勝ったのかもしれない。

カリムさんとフレッティさんは、たちまちクラヴィスさんたちに囲まれた。

「よく無事だった、カリム。フレッティも」

「ありがとうございます、父上」

「しかし、何故《なぜ》竜に乗ってやってきたのだ。あの白い竜は一体？」

僕と違って、事情を知らないクラヴィスさんは首を傾《かし》げる。

「あれこそが『試練の竜』ホワイトドラゴンです、父上」

「あのような竜と、カリムが戦っていたのですか？」

カリムさんを労《ねぎら》いながら、ソフィーニさんは目を丸くする。

それぞれ、三階建ての屋敷の高さよりも大きな巨軀《きょく》を見上げた。

星空を背にした竜は、静かに佇《たたず》んでいる。僕としてはこの沈黙がもう恐怖だ。

「我々は竜の試練をクリアしました。しかし、その後ホワイトドラゴンから依頼を受けまして」

「依頼……？」

　僕が尋ねると、フレッティさんはじっと僕を見てこう言った。

「君に会わせろ、と言われたんだ」

「僕に……ですか」

「ああ。最初は迷った。もしかして、ホワイトドラゴンが君に危害を加えるかもしれないと思ったからね。最悪、屋敷にも何らかの影響がある可能性もあるし」

「こやつに危害を加えるだと？　そんなことができるなら、我も苦労はせんわ」

　ホワイトドラゴンは屋敷に来て、初めて言葉を発する。

　アルマ以外で急に喋《しゃべ》り始めた獣を見て、クラヴィスさんたちは驚いていた。

　そもそもアルマは【言語理解】によって喋ることができているけど、このドラゴンは違う。人の言葉を学習して、スキルも何もなしに喋っている。

　それだけ知能が高いということは、ホワイトドラゴンがただの獣でないことの証明でもあった。

「ルーシェル、お前は後だ。先に済ますことがある」

　ホワイトドラゴンは傾《かたむ》けた首を、ゆっくりとリーリスに近づけていく。

　そのリーリスは、魔族によって散らされたルララ草を見つめていた。

　花托からバッサリと切られてしまったルララ草の姿は、あまりに無残で、見る度に悲しみを誘う。事実、リーリスは手の平で咲きかけた蕾を拾い、泣いていた。蕾の上に少女の涙が一滴、また一滴と垂れるけど、やはり奇跡は起こらない。

リーリスの小さい背中が、さらに小さく見えた。

八歳でこの世のすべての絶望を背負ったような少女に、ホワイトドラゴンが話しかける。

「ルララ草だな」

「え？」

ホワイトドラゴンの巨体がゆっくりと傾く。巨軀に対して短い腕を伸ばした。

僕は慌ててリーリスを庇《かば》いに入ったけど、ホワイトドラゴンから殺気は感じられない。

大きく孤を描いた爪が、リーリスのすぐ手前で止まる。

「手に載せろ」

「手に？」

「早くしろ」

リーリスは僕の方を向く。

ホワイトドラゴンが何をしたいのか、僕にもわからない。

でも、今は信じるしかなかった。

僕は黙って頷くと、リーリスはホワイトドラゴンに言われた通り、ルララ草の蕾を竜の巨手の上に載せた。さらに蕾だけではなく、残った葉の部分も一緒にだ。

「娘……。これはお前が育てたのか？」

ホワイトドラゴンの質問に、リーリスは首肯する。

「お前の願いは、そこにいる母親にかかった竜の呪いを解く――――相違ないな」

「呪いが解けるのですか？」

「答えよ」

リーリスは戸惑《とまど》いながら、再び頷く。

ホワイトドラゴンは、ただ「そうか」とだけ言って、手の中にあるルララ草に目を落とした。

「母親を助けたいのであれば、お前にも試練を受けてもらう必要がある」

「ちょ！　リーリスに試練を受けさせるつもりかい⁉」

「ルーシェル、黙っていろ。我はそこの娘と話しておるのだ。……どうだ、娘？　試練を受けてみるか？」

ホワイトドラゴンが何を考えているか、僕にもさっぱりだ。

アルマにもわからないらしい。もしかして、僕に意地悪を？　いや、そんな回りくどいことをするような竜ではない。やるなら、もっと直接的に危害を加えてくるはずだ。

「どうだ、娘よ？」

「受けます！　それでお母様が助かるなら」

リーリスは顔を上げ、涙で腫れた目を服の袖《そで》で拭《ふ》き、宣言した。

青い瞳に一片の迷いもない。小さな女の子が、自分の優に十倍以上もあるホワイトドラゴンに挑もうとしていた。

無茶も過ぎる。やる気があるからといって、勝てる相手じゃない。

僕はやめさせようとするけど、先にホワイトドラゴンが口にした。

「勇ましいな。嫌いではない。……だが、試練を受けると宣言した時点で、娘よ。お前は合格だ」

「え？　合格？　リーリスはまだ何もやっていないのに？」

リーリス以上に戸惑う僕を見て、ホワイトドラゴンは笑った。

「人間はルララ草に願いを叶える効果があると思っているが、それは人間が生み出した迷信だ」

「迷信……。そんな――」

リーリスは膝から崩れる。放心したまま、ホワイトドラゴンの前で固まった。

ホワイトドラゴンは話を続ける。

「しかし、このルララ草にはお前の純粋な願いが詰まっている」

「純粋な願い……。あっ！」

リーリスは僕の方を向く。さっき説明したことを思い出したらしい。

竜の呪いを解くには、ホワイトドラゴンの神術が必要になる。しかし、神術は竜単独で使えるものではない。人の願い――それも純粋で無垢《むく》であるものが、神術の力になるのだ。

ルララ草もまたそういう性質を持っていたものだと思う。

でも、本当に願いを叶える力があるのかどうかは、僕も知らない。

花が開いていれば、本当にリーリスの願いは叶ったかもしれないけど、今になってはもうわからなくなってしまった。けれど、僕はソフィーニさんの呪いを解く確実な方法を知っている。

たとえ、ルララ草に願いを叶える力がなくても、花開いたルララ草を見れば、きっとホワイトドラゴンは力になってくれると、僕は信じていた。

小さくちっぽけな花を見ながら、ホワイトドラゴンは目を細める。

「この花にあるのは、お前の願いだけではない。お前の父、兄、家臣、さらには我と戦ったものの願いが込められている。すべてはお前の母を助けるためだ」

「みんなの…………願い…………」

リーリスが呟《つぶや》くと、ホワイトドラゴンは大きく頷いた。

すると、竜の巨手に乗ったルララ草が再び輝き出す。二つに分断され、哀れな姿をさらしていた蕾と茎は徐々に近づいていくと、ついには繋がった。光は弾《はじ》け、さらなる光の奔流を巻き起こす。

気が付けば、夜闇が黄金色に染まっていた。

「すげぇ……」

アルマが感嘆の息を漏《も》らす。

「同じだ。さっきルララ草が咲こうとした時と」

いや、それ以上かもしれない。辺りからルララ草が咲こうとしていた時以上の気配を感じる。魔力とも、闘気とも違う。それはおそらく人の願いに準ずる何か。

様々な人たちが、ソフィーニさんの回復を祈り、束《たば》ねられた光だった。

時は来たとばかりに、ホワイトドラゴンは首を持ち上げ、黄金色の夜空に吠《ほ》える。

「これより神術を開始する」

ホワイトドラゴンが手を掲げると、ゆっくりとソフィーニさんが浮き上がる。

見に来た家臣たちは慌てたが、僕は「大丈夫」と制した。

当のソフィーニさんも初めは驚いていたが、突然鳥のように飛んだことを面白がっている。

ホワイトドラゴンは、ソフィーニさんを自分の前に引き寄せた。

直後、波のように広がっていた光が、ホワイトドラゴンの手——いや、その手にのったルララ草に収束していく。星のように小さい願いが集まり、太陽のように大きくなっていった。

眩《まばゆ》い光に目が眩《くら》む。僕たちが見たのは、ソフィーニさんとホワイトドラゴンの姿だけだ。

「去れ！　我が同胞の呪いよ！」

カッとホワイトドラゴンは叫ぶ。

凝縮された光は矢のように飛んでいくと、ソフィーニさんを貫く。

息を呑む光景に僕たちは固まったけど、直後感じた空気は温かなものだった。

光が急速に消えていく。ホワイトドラゴンの前で浮かんでいたソフィーニさんも徐々に高度を下げ、カリムさんによって受け止められた。

一瞬、カリムさんは眉根を寄せると、聞こえてきた心音に安堵《あんど》の息を吐く。

「大丈夫。生きてます」

「当たり前だ」

心外だと言わんばかりに、大仕事を終えたホワイトドラゴンは吠える。

その大きな竜に、クラヴィスさんが話しかけた。

「これで、ソフィーニ……我が妻の呪いは解かれたのでしょうか、竜よ」

「ああ……」

ちょっと誇らしげにホワイトドラゴンは顎を上げると、ちょうどソフィーニさんが目を覚ました。

「お母様！　大丈夫ですか？」

駆け寄った娘を見て、ソフィーニさんは薄く微笑《ほほえ》む。

乱れた長い金髪を手で梳《す》きながら、ソフィーニさんは薄い唇を動かした。

「ええ……。もう大丈夫よ。心配をかけたわね、リーリス」

「お母様……。お母様！　お母様!!」

リーリスは何を話したらいいか混乱し、『お母様』と連呼する。

嬉し涙で、すでに涙腺は崩壊し、たまらずソフィーニさんに抱きついた。

皺《しわ》が寄るほど強く部屋着を引っ張り、ソフィーニさんの胸の中に埋もれる。

泣きじゃくる我が子を愛おしく見つめながら、ソフィーニさんは頭を撫でた。

そこにクラヴィスさんが加わる。二人を包むように抱きしめた。そんなクラヴィスさんも泣いている。当主として、父として、最愛のパートナーとして、クラヴィスさんもソフィーニさんの呪いに苦しんできた。

それが解放されたことによって、色々な想いがこみ上げてきたに違いない。

「良かったね、リーリス」

仲睦《むつ》まじい親子の姿に、僕も目頭を熱くする。

すると、ソフィーニさんはカリムさんを手招きした。

カリムさんの目も赤くなっている。跡取りでありながら、『試練の竜』に挑んだ。

その覚悟は並々ならぬものだったはず。クラヴィスさんと同じくたくさんの想いがあったと思う。

「カリム、あなたも来なさい」

「え？　その、僕は……」

「何を言っているの？　あなたはあたくしの息子でしょ？」

「わ、わかりました」

「屋敷に帰ってきた時の分も含めて、あたくしを抱きしめるのですよ」

カリムさんもまたソフィーニさんに抱きつく。

周りの視線を気にしているのだろうか。ちょっとだけ顔が赤い。

僕は羨《うらや》ましいなあ、と眺めていると、次にソフィーニさんが手招きしたのは僕だった。

「ルーシェルくん、いえ……。ル、ル、ルーシェルもこっちへ来て」

「待ってください。僕はその、言わば――」

何だろう、と考えたけど、言葉が浮かばない。

お客さんでもないし、家臣でもない。なんというか微妙な立場だ。

クラヴィスさんは僕を救いたいと言ってくれたけど、それはどういう意味で言ったんだろうか。

いや、違う。たぶんきっと、僕がどうしたいかってことなんだと思う。

「僕は、その……」

「他の人間がどう思っているかは知らないけど、あたくしはあなたのことを家族と思っているわ。

……そうよね、クラヴィス？」

「うん……。急ではあるが、ルーシェルくん。いつかの質問の答えをここで聞かせてはくれぬだろうか？」

クラヴィスさんが言った『質問』というのは、僕がここに来て間もない頃に話があった「レティヴィア家の養子になる」ということだろう。

百年という月日に比べれば、レティヴィア家にいる時間はまだ些細《ささい》なものだ。

それでも、たくさんの出来事があった。嬉しいこともたくさんあったけど、見てて悲しくなることもあった。時々どう接していいかわからないことも……。

けれど、一つだけ確信したことがある。

僕はレティヴィア家の家族のことが大好きだということだ。

時々かけられる優しい言葉も、背中に回された温かい手も、悲しくなるぐらい悩んでいる後ろ姿も。僕にはとても愛おしく思えたのだ。

許されるなら、僕はレティヴィア家の子どもになりたい。

けれど、本当にいいのだろうか、それで。

不老不死で、百年生きていても、まだ子どもの姿をしている僕を、こんなに優しくていい人たちに受け入れてもらって、いいのだろうか。

「ル、ルーシェル……」

顔を上げると、クラヴィスさんと目が合った。

それだけじゃない。レティヴィア家の家族のみんなが、僕を見つめていた。

「覚えているかな？　私が君を迎えに行った時、かけた言葉を……」

「はい。……僕を救う、と。僕を救わせてほしい、とクラヴィスさんは仰《おっしゃ》いました」

「君が悩んでいることはなんとなく察しが付いているつもりだ。だからこそ一緒に考えさせてくれないか、家族として。君の側で、君が向き合っているものと戦いたいのだ」

「それとも、レティヴィア家の子どもになるのは嫌かい、ルーシェル？」

「ルーシェル……？　わたくしの家族になってください」

カリムさんが微笑み、リーリスが請うような目で僕を見ている。

最後にソフィーニさんが、両手をいっぱいに広げた。

「さあ、ルーシェル」

そこにあるのは、厳しいヤールム父様でも、権力に取り憑《つ》かれたリスティーナ義母様でもない。温かさだった。ヤールム父様とは違う、クラヴィスさんの雄々しさ。手を広げたソフィーニさんの顔は、朧気な記憶すらないけど、確かにそう感じたのだ。

カリムさんも、リーリスも僕を受け入れようとしていた。

今、この夜の闇の中で、百年間ずっと孤独の中に立ち続けていた僕を、この人たちは受け入れようとしている。

嬉しかった。素直に……。

そして、僕はこみ上げてきた涙を拭った。

「行かないのかい、ルーシェル？」

僕の足元で、アルマが問いかける。

やや不安そうな相棒の表情を見て、僕は笑った。

「何を他人事《ひとごと》みたいに言ってるのさ」

僕はアルマの小さな身体を持ち上げる。

「ルーシェル？」

「僕たちは一心同体のパートナーだろ。……なら、君も今日からレティヴィア家の家族だ」

アルマを抱き寄せ、僕はゆっくりと新しい家族の元に近づいていく。

レティヴィア家の家族が僕を歓迎する中で、僕は言った。

「よろしくお願いします」

僕とアルマは強く引き寄せられる。あっという間に揉《も》みくちゃにされた。

温かい。これが家族の温かさなのだ。

ルララ草の効果はきっと迷信なんかじゃない。

だって、リーリスの願いとともに、僕の願いも叶ったのだから……。


「親子水入らずのところを悪いのだが……」

突然、レティヴィア家の家族の前に現れたのは、一人の少女だった。

背格好からして、年の頃はリーリスと同じくらい。

綺麗な銀髪を二つに結び、鋭い真《ま》っ赤《か》な瞳をしている。肌は白く、その上からまるで水で織った

ような半透明の羽衣を羽織っていた。首から下がっているペンダントには竜が象《かたど》られ、顔は可愛《かわい》いを超えて美しく映るのに、纏《まと》う空気には何故か野性味を感じる。

ともかく、その超然とした雰囲気と、突如現れた美少女の登場に、僕の新しい家族を含め、周りは騒然となった。

その彼女の前に飛び出したのは、アルマだ。

半目で少女を睨む。

「その姿……。久しぶりに見るな」

「お前は相変わらずちっこいな、クアール。まあ、憎たらしい成獣の姿よりは、そっちの方が愛らしくていいがな」

「うるさいなあ。ボクだって、好きでこんな姿でいるわけじゃないんだよ。それにボクにはアルマって名前があるんだ。クアールって呼び方はそろそろやめてくれないかな」

やや険悪なムードを漂わせながらも、少女はアルマと会話する。

それを見ていたリーリスは、質問した。

「アルマのお友達ですか、ルーシェル」

「違うよ。あれは、ユランだよ」

「ユラン……？」

リーリスが戸惑うのも無理もない。

いきなり現れるから、みんなびっくりしてるじゃないか。これから説明するところだったのに。

相変わらずだな、ユランは。

「そういえば、ホワイトドラゴンはどこへ行ったのだ？」

「あら？　いつの間にかいなくなっているわ。お礼を言おうと思っていたのに」

「あ、あの……。すみません、当主様、ソフィーニ様」

声を震わせながら、フレッティさんが当主とその夫人に呼びかけた。

珍しく顔を青くしながら、身体を震わせている。竜が相手でも真《ま》っ直《す》ぐ向かっていきそうな人なのにだ。さらに指先を震わせながら指し示す。その先にいたのは、僕がユランと呼んだ少女だった。

「わ、私は見ておりました。……その信じていただけないかもしれませんが、ホワイトドラゴンがそこにいる少女になった瞬間を」

『え？　えええええええええええ⁉』

みんなの頭に「？」が浮かぶ。同時にユランを中心に仰《の》け反《ぞ》った。

「そんな……。この子があのホワイトドラゴン？」

「まあ、なんて可愛いんでしょ」

「しかし、姿形から滲《にじ》み出《で》てくる。プレッシャー……。試練の時に感じたものとそっくりだ」

そりゃ驚くよね。

屋敷より大きなホワイトドラゴンが、こんなに小さくなっちゃうんだから。

少女の姿には色々と訳があるのだけど、五百年生きているとはいえユランはまだ若いドラゴンである。人間の身体にすると、ちょうどリーリスと同じぐらいの年頃の雌の竜なのだ。

「ユランというのは、ホワイトドラゴン様の？」

「うん。改めて紹介するよ、リーリス。この子はユラン。ホワイトドラゴンのゆら――」

「そんなことはどうでも良い!!」

いきなり僕は胸ぐらを摑まれて、引き寄せられる。

目の前には、銀髪の綺麗な少女の顔があった。よく見ると、二つに結んだ髪の間から小さな角が見える。彼女が竜であることは明らかだけど、やはり頰を染めてしまう。それほど、ユランは可愛い女の子だったのだ。

でも、無警戒だったとはいえ、僕の胸ぐらを摑んで引き寄せるなんて存在は、なかなかいない。可愛い顔をしていても、手はリーリスみたいに小さくとも、僕の胸を摑む力には人のそれとは違う猛々《たけだけ》しさがあった。

「ルーシェル……。覚悟はできておるのだろうな」

赤い目で僕を睨み付ける。

やはり、まだ怒っているらしい。

仕方ないことだ。僕とユランの間には深い因縁がある。

それは、ちょうど二十年前の話だ。

第5章 八十三年目の神竜との出会い

三人の男たちの荒い息づかいが聞こえる。

荒涼とした台地に立っていたのは、武器を持った冒険者たちだ。

それぞれ得物を握り、防具を纏《まと》い、腰にはアイテム袋を下げている。装備を整《ととの》え、挑んだ討伐依頼だったが、すでに体力も、魔力も尽きかけていた。ついでに握力もなく、汗のせいもあって、少しでも気がゆるむと武器を取り落としそうになる。水分は抜けていくのに、水筒の水はとっくに尽きていて、口内はおろか喉の奥まで干上がっていた。

「どうした、人間？　もう終わりか？」

そんな三人の冒険者を嘲笑《あざわら》うかのように、天から声が降ってくる。

見事なホワイトドラゴンであった。

顔を上げなければ全貌がわからないほどの巨軀《きょく》に、長い首と大きな頭。雪が降《ふ》り注《そそ》いだような真っ白な鱗《うろこ》には、冒険者との激戦を物語るような傷がついている。しかし、冒険者と違ってホワイトドラゴンからは余裕が感じられた。白目と黒目が逆転した瞳を細め、口を開けて悦に入《い》っている。

「最初の勢いはどうした？　我を倒すのではないのか？」

「う、うるせぇ！　今から大逆転するんだよ。なっ！　お前ら！」

kousyakuke no ryouriban sama

先頭に立った戦士風の男が仲間に同意を求める。魔法使いと槍《やり》使いは力なく頷《うなず》くのみだ。

すでに三人のパーティーは瓦解し始めていた。戦意は下がり切っており、勝利はもう望めないだろうという空気が漂っている。そもそも冒険者と、目の前のホワイトドラゴンとでは戦力に差がありすぎていた。相手はたった一匹でも、王国軍の一万、いや、五万の兵力に匹敵する。調子が良かったのは最初だけで、三人はこれまでホワイトドラゴンにただ蛸殴《たこなぐ》りにされているだけだった。

「な、なあ……。こんなことを言うのもなんだけどよ。撤退しねぇか」

「なんだ、お前ら。我の試練をほっぽり出して、逃げるのか？」

ホワイトドラゴンはケタケタと笑う。

人間との戦いなど、ホワイトドラゴンからすれば喋《しゃべ》る玩具で遊ぶようなものだ。三人が必死に知恵を絞って戦っていても、当の竜は楽しそうに笑っているだけだった。

「ふざけんな！　誰が逃げるかよ‼　クソ！　こうなれば、あれを使うぞ」

「ほう。何か秘密兵器があるのか？」

「お前はちょっと黙ってろクソ蜥蜴《とかげ》……」

「なんだと……。今、我のことをクソ蜥蜴と言ったか？」

ホワイトドラゴンは目を細める。

匂い立つような殺気に反応した戦士は、ぶるぶると首を振った。

「待て。い、今のは気のせいだ。クソ……クソ……クソ野郎に言ったんだ。もちろん、仲間にな」

もはや何を言っているかわからない。

それでもホワイトドラゴンは怒りを鎮めた。

人間の言うことをそのまま真に受けてしまう。分析の仕方によっては、ホワイトドラゴンの純粋さに付け込めそうな気もするのだが、そこまで頭が回らなかったらしい。ともかく必死に、「あれ」という単語を叫んでいた。

「ほら！　酒場で会ったろ、女に。そいつからもらった道具だよ」

「あの女、信じられるか？」

「知らねぇよ。……とにかく今は猫の手だろうが、魔女の道具だろうが、使うしかねぇ！」

戦士は魔法使いの腰にぶら下がっていた道具袋に手を入れる。

中から取り出したのは、竜を象《かたど》った黒い像だ。

それを投げると、魔法使いは魔法を使って、像を空中で爆散させた。

「貴様ら、何を――」

珍妙な行動に、ホワイトドラゴンは戸惑《とまど》うばかりだ。

しかし、次の瞬間、冒険者の同時攻撃にもビクともしなかった巨軀が強く反応する。

ゆっくりと傾斜していくと、あっさりとホワイトドラゴンは倒れてしまった。

死んではいない。意識はある。だが、表情を歪《ゆが》め、ごふごふという荒い息を繰り返していた。

「き、貴様ら……。何をした⁉」

瞼《まぶた》を激しく瞬《またた》かせながらホワイトドラゴンは尋ねるが、驚いていたのは当の冒険者たちも同じだ。

「ど、どういうことだよ」

「竜が倒れたぞ！」

「もう何でもいい！　今だ！　チャンスだ！　お前ら!!」

戦士は得物の特大剣を掲《かか》げて、ホワイトドラゴンに突進していく。

その後を槍使いが追い、なけなしの魔力を使って、魔法使いが二人を補助した。

戦意を取り戻した冒険者が迫ってくるのを、ホワイトドラゴンはただ黙って見ていたわけではない。

「舐《な》めるな！」

瞬間、フッと冒険者の視界からホワイトドラゴンが消える。

遅れて、冒険者に襲いかかったのは、強烈な突風だった。塵《ちり》、砂埃《すなぼこり》を伴う風は目を開けることすら難しくする。しばらくして冒険者は瞼を開いた。

「あれ？」

ホワイトドラゴンは空を飛んでいた。

おぼつかない動きだったが、東の空を飛行している。

「くそ！　逃げられたか！　早く追おうぜ！」

「ああ。今がチャンスだ！」

先ほどの弱気はどこへやら。槍使いと魔法使いの意見が一致する。

だが、戦士は違った。

「いや、一旦街に戻るぞ」

「どうして？」

「チャンスだろ？」

「あの女からもらった魔導具《マジックアイテム》は本物だ。竜に効果があることがわかったなら、あの魔導具をもっといただいて、あのドラゴンにトドメを刺す、確実にな」

ホワイトドラゴンが消えていった東の空を見つめながら、戦士は口角を上げる。

「逃げんなよ、クソ蜥蜴。オレたちは試練に合格して、大金持ちにしてもらうんだからよ」

下品な声は、荒涼とした台地に広がるのだった。

◆◇◆◇◆

僕——ルーシェル・ハウ・トリスタンが、山に捨てられて八十三年目。

アルマと出会って、七十三年目を迎え、さらに不老不死になって十二年目を迎えようとしている。

最初こそ慣れなかった子どもの姿での生活も、数週間経《た》ったらいつの間にか馴染《なじ》んでいた。たぶん、身体《からだ》が小さくなったことによって、子どもだった時の感覚も戻ってきたらしい。

そうは言っても、周囲の環境は違う。

大人の目線で配置していた皿や調味料の置き場は、すべて変えなければならず、使う道具もすべて身体のサイズに合わさなければならなかった。

そういうこともあってか。僕は引っ越しすることを決断する。

今のねぐらは子どものサイズではちょっと大きすぎる。客人を招くなんてことはそうそうないだろうから、この身体で不便のない住み処《すか》を選ぶことにした。結果、子どもの時に使っていた住み処がしっくり来たので、しばらくそこを根城にして活動することにしたのだ。

僕たちは老いることも、死ぬこともなくなったわけだけど、問題がなかったわけではない。

残念なことに僕たちの成長はドラゴングランドを食べた時から、止まってしまっていた。

毎日真剣に背を測ったけど、十二年経った今でもまったく変わっていないのだ。

ただ最初こそ不便に感じることもあったけれども、慣れてしまうとどうということはなかった。

山へと追放された頃に戻った身体は、七十年以上研鑽《けんさん》に研鑽を積んだ魔獣食技術によって鍛え上げられ、むしろ不老不死になる前よりも強くなっていた。

ドンッ!!

森に大砲を撃ち込んだような音が鳴り響く。

倒れたのは、ジャイアントボーアと呼ばれる巨大な猪《いのしし》だ。

魔獣生態調査機関《ギルド》によるランクは〝Ｂ〟。結構、危険な部類に入る魔獣である。

僕はそんな相手の鼻っ柱に拳打を打ち込み、たった一撃で巨大な魔猪《まちょ》をのしてしまった。

「やるじゃん、ルーシェル」

アルマが僕の肩に乗る。

ジャイアントボーアの突進をたった一発で止めてしまった僕の拳《こぶし》は、まったく傷付いていない。

まさに玉の肌のままだ。

「まあ、これぐらいはね。久しぶりの大物だ。脂も乗ってそうだし、早速解体しようか」

僕はスラリと鞘《さや》からドラゴンキラーを抜く。

ドラゴングランドを倒すために作った武器だけど、すっかり普段使いになっていた。

竜鱗《りゅうりん》を切り裂くほどの切れ味に、耐久度もかなり高い。

でも、十二年間ずっと魔獣を解体しては、研いでいることもあって、かなり刀身が細くなってしまった。たぶん、あと十年か、二十年したら包丁ぐらいにまで縮んでしまうだろう。

子どもの細腕で、僕は軽々とドラゴンキラーを持ち上げる。

片手で持ったまま、一息で目の前のジャイアントボーアを切り裂いた。

剣閃《けんせん》が輝く。

次の瞬間、ジャイアントボーアは各部位ごとにバラバラになっていた。

大皿を咥《くわ》えたアルマがそれをうまくキャッチする。

見た目は紫でグロテスクだけど、綺麗《きれい》に脂が乗ったジャイアントボーアの肉と内臓が並ぶ。

食べられるところを選別しつつ、【収納】の中へと入れて保存していく。

残ったのは、ジャイアントボーアのロースだけだった。

「それはどうするんだ？」

「お腹《なか》空いたでしょ、アルマ。ここでお昼ご飯にしよう」

「おお！　ジャイアントボーアのロースか！　いいな！」

「うーん、と……。ただ焼くだけなのは味気ないな」

お昼ご飯だし。お腹にドスンと来るインパクトがある食べ物がいいよね。

そうだな。丼物とかがいいかも。幸い【収納】には収穫したばかりの銀米が入ってるし。

あ。そうだ。この前残っていたあれも使おうか。

「よし。決めた。ジャイアントボーア丼にしよう」

「おお！　いいねぇ！」

普段、皮肉屋のアルマもご飯のことになると、目の色が変わる。

犬じゃなくてクアールだけど、僕の前でぐるぐると周り始め、喜びを表現した。

僕は【収納】から炊飯用の鍋とすでに洗米してある銀米を取り出す。

「アルマはご飯をお願いね」

「わかったよ」

炊飯用鍋を咥えて、アルマは早速用意を始める。

僕から渡された銀米を鍋の中にぶちまける。容量はすでにこっちで計っているから問題ない。

アルマは魔法で水を生み出し、鍋に注ぐ。僕と同じくアルマも【鑑定】を使うことができるから、水量を細かく計ることが可能だ。

適切な水量を入れると、『土』の属性魔法で簡易の竈《かまど》を作る。

竈に木の棒を渡し、鍋を引っかければ、後は火を熾《おこ》すだけだ。その火もアルマは魔法で楽々点《つ》けてしまう。乾いた薪《まき》を【収納】から取り出して、ポイポイと竈の中に放り入れた。

「慣れたもんだね、アルマ」

「これぐらいできて当たり前だよ。一体、何年誰かさんの調理姿を見てきたと思ってるんだい」

人の称賛を素直に受け取らないのが、やはり僕の相棒だ。

ご飯ができるタイミングを見計らって、僕もまた調理にかかる。

先ほどジャイアントボーアを解体して手に入れたロースを、少し厚めに切っていく。

ドラゴンキラーの切れ味が良《い》いのもあるけど、簡単に刃が通ってしまう。猪と言うよりは、いい牛肉を切っているみたいだ。それだけジャイアントボーアの肉が軟らかい証拠でもあった。

お肉を切ったら、軽く澱粉《でんぷん》をまぶし、手でさらに肉をほぐしていく。

少し肉を寝かせた後で、あらかじめ薄切りにしておいた玉葱《たまねぎ》を平鍋に入れる。油をひとかけし、玉葱がしんなりするまで炒《いた》めると、次にジャイアントボーアの肉を焼き始めた。肉にこんがりと焼き目がついてきたら、醤油《しょうゆ》と僕特製の料理酒を入れる。この料理酒は普通のお酒ではなく、舐めてみると非常に甘い。この甘みが肉料理には最適で、酒の効果によって肉の臭みを飛ばし、甘みが肉の中に浸透して、火を通りやすくしてくれるのだ。さらに普通のお酒と違って、熱で飛びにくいため、醤油と一緒にそのままタレとして使える。

普通のお酒を使うよりも具材が綺麗に仕上がるのも、特徴の一つだ。

飴色《あめいろ》のタレが平鍋に満ちていく。グツグツと音が変わり、肉も玉葱も飴色に染まったら頃合いだ。

「ルーシェル、できたよ」

アルマが鍋を咥えて、僕の前にやってくる。

蓋《ふた》を開けると、熱々のご飯ができあがっていた。うん。おいしそうだ。

「こっちもできあがったよ」

二膳分のどんぶりを出して、ご飯をよそう。

さらにその上に載せたのは、飴色に染まったジャイアントボーアのロース肉だ。

ご飯が隠れるぐらい大量に載せると、平鍋に残ったタレを回しかける。

若干とろみを纏ったタレが、平鍋からどんぶりに垂《た》れていく様はまさに美食の芸術。

実においしそうだった。

「けど、今日はこれだけじゃないよ」

「まだ、何かあるの？」

僕は【収納】を使うと、空間に空いた穴の中に手を突っ込む。

取り出したのは、金色の卵だった。

「そ、それは――――！」

普段お喋りな僕の相棒は、金の卵を見て絶句する。

「それは金翅鴉《スバーナ》の卵!!」

まさに読んで字の通り金の翅の鴉《からす》で、とても賢く、人間の言語を理解できる珍しい魔獣だ。アルマが人間の言葉を喋ることができたのも、金翅鴉《スバーナ》を食べて【言語理解】を獲得したからである。

だが、金翅鴉《スバーナ》の素晴らしいところはそれだけではない。

お肉はあんまりおいしくないのだけど、卵が本当にうまい。

色んな魔獣の卵を食べてきたけど、一番と言っていいほどだ。

当然、アルマもお気に入りの逸品だった。

僕は卵を叩《たた》き、割る。

「これをジャイアントボーアの猪《しし》丼に落としちゃいます」

「うおおおおおおおおおお!!」

金翅鴉《スバーナ》の卵の白身みたいに顔をトロトロにして、アルマは吠《ほ》える。

何故《なぜ》か目は潤みを帯び、感動のあまり泣いていた。

一方、鶏卵よりも濃い金翅鴉《スバーナ》の黄身は、ジャイアントボーア丼にドッキングすると、ぷるりと丼の中で震える。飴色の肉に包囲された金翅鴉《スバーナ》の黄身は、まさしく成獣と同じで輝いていた。

「さあ、できたよ。ジャイアントボーア丼の――――」

料理ができたことを宣言しようとした時だった。

一瞬、森の中が暗くなる。何事かと空を望むと、巨大な竜が山の上を横切っていくのが見えた。

「白い……鱗…………?」

僕は呆然《ぼうぜん》と呟《つぶや》く。

真っ白な鱗を持つ竜――――。

ドラゴングランドの他にも、飛竜をはじめ僕たちは多くのドラゴンと戦ってきた。

そのドラゴンたちと比べても大きく、何よりその白い鱗は美しい。

その時、確かに僕は白い竜に見とれていた。

持っていた丼を取り落としそうになり、中に入っていた金翅鴉《スバーナ》の卵がこぼれる。

気づいたアルマがダイブし、口を大きく開けて金翅鴉《スバーナ》の卵を受け止めた。本人は満足そうにその黄身の深いコクと、トロトロの食感を味わうことに成功する。けれど、さらに落ちてきたロースとご飯に埋もれ、折角のモフモフの銀毛が飴色になってしまった。

「ちょっ！　ルーシェル‼　もったいないだろ！」

「あの竜……。なんか変だ」

「ちょっ！　無視するなよ！」

アルマはベロリと自分の頭に載ったロースを食べる。

「飛行が制御できてない。このままじゃ、東の岩肌にぶつかるかも」

僕は調理器具や椀《わん》を洗わずに、【収納】の中に押し込む。

そして、竜が向かう方へと全速力で走っていった。


結局、僕たちは間に合わなかった。

竜は山肌に不時着し、木を根こそぎ倒した後、気を失ってしまったらしい。瞼は閉じ、大の字になったままピクリとも動かない。ただ大怪我をしているのかといえばそうではなく、柔らかいお腹や翼に擦り傷がついているぐらいだった。

よほど鱗が硬いのだろう。その美しい白い鱗は比較的綺麗なままだ。

警戒しつつ、僕たちは近づいていく。

「死んだ？」

「いや、生きてるよ。でも――」

僕は【鑑定】を使う。


《名前》？？？？？《種族》ホワイトドラゴン？？？？

《力》？？？《頑強》？？？《素早さ》？？？《魔力》？？？

《感覚》？？？《持久力》？？？

《状態》呪い（上級）軽傷

うわっ！　僕の【鑑定】でもほとんどわからないぞ。

以前、倒したドラゴングランドと似ている。あの時も【鑑定】が通じないから、対策が難しかったのだ。おかげで、適性の力量よりも自身を鍛える討伐方法がなかった。

《種族》の項目が二つあるってことは、たぶんドラゴングランドと同じで『邪竜』『炎竜』なんかの項目だと思うけど……。このホワイトドラゴンはなんだろう。存在感が今までの竜とは違う。もしかして、とんでもない言葉が出てくるかもしれない。

さて、問題は《状態》だな。

「呪い、か……」

かなり派手にやられているけど、それ以上にホワイトドラゴンを苦しめているのは呪いだ。

鑑定結果からわかるとおり、かなり厄介な呪いらしい。こんなに大きな竜が苦しめられているんだ。人の仕業《しわざ》じゃない可能性だってあり得る。

「ルーシェル、どうするの？」

アルマが質問する。見ると、目を輝かせていた。

口元には涎《よだれ》がついていて、ジュルリと飲み込んでいる。

どうやら、アルマはこのホワイトドラゴンを食べたいようだ。

確かに相手は竜だ。このまま放置していたら、いつか僕たちに危害を加えるかもしれない。

それに久しぶりの超大物だ。何かすごいスキルや魔法を得られる可能性もあるし、何よりドラゴングランドのお肉はおいしかった。またあの味に近い感動を味わえるかと思うと、アルマでなくても唾がこみ上げてくる。

「なんだ……。子ども、か？」

一瞬、誰が言ったかわからなかった。

僕とアルマは思わず目を合わせる。

「……なぜ、こんな山奥に……子どもが……い、る」

僕でも、アルマの声でもない。

天界から降ってくるような威厳ある声に、僕とアルマは戸惑う。

可能性は一つしかない。

「そんなまさか……」

「ドラゴンが喋ってるの？」

周りに人らしき気配はない。それどころか獣の臭いすらしなかった。野生の獣や魔獣も含めて、ホワイトドラゴンというよりは、そのかかった呪いに危機を感じ、逃げ出したのだろう。

ここにいるのは、僕とアルマ、そしてホワイトドラゴンだけだ。

僕はホワイトドラゴンを振り返る。大きな瞳が僕を睨《にら》んでいた。

「君が喋っているのかい？」

「去れ、人間の子ども。ここはお前がいて、良い場所ではない」

僕の質問には答えてくれなかったけど、間違いなさそうだ。

「それはこっちの台詞《せりふ》だよ。そもそも君がボクたちの縄張りに入ってきたんだから」

「縄張り？　……お前、よく見たらクアールの子どもではないか。人間の子どもに、クアールの子ども？　何者だ、お前たち」

「信じられないかもしれないけど、僕たちはもうこの山に八十年以上、住んでるんです」

「八十年？　馬鹿を言うな。お前、どう見ても子どもではないか。我を馬鹿にしているのか？」

ホワイトドラゴンは威嚇《いかく》してくる。

信じられないのも無理ないよな。僕だって信じられないのだから。

山に追放され、クアールの相棒がいて、八十年も生きているのに子どもの姿なんて、逆の立場なら絶対に信じないだろう。

僕は【精神感応《テレパシー》】でアルマに話しかけた。

『どうする、アルマ？』

『めんどくさいから食べようよ。昼食を食べ損ねたから、ボクお腹ペコペコなんだよ』

『さっき落とした金翅鴉《スパーナ》の卵をしっかり食べていたじゃないか』

『ボクはね、ルーシェル。皿にのっているものしか、ご飯とは言わないんだよ』

贅沢《ぜいたく》なクアールもいたものだ……。

それにしても、食べるのは極論すぎないかな。まあ、お腹が空いているのは僕も同じだけど。

でも、久しぶりに出会った言葉の通じる相手だ。ドラゴングランドみたいな邪悪さも感じない。

かかっている呪いについても気になるし、ここは友好的に行こう。

僕は話を変えることにした。

「ところで苦しそうだけど大丈夫？　君、呪いにかかってるでしょ」

「ふん。我に取り入ろうとしても無駄だ、人間の子ども」

「別に取り入ろうなんて……。ちょっと君に色々聞きたいだけさ」

「ボクたちなら、その呪いを解くことができるかもしれないよ」

「はっ⁉　ふははははは！　人間とクアールの子どもが、呪いを解くだと……。ぶはははははは！　五百年生きているが、これほど滑稽なことを言われたのは始めてだ」

「【解呪】」

僕は手をかざし、魔法を使った。

「これで呪いは解けたと思うよ」

「ふん！　なんだ？　人間の呪《まじな》いか？　我ですら簡単に解けないのだぞ。人間ごときの魔法で——解けてる？　ウソ！　え？　なんだ？　我は化かされておるのか？」

「ついでに身体の傷も治してあげるよ。これを飲んで」

僕は手の平にのせた飴をホワイトドラゴンに見せる。

「何かと思えば、飴だと？　ぐはははは！　所詮子どもか。そんなもので我が懐柔されると思ったか、ぐはははは——ぐっ！」

ホワイトドラゴンが大口を開けて笑ったところを見計らい、僕は飴を投げ入れる。

本当はちゃんと舐めてほしかったけど、小さな飴はホワイトドラゴンの口内奥へと消えていく。

すると、ホワイトドラゴンの傷がたちまち治っていった。

ちょっとした鱗の焦《こ》げた部分も綺麗になり、ホワイトドラゴンは完璧に全快する。

真っ白な鱗は、先ほどよりも明らかに艶が出て、日光を浴びて輝いていた。

「な、治ってるだと！　子ども、我に何を飲ませた？」

「傷を治してもらった恩人にそういう言い方はないだろ。こいつはルーシェル。ボクはアルマだ」

「ええい！　名前なんてどうでもいい！　何を飲ませた、一体⁉」

「スライム飴です。スライムで作った飴です」

「は～ん。なるほど。スライムで作ったからスライム飴か——って。……はぁぁぁぁあああああああ!!　スライムで作った飴だとぉぉぉぉおおおおお!!」

ホワイトドラゴンの雄叫《おたけ》びが、山に地鳴りのように響く。

興奮して大きな翼まで動かすものだから、辺りは暴風だ。僕は飛ばされそうになったアルマを引き寄せながら、頭を押さえる。顔を上げた時には、ホワイトドラゴンが僕を睨んでいた。

「なんなのだ、貴様ら⁉　我の呪いをあっさりと解いたかと思えば、今度は我の傷を治した薬品の正体がスライムで作った飴だと‼　嘘《うそ》を吐《つ》くならもっとまともな嘘を吐け！　そもそも魔獣が食べられることと自体おかしいだろう。死に至る攻撃を受ければ、ヤツらは消滅するんだぞ」

「ボクたち――というか、ルーシェルがだけど。その消滅しないように部位、素材を取る方法を編み出したんだよ」

「アルマ、実際見せた方が早いと思うよ」

僕は【収納】の魔法の中から、スライムを取り出す。

スライムは色々と応用が利《き》く素材だから、いつでも生体を取り出せるようにしているのだ。

早速野に放つと、アルマが素早くスライムを未消滅化させてしまった。

粘液状の外殻を、アルマによってごっそり削られたけど、スライムの魔晶石は維持され、生きている。アルマは手についたスライムの外殻をペロリと舐める。お腹がペコペコだからか、「あま～い」と目を輝かせていた。

そんな相棒と、外殻の大半を失って生きているスライムの両方を視界に収めながら、ホワイトドラゴンは口を開けて呆《ほう》けている。

（う、嘘だろ？　魔獣を未消滅化する方法だと……。そんな方法があったのか？　いや、少なくとも我は知らぬ。我が知らぬということは、神様も――――）

「へ～。神族を知ってるんだね？」

アルマは足についたスライムを丁寧に舐め取りながら、尋ねた。

「貴様！　なんで我の心を！　はっ！　さてはお前ら！　我の心を【読心】の魔法で読んだな」

「ご、ごめん。悪気があったわけじゃ。じゃあ、君は神竜なんだ」

「お前もか。小僧……」

「君の心がガーガーうるさいからだよ。神様なら、もっと心にガードを立てたら」

ガックリと項垂《うなだ》れるホワイトドラゴンを見ながら、アルマはため息を吐く。

がっかりしているけど、アルマの本音は「良い玩具が現れた」ってところだろう。

すぐ誰かをからかって、退屈しのぎにするからなあ、僕の相棒は。その被害者はいつも僕な訳だけど。でも、アルマじゃないけど、確かにこのホワイトドラゴンはあまりに人間味があるというか。神竜って感じがしない。五百年生きているらしいけど、年月の重みもあんまり感じないし。でも、そのおかげで僕もアルマも気さくに話しかけられていることは、事実だけどね。

「う、うるさい。我は神竜族では純粋な方なのだ」

すっかり拗《す》ねてしまった。

段々可愛《かわい》く見えてきたぞ、このドラゴン。アルマじゃないけど、もっとからかってみたいかも。

どうやら退屈しているのは、僕も一緒のようだ。

「なんていう日だ。山で人間とクアールの子どもに出会ったらと思ったら、神の真理にすら書いてないことをやらかす者たちとは……。世界の終わりの方が、よっぽど穏やかに感じるぞ」

今のってドラゴンジョークなんだろうか。ちょっと笑えない。

「まあ、良い。お前らが何故、魔獣が跋扈《ばっこ》する山で生きて来られたか。薄々検討がついてきた。

……神族の端くれとして、お前らのような存在は捨て置けぬ。話せ。何故、お前たちがこんな山奥で住んでいるのか。その発端をな」

ホワイトドラゴンの瞳が、スッと細くなっていった。


「――――というわけなんです」

僕はホワイトドラゴンに事情を打ち明けた。

全部喋るかどうか迷ったけど、気が付けば山に来る前と来てからのことすべてを語り終えていた。

やたら饒舌《じょうぜつ》に喋るホワイトドラゴンは、口が堅いように思えなかったけど、僕のことを他人に言いふらす理由もないし、一応自称神族の端くれだから、嘘は吐けないと思ったんだ。

予定外に話は長くなり、アルマはすっかり僕の膝《ひざ》の上で寝ている。

「なるほどな。ドラゴングランド――かの邪竜を倒したのは、お前だったのか？」

「知ってるの？」

「やたら人間界で暴《あば》れていた邪竜だ。……すっかり見なくなって、誰かに討ち取られたのであろうと思っていたが、よもやお前らみたいな子どもに討伐されていたとはな」

「その時は、子どもじゃなかったけどね」

「それで、ドラゴングランドの肉を食べたら、不老不死になったと」

「うん。……この不老不死の状態を解除できないかな。ずっと子どものままじゃ。気味悪がられて、人間の里に買い出しにもいけやしない」

そう。それが一番困ることだ。

老いがこない、成長しないということは、もはや人間ではない。

子どもだからと、誰かの家に厄介にでもなれば、成長しない僕を見て気味悪がられて、結局追い出されることになる。まだ大人の姿なら良かったかもしれないが、歳《とし》を取らない長い人生の中で、それに気づかない人は絶対にいないとは限らないだろう。

僕たちが山の王様になっても、こうして暮らしているのは、人間の生活に馴染めない可能性があるからだ。

「正直に話せばいいではないか？」

「それができたら苦労しないよ……」

八十余年生きていて、魔獣を簡単に倒せて、ずっと八歳のままの子ども。

そんな子どもをすんなりと受け入れてくれる人間なんて早々いないはず。

事情を話したところで、頭がおかしいと揶揄《やゆ》されるか、化け物だと恐れられるかが関の山だろう。

五百年生きている竜には、僕の気持ちなんてわからないかもしれないけど。

「なるほど。確かにな……」

意外とあっさりとホワイトドラゴンは僕の意見を受け入れてくれた。

妙な違和感みたいなものを覚えたけど、ホワイトドラゴンは別の話題を僕に向ける。

「それはそうと……。お前にかかった呪いだが。たぶん、それは【竜の呪い】だな」

「【竜の呪い】？」

初めて聞く名前の呪いだ。

スキル【鑑定】で言葉の意味を確認したけど、わからなかった。

この魔法は魔力が上がれば上がるほど、効果が強くなるけど、一定以上の魔力量に達するとそれ以上のことを鑑定することはできない。そして、それ以上のことというのが、神族やそれに関わる遺物《いぶつ》のことだったりするらしい。

おそらく【竜の呪い】も、その一つだろう。

そもそもこの呪いは、何度【鑑定】しても結果に表示されなかった。

「死んだ竜の遺骸を媒介にする呪いだ。呪いの中で、最高ランクの呪いだな。だが、竜の遺骸は特級の呪物だ。人間では扱えない。ルーシェル――だったか？　お前の義母はもしかしたら、人間ではないかもしれないぞ」

「え？　リスティーナ義母様《かあさま》が、人間じゃない？」

「人間が竜の遺骸なんて触ったら、その時点で呪いに呑《の》まれて死んでしまう。だが、お前の義母は生きていたのだろう？　なら間違いない。神族あるいは、魔族のどちらか。いや、絶対に魔族だ。神族は人間に特級の呪物を与えたりしない」

リスティーナ義母様が、魔族……。信じられない。

でも、確かに僕が山に捨てられる直前に会ったリスティーナ義母様は異様だった。

何かに取り憑《つ》かれたような――いや、もはや人間ではないような……。

もしかしたら、本当に魔族だったのかもしれない。

「まあ、そんなに深刻になるなよ。お前の父親は【剣聖《けんせい》】なんだろ。なら、魔族だろうとなんだろうとぶった斬るだろうよ」

「ヤールム父様を知ってるの？」

「知らん。でも、人間の中で【剣聖】って呼ばれてる連中は、代々化け物だった。我も随分手こずったものだ」

「【剣聖】と戦ったことがあるの？」

それで生きてるってことは、やはりこのホワイトドラゴンは相当強いのだろう。

「当たり前だ。……で、【竜の呪い】の話に戻るぞ。お前、その呪いを解く気があるか？」

ホワイトドラゴンに改めて尋ねられる。

呪いの身体になって、九十年以上。スライム飴に出会って、この呪いの発作を抑える方法を見つけた後、身体は魔獣食によって強くなり、回復魔法などを駆使して痛みを千分の一ぐらいにまで抑えてきた。

そこに来て、不老不死だ。ほぼほぼ【竜の呪い】は完封できている状態だけど、時々胸の辺りがチクチクすることから、【竜の呪い】は今も僕を蝕《むしば》み続けているようだ。

「治せるものなら治したいけど……。そもそも治せるの？」

「ああ……。我の神術なら解くことができるであろう。ただし――だ」

「何か条件があるんだね？」

「我は【試練の竜】……。いや、この渾名《あだな》は人間どもが謳《うた》っているだけで、我が名乗ったわけでもないぞ。以前、人間の母親の願いを叶えたら、どこをどう伝わったのか、我を倒すことができたら、様々な願いが叶うと言われるようになってしまった」

「君を倒したら、僕の【竜の呪い】を解いてくれるってわけ？」

「その通り。我を倒せたらな」

ホワイトドラゴンはニヤリと口を開けて笑った。

やる気満々だ。元気になって、身体を思いっきり動かしたいのかもしれない。

頻《しき》りに尻尾《しっぽ》を振り回し、大きな翼を何度も開閉している。

すると、ちょうどアルマが起きた。うたた寝していただけで、一応話は聞いていたようだ。

「まったく……。こっちは呪いと傷を治してあげたのに。恩を仇《あだ》で返そうってわけ？　まあ、ケダモノらしい考えだけどさ」

「黙れ、クアール。これはな。願いを叶えるために必要な儀式なのだ。で？　どうする？　やるのか？　やらんのか？」

「じゃあ、やってみることにするよ。でも、大丈夫？　僕、結構強いよ」

「はん！　我は神竜ホワイトドラゴンだぞ！　魔獣食で強くなったとて、人間が神の眷属《けんぞく》に勝てるわけがなかろうが。心配なら、そこのクアールも一緒に戦ってもいいのだぞ」

「ボクはパスするよ。ああ。でも、ルーシェルに治ってほしくないわけじゃないよ。ただ必要ないって思ってるだけさ」

「クアール！　我を相当舐めておるな。ルーシェルが終わったら、次はお前の番だ。覚悟しろ」

ホワイトドラゴンは地団駄《じだんだ》を踏む。まるで子どもみたいだ。

このホワイトドラゴン、五百年生きているけど、精神年齢的には今の僕の肉体年齢ぐらいかもしれない。アルマのあんなわかりやすい挑発に乗るなんて。あれで怒っていたら、一日中アルマに怒っていることになるぞ。

「えっと……。魔法を使ってもいいのかな」

「存分に使え。武器も使っても良いぞ。ただし、我の鱗を貫く武器など、そうそうありはしないがな」

またホワイトドラゴンは口を開けて笑う。随分と自信があるらしい。

相手は神様みたいなものだからね。真面目に戦わないと、怪我をするかも。

最初から全力で行くか。

そんな感じで、試練への挑戦が始まる。

少し拓《ひら》けた土地に場所を移して、僕とホワイトドラゴンは向かい合った。

人間の子どもと、ホワイトドラゴン。世紀の一戦の目撃者は、クアールただ一匹。

そのクアールことアルマは、ちょっと離れた位置に寝そべり、僕とホワイトドラゴンの戦いの審判をしようとしていた。

「じゃあ、やるよ。よーい。はじめ！」

やる気のない開始の合図。

先手を打ったのは、ホワイトドラゴンだった。

喉の下の息袋を、顔が隠れるほど大きく膨《ふく》らませる。

次の瞬間、極寒の息が口から吐き出された。

「いきなりブレス？」

「ずっけ‼」

突如、吐き出された白い息は、一瞬にして辺りを凍らせてしまう。

一面は真っ白になり、僕の背後にあった朽《く》ち木《き》は凍って、そのままぽっきりと折れてしまった。

美しさすら感じる銀世界の中にあったのは、凍り付いた僕とアルマの氷像。

そして響き渡っていたのは、竜の高笑いだった。

「くっはははははは！　有り難く思え、ルーシェル。我はそなたを低く評価せぬ。魔獣が跋扈する山で生きてきたのだ。それなりの武力を有していたのだろう。だから、最初からいかせてもらった。これも試練だ。許せ。……くはははははは！」

「くはははは！　じゃないよ。ブレスを吹くなら早めに言ってほしかったね」

ホワイトドラゴンの横にあったアルマの氷像が割れる。

完全に砕け散ると、中からアルマが飛び出した。身体を振ると、体毛に絡《から》んでいた氷の破片が飛び散る。すっかり元通りになると、モフモフの柔らかそうな毛が、竜を魅了するように揺れた。

「あ〜あ。びっくりした」

僕もあっさりと氷を砕く。

ホワイトドラゴンは「なっ！」と叫んで、目を丸くした。

アルマと同じく、肩についた氷の破片を払う。

「お、お前ら……。なんで無傷なんだ？」

「そりゃ無傷だよ」

「スノーキングって魔獣がいてね。熊みたいな魔獣なんだけど、その頬肉がおいしいんだ。脂が乗ってて、食感も独特でコリコリしててね。まさにほっぺたが落ちちゃうぐらいに。毎年、スノーキングの巣穴を見つけて、一匹丸ごと食べてたらね。【冷気吸収】を覚えちゃって」

「はあ？？？」

「ボクたちに冷気系のブレスは効かないってことさ。それどころか魔力に変換しちゃうんだよ」

「じゃあ、次は僕の番だね。死なない程度に手加減するつもりだけど、危なくなったら『参った』って言ってね」

僕は手を掲げる。

すると、それまで晴れていた空に分厚い黒い雲が集まってきた。

黒雲が立ちこめると同時に、僕の手に雷を落とす。僕はそれを魔法で制御しながら、力を貯《た》め続けた。雷精を帯びた魔力は肥大し、いつしか対峙《たいじ》するホワイトドラゴンを越えて、膨らんでいく。

「な、なんだ、それは……」

それは雷が糸のように組み合わさった極大の槌《つち》であった。

精霊魔法【雷神槌《グランドハンマー》】

ゆっくりとその大槌《おおづち》は、ホワイトドラゴンに下りてくる。

それを見ながら、ホワイトドラゴンは半泣きになりながら、叫んだ。

「参った！　参ったぁぁぁあああああ!!　やめろおおおおおおおおおおおおおお!!」

悲鳴じみた声で、ホワイトドラゴンはあっさりと降参を告げるのだった。

「いい感じに火が通ったね」

アルマは僕の魔法を受けて、意識を失ったホワイトドラゴンを小突く。

精霊魔法の【雷神槌】の直撃を受けて生きてるのは流石《さすが》だけど、ホワイトドラゴンは、グ、グ、グレードラゴンと化していた。折角の綺麗な白い鱗が台無しだ。といっても、犯人は僕だけどね。

「ルーシェル、どうする？」

アルマは僕の方に振り返る。口から涎を垂らし、目をキラキラさせながら訴えかけてくる。

そんな顔をしても食べないよ。今から僕の呪いを解いてもらうんだから。

僕はホワイトドラゴンの口にスライム飴を入れる。

一瞬で回復し、黒焦げだった鱗も元の綺麗な白に戻った。

パチッとホワイトドラゴンの瞼が開く。大きく翼を開くと、地面を叩くように羽ばたいた。

飛ぶというよりは、飛び起きるような形で、僕たちから距離を置く。

「お、おおおお前！　ななな、何をするんじゃ！　我にいきなり精霊魔法を食らわせるなぞ」

「ご、ごめん」

「別に謝ることなんてないよ、ルーシェル。あっちが本気でいいって言ってきたんだから」

アルマは半目で大きな竜を睨んだ。

「うるさいうるさいうるさい！　本気でとは言ったが、精霊魔法が使えるなんて聞いてないぞ」

「二十年ほど前だったかな。精霊のお願いを聞いて、契約したんだ」

「せ、精霊の契約者か。というか、お前……！　よく見ると、複数の精霊と契約してるではないか！　はあぁ……。ドラゴングランドが敗れるはずだ」

「……えっと、それでどうかな？　僕は試練に合格できた？」

勝つには勝ったけど、ホワイトドラゴンの機嫌を損ねてしまった。臍《へそ》を曲げてなきゃいいけど。

僕が上目遣《うわめづか》いで尋ねると、ホワイトドラゴンは大きくため息を吐く。

「合格だ……」

「おお！　やったじゃん、ルーシェル。呪いを解いてもらえるぞ」

「うん。ありがとう、アルマ」

肩にピョンと飛び乗ってきたアルマと、僕は戯れる。

モフモフの毛に埋もれながら、チラリとホワイトドラゴンの方を見ると、神妙な顔をしていた。

まだ機嫌が悪いのかな。もうちょっと手加減すれば良かったのだろうか。

「ホワイトドラゴン、どうしたの？」

「なんだよ、まだ怒ってるのかい？　大きな体の割に、心は小さいんだね」

「黙れ、クアール！」

「じゃあ、早速ルーシェルの呪いを解いてやってくれよ。こいつは、この呪いでひどい目にあったんだからさ」

仮に、僕に【竜の呪い】がなければ、僕の人生はどうなっていただろうか。

ヤールム父様の言う通り武芸に励《はげ》み、強くたくましくなり、やがて【剣聖】に至る。

想像もつかないけど、僕に【竜の呪い】がかかっていないということは、生んでくれたリーナ母様も生きているということになる。

ヤールム父様と、リーナ母様。二人に囲まれて、僕は幸せに暮らしたのだろうか。

「それはできない」

ホワイトドラゴンの思いも寄らぬ言葉に、僕は我に返る。

「はっ？　待って。さっき試練に合格したって」

「嘘を吐いたのか？」

アルマは身を低くして、尻尾を立てる。

クアールの激しい威嚇のポーズにも動じず、ホワイトドラゴンは目を細めた。

「ルーシェル、お前は確かに我の試練を受けて、我に力を見せた。だが、この試練にはその人間性と、願いの強さを測る意味合いが込められている」

「願いの強さ？」

僕にかかっている【竜の呪い】を解くには、神術が必要だ。

しかし、神術を使うには目には見えない願いの強さが必要になってくるという。そしてそれは魔力や筋力と違って、自身の体内に溜めておくことができるものでもないらしい。

ホワイトドラゴンは自分と戦うことによって極限状態を作り出し、その願いの強さと純度を引き出して神術に変えるのだと、教えてくれた。

「それって、つまり僕の願いが弱いってこと？」

「そういうことだ。ルーシェル、お前——本当は呪いを解きたくないんじゃないのか？」

「僕が呪いを解きたくない……？」

胸に手を置いた時、何か怖気《おじけ》のようなものが背中に走ったような気がした。

◆◇◆◇◆　冒険者たち　◆◇◆◇◆

一度山から引き上げた戦士、槍使い、魔法使いの三人は近くの街の酒場にいた。

ホワイトドラゴンを追い詰めるために、例の魔女と接触するためだ。

現状、ホワイトドラゴンに願いを叶えられていない冒険者たちは、ちびちびと麦酒《ビール》を飲みながら、魔女が現れるのを待っていた。

「来るかな、あの女」

「来なきゃ困るぜ。折角、ホワイトドラゴンを倒せるチャンスだったのによ」

「焦《あせ》るなよ、お前ら。女は必ず来る」

「私に用かしら」

ひそひそと話をしていると、急に声をかけられた。

振り返ると、フードを目深《まぶか》に被《かぶ》った女らしき人物が立っている。

頭の上から足首まで黒いローブに身を包み、顔もほとんど見えない。しかし、わずかに見える胸元から伸びる首は細く、色香が漂う。ただ肌は人のそれとは思えないほど青白く、月の表面を見ているかのように薄気味悪い色をしていた。

突然の登場に、冒険者たちは椅子《いす》を蹴って立ち上がり、女を囲む。

「お前、いつの間に⁉」

「そんなに驚くことはないでしょ。……その様子だとうまくいったみたいね」

大の男に睨まれながら、女は先ほどまで冒険者たちが座っていた椅子に腰掛ける。

表情こそあまりわからなかったが、笑っているように見えた。

「あ、ああ……。おかげさまでな。ただ取り逃がしちまった。できれば、またあの魔導具《マジックアイテム》をくれないか。代金は払う。ただ、金……は、その……後払いになるが」

「いいわよ」

一体の小さな竜の像がテーブルに忽然《こつぜん》と現れる。

女はその頭に指を置いて、クルクルと弄《もてあそ》んだ。

「ありがてぇ」

「ただし、一つだけ条件があるわ」

「条件？　なんだ？」

「この像は最初のものよりも、かなり強力よ。だから、今度は確実にホワイトドラゴンを殺すと……。いいわね」

フードの奥で、怪しげな光が閃く。

それに気づいた戦士は、小さく悲鳴を上げてよろけ、ついには尻もちをついてしまう。

槍使いと魔法使いに起こされると、気づいた時には女の姿は消えていた。

ただテーブルの上に小さな像だけが残されている。

「何者なんだ、あの女……」

「何だっていい。ホワイトドラゴンを倒して、願いが叶うなら悪魔だろうが、魔族だろうが契約してやる」

戦士は小さな竜の像を握りしめる。

悪魔が取り憑いたように笑う戦士を見て、他の二人は固まっていた。

◆◇◆◇◆　大樟《ルーシェル》の家　◆◇◆◇◆

（僕は【竜の呪い】を解きたくないのだろうか……）

今の住み処に戻ってきた僕は、心の中に問いかける。

外を見ると、もう夜だ。空を隠す大樟《おおくす》の枝葉のおかげで、住み処はいつも真っ暗になる。

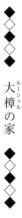

布団に入った僕は、それでも枝葉の間から見える星を見つめていた。

相棒のかすかな寝息に交じって、外から聞こえてくるのは、ホワイトドラゴンの寝息である。

本人はやたらプリプリと怒っているのだけど、どうも僕は懐かれてしまったらしい。山に生きる子どもとクアールという取り合わせが珍しかったというのもあるのだろう。大樟の前に着地して、くるりと丸くなると、広場にピタリとはまってしまった。

そのままホワイトドラゴンはご飯も食べずに眠ってしまう。

どうして、ホワイトドラゴンが呪いを受けていたのか。その疑問について聞きそびれたことに気づいたのは、神竜が眠りに就いた後だった。

いくら神に仕《つか》える竜とはいえ、今日は色々あって大変だったのだろう。

そのまま寝かせておくことになり、僕たちも早めに休むことにした。

とはいえ、ホワイトドラゴンから言われた一言が気になって、なかなか眠れない。

星を見ながら、僕は自然と胸を押さえる。

子どもの頃は、突然やって来るあの痛みがとにかく恐ろしかった。

それがリスティーナ義母様のかけた呪いだと聞いた時は驚いたし、それがリーナ母様の死因だと知った時は悲しかった。山に来てから、次第に困らなくなったけど、時々思い出したように疼《うず》く胸の痛みを感じては、トリスタン家での日々を思い出す。今から考えても、あれは拷問だった。

それでも思い出さずにはいられない。

「あそこには……。僕の…………家族がいる、のだ……か…………ら」

思い悩むうちに、僕もまたいつの間にか眠りについていた。

翌朝――。

「うわあああああああああああああああああ!!」

僕はとんでもないものを見つけて、飛び起きた。

悲鳴を聞き、藁《わら》の中で丸まっていたアルマも驚いて、耳と尻尾を伸ばす。

寝ぼけ眼《まなこ》を擦りながらやってくると、アルマはベッドの隅で青くなっている僕を睨んだ。

「なんだよ、ルーシェル。怖い夢でも見たのかい。それとも、もしかしておね――」

「しないよ！　ち、違うんだ！　布団、布団の中に――」

僕は声を震わせながら、指差す。僕が使っていた布団はこんもりと盛り上がっていた。ちょうど子ども一人ぐらいの大きさだ。誰かがいることは明白だった。

なんで？　なんで、僕のベッドにいるんだよ。

僕が喚《わめ》いていると、突如布団が蠢《うごめ》いた。

「なんじゃ……。騒がしいのぉ」

布団を頭に被ったまま現れたのは、銀髪の少女だった。

砕いた貝のようにきめ細かい白い肌。年は、僕の肉体年齢と同じぐらいだろうか。手はちっちゃくて、肩幅も狭い。見たこともない材質の羽衣を纏い、ゆるい襟元《えりもと》から未成熟な身体が見えそうになっている。

赤く宝石のような瞳は超然として美しく、二つに結んだ銀髪に隠れた角のようなものは、明らかに人ではない何かを想起させる。

これでも八十年以上、生きてるけど僕にはまったく心当たりのない美少女だった。

「ルーシェル……。君ってそういう趣味があったんだね。こんな可愛い女の子を山まで連れてきて、添い寝させるなんて。まあ、そうだよね。君、見た目は子どもだけど、九十以上のお爺《じい》さんだし」

「ち、違う！　何を勘違いしたら、そういう結論になるんだよ！」

「彼女は君の布団の中にいて、ベッドをともにしていたんだ。一体、ボクの言葉のどこに論理的破綻があるのかな？」

僕の反論に、アルマは憤然と言い返してくる。

「そんな訳ないだろ！　いつの間にか、この子が僕の布団に潜り込んでいただけなんだ」

「ふーん。それは便利だね。君のお布団はいつの間に女性を召喚できる魔導具になったんだい？」

「うるさいのぅ。我は朝が弱いのだ……。頭がガンガンするぅ」

『君は黙ってて！』

僕とアルマはピシャリと少女に言い放つ。

しばし相棒と睨み合ったが、ふと窓が視界に入り、僕は気づく。

外で眠っていたホワイトドラゴンが忽然と消えていたのだ。大樟の前の広場は、ホワイトドラゴンが眠れるギリギリの大きさだったので、すぐ側まで竜の鱗が迫っていた。それが壁のように聳《そび》えて視界を奪っていたのに、すっかりなくなっていたのである。

「いつの間にいなくなったんだろう」

あれ程の巨体が何の音も立てることなくいなくなるなんてことは、まずあり得ない。

「あり得るんじゃない？　だって、ルーシェル。その時、女の子とお楽しみの最――――」

「まだ言うのかい、アルマ？　いい加減にしないと怒るよ」

「ボクは物的証拠から確実に言えることを話しているだけだよ」

アルマは尻尾を立てる。

すると、僕とアルマの間に何か鞭《むち》のようなものが振るわれた。

僕もアルマもすぐに反応し躱《かわ》したが、当たってたら外まで吹っ飛んでいたかもしれない。

だが、驚くべきは攻撃の威力ではない。鞭と思っていたのは、尻尾で。その尻尾は目の前の少女のお尻から伸びていたのだ。

僕とアルマは顎が外れるぐらい口を開けて、間の抜けた顔のまま固まる。

「落ち着け、お前ら。どうした？　我なら、ここにいるではないか？」

少女はポンと胸を叩く。

「その真っ白な尻尾……」

「まさか！　君が……あのホワイトドラゴン…………？」

僕たちは声を震わせながら、少女を指差す。

眉を吊り上げて、少女はぐっと口を結んだ。

怒っていることはなんとなく推察できるのだけど、結局その可愛さは少しもぶれていない。

「そうじゃ。なんだ、その顔は？　何やら文句でもあるのか？」

先ほどまで喧嘩《けんか》していた僕とアルマは、示し合わせたかのように顔を見合わせる。

大きく息を吸い込んだ。

「うぇえええええええええええええええええ!!」

悲鳴じみた叫びが、大樟の根本で響き渡るのだった。


「朝食はまだか？」

不遜な口調で質問したのは、僕の相棒ではなく、美少女に変身したホワイトドラゴンだった。

切り株の椅子に腰掛け、渡したフォークとナイフで切り株のテーブルを叩いている。

しかも、どうやらこのホワイトドラゴン、ここで朝食を食べていく気満々らしい。

誘ったのは僕なのだけど、遠慮とマナーというのを知らずに生きてきたみたいだ。

「うるさいなあ。五百年生きてるんだから、ちょっとぐらい待てるだろう」

目くじらを立てたのは、ホワイトドラゴンの横に座ったアルマだった。

「ふん。外界の時間の移り変わりは我慢できても、お腹の中に流れる時間は違うのだ」

「なんだよ、それ。偉そうに言うことなのかい？」

「とにかく我はお腹が空いた。昨日色々と力を使い過ぎて、お腹がペコペコなのだ」

ホワイトドラゴンは切り株のテーブルに乗ったアルマを睨む。

アルマも負けじとホワイトドラゴンを睨み返した。

たぶんじっちもお腹が空いていて、気が立ってるようだ。早くおいしい料理を作ってあげないと、暴れて一帯が消滅してしまうかもしれない。

「あの、ホワイトさん」

「ホワイトさん？　なんだ、それは？　もしかして我のことか？」

「呼び名だよ。ホワイトドラゴンは種族の名前だろ。ホワイトドラゴンって呼ぶのも変かなって」

「だから、ホワイトさん？　安直だのぉ。これだから人間の子どもは……」

「ルーシェルにネーミングセンスを求める方がナンセンスだけどね。ボクに言わせれば」

「アルマ。君の名前を付けたのは僕なんだけど、もう忘れたのかい？」

僕がお玉を振るうと、アルマはそっぽを向く。

やれやれ。恩知らずな相棒もいたものだ、と僕は肩を竦《すく》めると、ホワイトさんに向き直った。

「じゃあ、名前を教えてよ」

「誰が人間に教えるか。名前というのは重要なのだぞ。それを知るだけで、強力な呪いを付与することもできる。我は人間から狙われておる。おいそれと人に話したりなどしない」

と、猛烈な勢いで反論してくる。

言っていることはまともなんだろうけど、呼び名がないとどうも話しかけづらい。

「まあ、好きにせよ。ホワイトでも、ドラゴンでも。どうせ飯を食ったら出ていくつもりだしな」

「一宿一飯の恩って言葉を知ってる？　せめてルーシェルの呪いを解くぐらいまでは、ここにいたらどうなの？　薄情な神竜もいたもんだ」

「願いを叶えようにもルーシェルがそれを望まぬのだ。仕方なかろう」

またホワイトさんは切り株のテーブルを叩いて、朝食を催促する。

その横で思い出したかのように、アルマもテーブルの上で暴れた。

「ルーシェル！　またジャイアントボーアの猪丼を出してよ。今度は皿にのった状態でお願い」

「ごめん、アルマ。ジャイアントボーアの肉、全部凍らせちゃった。解凍には時間が……」

「え〜〜〜〜。そりゃないよぉ」

「その代わり、もっとおいしいものを作るから」

すでに下拵《したごしら》えは済んだ。野菜も切ってある。後は、昨日みたいに平鍋に投入するだけだ。

平鍋に油脂を引き、玉葱を入れて、しんなりするまで炒める。次にお肉だ。

あらかじめ一口サイズに切り、胡椒《こしょう》と塩を振ったお肉を並べていく。ただし最初は皮がついた方からだ。焦げ目が入ったら裏側を焼き、平鍋に蓋をして蒸《む》し焼《や》きにする。

ぽっぽっぽっと平鍋と蓋の間から湯気が出てくると、香ばしい香りが辺りに立ちこめた。

香りを嗅いでアルマはすっかり上機嫌だ。香りが自分の鼻に来るようにモフモフの尻尾を振っている。たまらず僕の肩に乗ると、平鍋の中を覗《のぞ》き込《こ》もうとした。

「う〜〜ん。いい香り。ルーシェル、今日のお肉は何？」

「コカトリスだよ」

「コカトリス‼」

横でガンガンとテーブルを叩いていたホワイトさんが立ち上がる。

顔を青くしながら、僕を指差した。

「コカトリスってあれか⁉　魔獣の？　目を見ると、石化するヤツ？」

「そうだよ。そのコカトリスで間違いないよ、ホワイトさん」

「コカトリスか……。昨日食べ損ねたジャイアントボーアと比べると、ボリュームに劣るけど、結構おいしいんだよねぇ」

「聞いてはいたが……。お前たち、本当に魔獣を食べて生きてきたのだな」

アルマの恍惚《こうこつ》とした表情を見ながら、ホワイトさんは半ば呆《あき》れていた。

コカトリスの肉に火が通ったら、蓋を取って、醬油と昨日も使った特製料理酒を回し入れる。

煮汁がなくなるまで煮詰めて、濃い飴色になってきたら、ホカホカの銀米に盛りつけた。残ったタレを回しがけするのは、昨日のジャイアントボーアの猪丼の再来を思わせる。

ドロッとしたタレを見て、僕の横でホワイトさんが唾を飲み込んだ。さっきまでプリプリと怒っていることが多かった表情が、いよいよ飯顔になっていく。

「完成か、ルーシェル？」

「そうだよっていいたいところだけど、もう一工夫《ひとくふう》を加えるよ」

「もしかして、卵を落とす？」

アルマの言葉は質問と言うより、懇願《こんがん》だった。

「それは昨日やったろ。だから、今日はちょっとだけ違う」

僕は素早い手つきで、コカトリスの卵を溶く。

平鍋に流し入れて、半熟状になるまで焼いた。

『おおおおおお！』

アルマだけじゃない。ホワイトさんまで平鍋に顔を寄せて、半熟の卵を見つめる。

平鍋を火から下ろし、半熟状のコカトリスの卵焼きを、先ほどの丼の上に盛りつけた。

濃い飴色のタレに染まった丼の上に、まるでタンポポが咲いたみたいに卵がのる。

最後に葱を散らし、完成だ。

「コカトリスの特製スタミナ丼のできあがりだよ！」

ふわりと立ちこめてくる甘い香り。

もう見ただけで食欲が増進させられる飴色のタレと、花びらのような半熟状の卵。

アルマも、ホワイトさんも興奮しっぱなしだ。切り株のテーブルの上で、二人して暴れ回っている。まったく……。お行儀が悪いからやめなさい。二人ともご飯抜きにするよ。

アルマとホワイトさんを席に着かせ、いよいよテーブルに三膳の丼が並んだ。

『いただきます！』

手を合わせると、アルマもホワイトさんもどんぶりに顔から飛び込むみたいに食べ始める。

カンカンと音を鳴らしながら、ホワイトさんはがっついた。

頬を栗鼠《りす》みたいに膨らましながら、コカトリスの特製スタミナ丼を味わう。

「うまい！　これ本当にコカトリスのお肉なのか⁉　もっとこう筋張ってるものと思ったが、全然軟らかいではないか。嚙《か》んだ瞬間、軟らかな歯ごたえが歯を押し返してきた後に、ぷるっと弾《はじ》ける

食感が口の中に響き渡るようだ」

「噛んだ後もいいよね。肉汁が飛沫《ひまつ》のように噴き出てきて、舌の上に飛び散るんだ。甘い肉汁が舌を包んで……。うーん。最高！」

「このタレもいいな。とても甘いがしつこさを感じない。口の中に爽《さわ》やかに消えていく」

「玉葱の食感も最高だし。タレを吸って、甘いったらありゃしないよ」

「しかし――――」

「なによりも……！」

〝卵〟――――。

「半熟玉子がトロトロ……。タレとの相性も抜群だ！　これがコカトリスの卵か。独特のコクの中に、鶏卵にはない甘みを感じる」

「コカトリスのお肉と、銀米を一緒にかき込むと、またうまいんだよ。お肉と一緒に半熟玉子がつるんと舌にのってさ。そこにタレがかかった銀米が混ざって、甘みが増すんだ」

「見える。見えるぞ」

「ボクにも見えるよ」

『卵を背負ったコカトリスの親鳥の姿が～～』

アルマとホワイトさんは、いつの間にか手を合わせて、一緒に明後日《あさって》の方向を眺《なが》めていた。

その表情は恍惚としていて、実に幸せそうだ。心なしか肌つやもいい。コカトリスのお肉みたいにプルンとしている。もしかして、美容にもいいかもしれないね。

僕は別の効果を期待して、作ったんだけど。

「満足してくれた？　ホワイトさん」

「うむ。お前、なかなかやるではないか。我の舌を唸《うな》らせるとは？」

「何を健啖家《けんたんか》ぶってるんだよ。ドラゴンのくせに」

「いいではないか。おいしいものをおいしいと言ってるだけだ」

ホワイトさんは最後に残っていた銀米をかき込む。

タレがついた銀米がほっぺたについていた。

「ホワイトさん……。銀米がついてるよ」

「うん。どこじゃ？」

「取ってあげるよ。動かないで」

「よかろう」

ホワイトさんは言われたとおり、動かなくなる。

顔を突き出し、何故か目を瞑《つむ》った。

「なんで目を瞑るの？」

「我の目は魔眼じゃ。人間が近くで覗き込むと、呪いを受けるかもしれぬからな」

「僕なら大丈夫だと思うけど……」

「ゴチャゴチャ言ってないで、早《はよ》う取れ」

ホワイトさんはさらに顔を近づけてくる。

おかしいな。瞼はしっかり閉じられているのに、なんだか変な気持ちになってくるんだけど。

いやいや意識しすぎだ、ルーシェル・ハウ・トリスタン。ご飯粒を取るだけじゃないか。

でも、よく見るとホワイトさんって本当に綺麗な顔をしている。銀髪は雨露を編んだみたいに綺麗だし、肌も白くてきめ細やかだ。意外と睫毛《まつげ》も長くて、鼻筋も美しい。

気のせいじゃない。なんかやっぱりドキドキしてきた。

そもそもこの体勢って……。まるで僕がホワイトさんに接吻《せっぷん》をせがまれているみたいじゃないか。

「どうした、ルーシェル」

ホワイトさんは片目を開ける。赤い瞳がギラリと刃のように光った。

うん。やっぱり可愛いなんて幻想だよね。ホワイトさんはやっぱ怖いや。

僕は無事ご飯粒を摘まみ上げると、指に貼りついた粒をペロリと舐め取った。

「惜しかったね、ルーシェル。キスができなくて」

「はっ？　キス？　何の話じゃ？」

「ア、アルマ！　どどうして、それを……」

まさか！

「アルマ！　僕の心を【読心】で読んだね」

「ふふふ……。読まれる方が悪いんだよ」

「言ったな！」

僕はアルマを捕まえようとする。だが、そう易々《やすやす》と捕まらないのが、僕の相棒だ。

伸ばした手から逃れると、アルマは走って逃げ始める。

「待て！　アルマ！」

「ふふふ……。捕まえられるものなら捕まえてみなよ、ルーシェル」

「なんだ？　食後の運動というヤツか。良かろう！　久しぶりの人間の姿だし。我も付き合うぞ」

「げげっ！　ドラゴン娘まで付いてきた！」

「ドラゴン娘とはなんだ⁉」

ホワイトさんまで、アルマを追いかけ回す。

時々、アルマとこうして鬼ごっこみたいなことはするけど、今日はホワイトさんまで参戦だ。

一人加わっただけで、なかなかスリリングな鬼ごっこが始まる。

すごい。いつもより楽しいかも！

ちょっとお腹が苦しかったけど、僕たちは大樟の下で遊び回る。

走りながら僕はいつまでもこんな日が続けばいいと思っていた。

気が付けば、昼を過ぎていた。

僕もアルマも体力には自信があるけど、まさか朝からこんな時間まで鬼ごっこをするとは思わなかった。さすがに僕もヘトヘトだ。

アルマも、そしてホワイトさんもへばっている。

「はあはあ……。なかなかやるではないか。お前たち」

「ホワイトさんが大人げなさ過ぎるよ」

「そうだぞ。やめようって言っても、お前が何回も追いかけてくるから」

「な、情けないヤツらめ……。はあはあ……。我はまだ遊び足りなかっただけだ……はあはあ」

一番しんどそうにしているのに、よく言うよ。

でも、今日の鬼ごっこは九十年以上生きてきて一番面白かったかもしれない。

同じぐらいの体力を持つホワイトさんだからこそ、僕もアルマも全力を出して遊ぶことができた。それに遊びはやっぱり人が多い方が楽しい。当たり前のことを再認識した鬼ごっこだった。

三人で大の字になりながら、僕はずっと気になっていたことを質問する。

「ねぇ、ホワイトさん。昨日、なんであんなにボロボロだったの？」

昨日は成り行きで、僕の身の上話を喋ることになったけど、そもそもホワイトさんがなんであんな状態になっていたのかを聞きそびれていた。

神竜と呼ばれるホワイトドラゴンを追い詰める存在なんて、そうはいないはず。

仮にいるとしたら、僕もアルマも警戒しなければならない。

「冒険者だ。といっても、冒険者自体の能力は大したことはない。問題なのは、持っていた呪物だ」

「呪物……？」

僕がホワイトさんに出会った時、すでに高度な呪いにかかっていた。あれは厄介だ。

仮にまた受けるようなことがあれば、今度こそ冒険者に捕まってしまうかもしれない。

「どうするの？」

「決まっている。あやつらに復讐《ふくしゅう》する」

ホワイトさんの目に木漏れ日がかかると、ギラリと赤く光った。

「一人で？　ホワイトさんには、仲間とかいないの？」

「仲間？　くはははは！　ドラゴンに仲間か？　飛竜みたいな半端者ならともかく、我ら竜族が群れをなして飛んでいるところを、お前は一度でも目撃したことがあるか？」

そう言えば、ドラゴングランドも、他のドラゴンもすべて、たいてい一匹で現れる。

竜というよりは蝙蝠《こうもり》に属性が近い飛竜はともかくとして、つがいや家族を持たないのは生物的にも珍しい。しかも竜は長寿だ。ホワイトさんにしたって、五百年以上生きていると言っていた。

僕にはアルマがいたから良かったけど、五百年も一人で生きるなんて聞くだけでも恐ろしい。

たぶん孤独に押しつぶされてしまうだろう。

「ホワイトさんは一人で寂しくないの？」

「それは人間の感情であろう。ないわけではないが、生きる上で思ったことは一度もない。我は神竜だ。他の竜とも違って、完全個体だからな。別に仲間や家族がいなくても、一人で生きられる」

完全個体というのは、その一体だけで完結した生物のことを指す言葉だ。

たぶんその気になれば、ホワイトさんは外部から栄養を摂《と》らずとも生きていられるはず。体内に栄養やエネルギーを作る器官が独自にあって、自活できるのだ。

さっきはお腹空いた、と言っていたけど、たぶん呪いの影響もあって、今その器官がうまく作動していないのだろう。再び動き出せば完全個体としてまさしく完全復活する。

そうなれば、ホワイトさんはたぶん、僕の側から離れていってしまうに違いない。

「浮かぬ顔だな、ルーシェル。我に何か言いたいなら、はっきり言えばいい」

「僕は…………ホワイトさんとなら、友達になれると思う」

僕がそう言うと、ホワイトさんは急に黙ってしまった。

なんか変なことを口走ってしまっただろうか。

すると、ホワイトさんはお腹を抱えて笑い始める。

「ふはははは！　我と友達になるだと。人間の子どもが？　我ら神竜の友達になるなど」

「別に笑わなくたっていいじゃないか。そんなおかしなことは言ってないし」

「十分おかしいことを言っておるぞ、お前は。ドラゴンと友達になろうなどという人間がどこにおる。五百年生きているが、そんな人間一人もいなかった。……ああ。そうだ。我に向けられたのは、剣と魔法と、どす黒い欲望だけだ」

「ホワイトさん……？」

「はっきり言おう、ルーシェル。我は人間を好かぬ。何故なら人間は我を敵と見做《みな》してきたからだ」

「そんな……。僕たちはあんなに仲良く……」

「ルーシェル。そなたは人間で、山は人のいていい場所ではない。……いつか人の元に帰れ」

「でも、僕はそれでも君と――……」

「我が思うに、この山に住めば住むほど、お前は人から外れていく。そして人であることすら忘れてしまう。ルーシェルよ。ここはお前が根を下ろす場所ではない」

おもむろにホワイトさんは立ち上がる。

背中から突然広がったのは、雄々しい竜の翼だった。

「人は人の元に住むのが自然だ。人並みの暮らしをしろ、ルーシェル。さすれば、【竜の呪い】は解けずとも、その不老不死《のろい》は解けるかもしれぬぞ」

「ホワイトさん、どこへ？」

「さらばだ、ルーシェル。お前の料理、なかなかうまかったぞ」

地面を蹴った瞬間、ホワイトさんの姿は大樟の枝葉を越えて、遥《はる》か空にあった。

大きな竜の姿になると、うねるように飛び始める。

しばらくその飛んでいく方を見送ったが、ついには高い木の幹に隠れてしまった。

「惜しかったね、ルーシェル」

「うん……。友達になれるかなって思ったんだけど」

「でも、あいつの言う通りだよ。竜は竜、人間は人間だ。同じ種族同士で連《つる》むのが一番さ」

「アルマ……」

僕はアルマを抱きしめる。

「お、おい！　ルーシェル！　痛いよ」

「僕が人間の里に帰ることになっても、僕はアルマとお別れしたくない」

「……う、うん」

「もし、その時が来たら、アルマもついてきてくれる？」

アルマは即答しなかった。ちょっとだけ長い逡巡《しゅんじゅん》の後、目を伏せる。

「当たり前だろう。ボクたちはパートナーなんだから」

クアールの子どもは、僕の耳元で優しく囁《ささや》くのだった。

第6章 八十三年目の仲間

◆◇◆◇◆　ホワイトドラゴン　◆◇◆◇◆

ホワイトさんと名付けられた白き竜は、西へ向かってゆっくりと飛行していた。

およそ一日ぶりの空は濃い灰色をしていて、進行方向には大きな積乱雲が見える。突風が目の前から襲いかかってくるが、ホワイトドラゴンの巨軀《きょく》はビクともしない。

悠然《ゆうぜん》と翼を広げ、向かってきた突風を逆に切り裂いていった。

空を我が物顔で飛んでいたホワイトドラゴンの顔は、誇らしげかと思ったが、そうではない。

珍しく浮かぬ顔であった。

「友達か……」

口を開けて、ぼそりと呟《つぶや》く。

空気を切る音によってかき消えるが、竜の口から出た言葉にしては物珍しい類《たぐ》いの言葉だった。

すると、今度はホワイトドラゴンが口を開き笑い飛ばす。

先ほどよりも大きく、高く、大空に響き渡る。しかしその声はどこか虚《むな》しく、さらに悲しげでもあった。誰かを笑っているように見えて、自分のことを笑っているようにも聞こえる。

ひとしきり笑ったホワイトドラゴンは、真顔になって振り返った。

「そんなことを言われたのは、初めてだな」

ホワイトドラゴンは五百年生きてきた。

人間が自分に向ける感情は、常に畏怖《いふ》の念だ。

当然である。何故《なぜ》なら、ホワイトドラゴンは神竜なのだ。

しかし、その認識は人間の間で次第に薄れていき、人間の願いを叶《かな》えてくれる『試練の竜』などと呼ばれるようになった。この五百年。結果的にホワイトドラゴンに向けられたものは、畏怖から剣と魔法に変わっていった。

ホワイトドラゴンは人間のことが嫌いだ。

欲望に駆られやすく、常識に流されやすく、都合が悪ければ、事実をねじ曲げ正義を謳《うた》う。

五百年、ずっとそんなことばかりしている。だから、ホワイトドラゴンは人間の政争に加わることなく、人に神の慈悲を与えることなく生きてきた。それが正しいとか正しくないとか以前に、竜とはそういう生き物だからということを、生まれた時にもう知っていたからだ。

でも——と、ホワイトドラゴンは天を仰《あお》ぐ。まるで許しを請うように。

「鬼ごっこ……。面白かったな」

瞬間、ホワイトドラゴンの頭の横を、赤い槍《やり》がかすめていった。

魔法でできた炎属性の魔法だ。強力ではあったが、ホワイトドラゴンは難なく躱《かわ》す。

槍が射出されたと思われる方向を見ると、山の中腹に広い岩場を見つけた。

その中心に立っていたのは、三人の冒険者たちだ。例の戦士、槍使い、そして魔法使いである。

どうやら、ホワイトドラゴンを追ってきたらしい。

飛んでいる竜を見て、何か喚《わめ》いていた。おそらく挑発しているのだろう。だが、高度の高いところから見下ろすと、冒険者たちが変わった踊りをしているようにしか見えない。

このまま無視することもできたが、ホワイトドラゴンはしばし空中で待機する。

ふとルーシェルたちとともに過ごした大樟《おおくす》の方を見た後、ゆっくりと岩場に下りてきた。

再びホワイトドラゴンは三人の冒険者たちと対峙《たいじ》する。

両者の背の高さは、象と蟻《あり》とまでは言わないが、獅子《しし》と鼠《ねずみ》ぐらいの違いはあった。

「あの時の冒険者か……。懲りずにまたやってきたか？」

「馬鹿を言え！　あと一歩のところで俺たちが勝つはずだったのに、お前が逃げたんだろう」

「逃げた？　ふん……。確かにお前たちの言う通りだ。わかった。相手をしてやろう」

「今度は逃げないよな」

「ああ。我が言うのもなんだが、神に誓おう。ただし――――」

「あん？？」

「今度は手加減せん。殺しはせんが、冒険者を廃業せねばならぬ程度には痛めつけてやるから覚悟せよ」

ホワイトドラゴンの瞳が光る。

一度戦ったことがあるにもかかわらず、冒険者はその威嚇《いかく》に身を竦《すく》ませていた。

そして、再び試練が始まる。ホワイトドラゴンは容赦なくブレスを吐く。

岩場が一瞬にして銀世界になる。そんな極寒の吐息に対し、冒険者たちはただひたすら魔法で堪え忍ぶしかなかった。優位に立ったホワイトドラゴンだが、それでも手をゆるめない。要塞のように鎮座していた身体を浮かせると、冒険者たちに突撃していく。

「ひぃいいいいいいい！」

たまらず悲鳴を上げて、冒険者たちは後退する。

ホワイトドラゴンは尻尾《しっぽ》を振ると、ブレスでできた氷を弾く。

拳大《こぶしだい》ぐらいの氷塊が、冒険者たちの背中を痛打した。押し倒されるように冒険者たちは、氷原につんのめる。

まさに圧倒的であった。巨大な戦闘用馬車を相手にしているようだ。

「どうした、人間？　押されてばかりではないか？」

ホワイトドラゴンはあおり立てる。

それにしても弱い。ルーシェルを相手にした後だから、余計に感じた。竜に挑む命知らずなのだから、冒険者のレベルはそれなりなのだろう。だが、ホワイトドラゴンの圧力にここまでまったく対応できていなかった。冒険者たちの顔が恐怖に引きつるのを見て、ルーシェルがどれほど突出した力の持ち主かを改めて思い知らされる。

「ん？」

ホワイトドラゴンの動きが止まる。首を回して、辺りを窺《うかが》った。

「一人足りない……？」

そう思った時、凍った岩場で何かが光った。

戦士だ。手には以前投げつけてきた小さな竜の像が握られている。禍々《まがまが》しい気配を感じて、ホワイトドラゴンはすぐにそれが呪物であることを理解した。

ホワイトドラゴンに投げつけると、タイミング良く魔法使いが魔法で呪物を撃ち抜く。

黒い霧のようなものが広がると、ホワイトドラゴンの視界いっぱいに展開される。

逃げようと思った時にはもう遅い。黒い霧はホワイトドラゴンの身体を包み、白い鱗《うろこ》を蝕《むしば》む。

(何かが入ってくる！　気持ち悪い!!)

突然、口に馬の糞《くそ》でも突っ込まれた気分だった。

何度も吐きそうになるが、もはやそれどころではない。

黒い霧はホワイトドラゴンの鱗に根を張り、身体の中心に向かって浸蝕《しんしょく》してくる。

ホワイトドラゴンは神聖な存在であり、本人が言っていたように完全個体の生物である。

呪い殺すなど、不可能と言ってもいい。ただし、それは人間が作った呪物に限る。

今、戦士が投げたのは、竜の牙に勝るとも劣らぬ特級の呪物。

その呪いが杭《くい》を刺したみたいにホワイトドラゴンの心の臓へと向かっていく。

「あはははは！　二度もかかるとは間抜けな竜め！」

戦士は大笑する。囮《おとり》役となった槍使いと、合図を見逃さなかった魔法使いは、ハイタッチを交わしていた。警戒しつつ、呪いに蝕まれたホワイトドラゴンに近づいていく。

戦士もまた呪いに苦しむ竜に聞かせるように鞘《さや》から剣を抜き放つ。

「覚悟しろ、ホワイトドラゴン」

「ああ。貴様らがな……」

パンッ！

ホワイトドラゴンを蝕んでいた呪いが弾《はじ》け飛ぶ。

黒い煤《すす》のように飛び散ると、ホワイトドラゴンの姿が現れた。

命の危機にあったにもかかわらず、ピンピンしている。白く美しい鱗も健在だ。

「おい。嘘《うそ》だろ！」

「あの呪いに耐えるのかよ」

槍使いと魔法使いは鼻白む。戦士も呆然《ぼうぜん》として、ホワイトドラゴンを見つめていた。

「ふん。貴様らが扱える程度の呪いなど、我には効かぬ」

「じゃあ、あの時はどうだったんだ？　今の呪物はあの時のものより強いんだぞ」

額に青筋を浮かべながら、戦士は猛《たけ》る。

ホワイトドラゴンは「我が聞きたいわ」という言葉をぐっと喉の奥に押し込む。

理由は感じていた。自分の身体が呪いに対して、非常に耐性がついていることにだ。

おそらくコカトリスの肉あるいは卵を食べたせいだろう。ルーシェルは魔獣を食べることによって、スキルや魔法、あるいは基礎能力の上昇、耐性を獲得してきたと話していた。

つまり、人間や魔獣だけではなく、神竜にすら効果があったということだろう。

「あの時はちょっと驚いただけだ。……さあ、もう終わりか？　ならば、ここからは我の虐殺時間ということになるが、それでも構わぬだろうか」

ホワイトドラゴンは顎を上げ、冒険者を見下しながら威嚇する。

最終手段であった呪物が効かないとなれば、冒険者のやれることは一択しかない。

「逃げろ！」

「退却！　退却だ‼」

「ひぃいいいいいい！」

悲鳴を上げながら、近くの森へと逃げていく。

さらに懲らしめようと思ったが、ホワイトドラゴンはやめた。

無様に逃げていく人間を見て、必死に張り合っていた自分が馬鹿らしくなってきたからだ。

散々脅かし、奥の手であった呪物も完封した。もはや再び挑もうなどとは思わないだろう。

「それにしても、あの呪物は一体どこで手に入れたのであろうな」

ホワイトドラゴンは、銀髪の娘の姿に変化すると、転がっていた呪物の残骸を拾い上げた。

バラバラになってなお、吐き気を催《もよお》すほどの呪いをばらまいている。

あの程度の冒険者が手に入られるような代物《しろもの》ではない。

「やはり、これは――――」

銀髪を振り乱しながら、ホワイトドラゴンは振り返った。

見つめたのは、さっき冒険者が逃げていった森である。かすかだが、人の悲鳴らしき声が聞こえたのだ。不意に風が出てくる。空を見ると、真っ黒だ。先ほど見た積乱雲が、ついにこの岩場の上にやってきたらしい。

風が運んできたのは、雲だけではない。強い血臭であった。

ホワイトドラゴンは目を凝らす。

森に人影があった。ゆっくりとした足取りでやってきたのはローブを纏《まと》った女だ。

フードを目深《まぶか》に被《かぶ》り、顔が隠れてよく見えないが、青白い唇は笑っているように見える。

少女の姿のホワイトドラゴンに一定の距離まで近づくと、女は立ち止まった。

「あら可愛《かわい》いお嬢ちゃんだこと。こんなところで迷子かしら。うふふふ」

「その言葉そっくりそのまま返すぞ、魔族よ」

「……フフ。さすが神竜様。すぐに私の正体を見抜くなんて。ぼんくらな人間とは違いますわね」

「馬鹿にしてるのか？　お前らは臭うのだ。特に血臭が鼻を衝《つ》いてたまらぬ」

再びホワイトドラゴンは竜の姿を取る。

天を衝くような大きさになっても、目の前の魔族と呼ばれた女は動じない。

口元に薄く笑みを浮かべたまま顔を上げた。

「しかし、よくあの呪物に耐えましたね。とっておきだったのに。変ですねぇ。無傷なんて。いくら竜に再生能力があるからって」

「その程度の呪物だったということだ」

「よく考えてみると、おかしいですねぇ。竜は完全個体。人間や他の生物と違って、その一個体で完結した存在です。故に、他の生物にある成長や進化というものがない。千年、一万年生きようが、竜は竜のはず……。一度通じた呪物を耐えしのぐなんてあり得ない。……もしかして、神竜様。誰かに支援して──ッ!!」

魔族が言葉を言い終わらぬうちに、ホワイトドラゴンは襲いかかった。

遠慮のないブレスが魔族に向かって放たれる。それはもはや吹雪を吐き出すといった生やさしいものではない。水と空気が極限に圧縮された槍だった。

周囲の岩場を氷漬けにし、さらには遠くの山の肌を抉《えぐ》る。

一瞬にして、視界に見える限りの世界が、白く染まった。

空気が凍って、辺りは白い靄《もや》のようなものに包まれる。

その中で、女は完全に氷漬けになっていた。

「愚か者め。我ら神族を舐《な》めるからこうなるのだ」

『いいえ。神竜様、これでよろしいのですよ』

声は氷像から聞こえてくる。

『呪いというのは、死によって深まる。呪物の大半は死物の一部。可能であれば深い恨み、あるいは未練を持った物ほど望ましい。呪いは死してこそ始まる。死してこそ完成するのですよ』

ふわりと氷像から浮き上がってきたのは、三つの魂。

邪念と呪いを灯《とも》した魂が禍々《まがまが》しく光り、泥のような何かを垂《た》らしている。

耳を澄ました時、竜の背筋が凍った。人の悲鳴である。助けてくれと叫んでいるようにも聞こえるが、要領を得ない嘆きにも聞こえた。

「これはさっきの冒険者どもの魂か」

『その通りです、神竜様。彼らは神像を破壊した不届き者。もはや地獄にも天国にも居場所はございません。一生現世に留まり、永遠に呪いを吐き出す。うふふ……、かわいい子たち』

「貴様がそうさせたのだろう？」

『私は腐った魂を再利用しているだけ。現世にプカプカ浮かんでいても、退屈でしょうからね』

「根っからのゲスだな、お前たち魔族は」

『それは褒《ほ》め言葉ですよ、神竜様』

魔族はまた薄く微笑《ほほえ》む。

すると、黒い汚泥を吐き出しながら、魂が物質化していく。

それは大きく膨れ上がり、やがて人の形へと変化していった。いや、それを人と呼べるのか。ブヨブヨした手は爛《ただ》れ、足は半分地面に埋まっている。顔の位置が定まらず、ただ眼窩《がんか》のような穴があって、怪しい光を放っていた。

『さあ、ショーのお時間です、神竜様。うまく踊ってくださいな。観客がいないのが残念ですけど』

氷像の中の魔族が消える。残ったのは、着ていたローブだけだ。

ホワイトドラゴンは呪いから生まれた生物に瞠目《どうもく》する。

仮にそれを『呪いの塊』と呼称しようか。

呪いの塊は空気を吸うごとに膨れ上がり、あっという間にホワイトドラゴンを越える。

野山のように大きく膨張した呪いの塊に、ホワイトドラゴンはブレスをぶつけた。

槍のように飛び出したブレスは、呪いの塊をなぎ払うが、ゆっくりと再生していく。

「いかん！　このままでは辺りが呪いで汚染される」

仮にそんなことになれば、山が死ぬ。

植物は枯れ、動物は息絶え、魔獣たちですら生きていけない過酷な土地になるだろう。

呪いの範囲は見当もつかないが、見える限りの山は汚染されてしまうはずだ。

ホワイトドラゴンは東を見た。

ルーシェルたちがいる大樟がある辺りである。

場合によっては、ルーシェルたちにも影響があるかもしれない。

止めなければ……。

「ふふ……」

ふと胸中に浮き上がった感情に、ホワイトドラゴンは声を出して笑ってしまう。

確かにルーシェルやアルマは異質な存在だ。それは認める。だが、ホワイトドラゴンにとって、彼らは有象無象の一人であり、一匹でしかない。

彼らを救うなんてとんでもない。何故なら、ホワイトドラゴンは神竜——完全個体なのだ。

家族も、友人も、仲間と言えるものもいない。

ドラゴンという種がいても、そいつらが自分と同じと思ったことなど一度もない。

ルーシェルは「寂しくないのか？」と問うたが、それが竜なのだ。

しかし、ホワイトドラゴンは思ってしまった。

止めなければ、と……。

それは紛れもなく、ルーシェルたちを救いたいという一念に他ならない。

たとえ、神竜としての本能がそれを否定したとしてもだ。

ホワイトドラゴンは地に足を着け、一歩も動かなかった。

今ならまだ逃げることができたかもしれない。でも、ホワイトドラゴンがやったことといえば、それは呪いに向かって吠《ほ》えるということだけだった。

「うおおおおおおおおおおおおおおおおおおおおおおおおおおおおおおお!!」

眠っている神ですら起こしてしまいそうな激しい嘶《いなな》き。

ホワイトドラゴンは懸命に呪いを排除しようと試みる。

ブレスを吐き、尻尾を振るい、牙を剥《む》き出《だ》して呪いを食いちぎる。

しかし、抵抗虚しく、ホワイトドラゴンは呪いに飲み込まれていった。


たった一度だけだ。たった一度だけ、ホワイトドラゴンは人を助けたことがある。

それはホワイトドラゴンとして生を受けて、程なくしてからだった。

まだ『試練の竜』と言われる前の話である。

ある日寝ていると、子どもを抱きかかえたその母親らしき女が現れた。

それが初めて見た人間というわけではなかったが、近くの村の人間たちがちょこちょこ自分を見にやってきていることは知っていた。

母親は言った。病《やまい》の子どもを助けてほしい、と。

聞けば、竜は吉兆の存在として村では伝わっていて、信仰心が強ければ願いを叶えてくれるという迷信が昔から残っているらしい。

おそらくどこぞの竜が戯れで、人間の願いを叶えたことが迷信の発端となったのだろう。一体どこの竜だと思ったが、自分の信仰心を必死にアピールする母親を見て、次第にホワイトドラゴンの心は揺らぐようになった。

ついには願いを叶えることを決意し、神術を使って、子どもを助けようとした。

だが、無理だった。すでに手遅れだったのだ。

母親が訴えている間に、静かに子どもは息を引き取っていた。

すぐに神術を施せば、もしかしたら子どもは助かっていたかもしれない。

そんなことを思うと、急に母親のことが可哀想《かわいそう》に思えてきた。

しかし、いくらホワイトドラゴンが神の使いでも、死んだ者を生き返らせることはできない。

だから、ホワイトドラゴンは…………。


「……実に我らしくないな」

ホワイトドラゴンは呪いに呑《の》み込《こ》まれながら、呟いた。

すでに手も、足も、翼も、胴も呪いによってがんじがらめになっている。

力には自信があるが、それでも抜け出せる気がしない。その間も呪いが忍び寄ってくる。

いや、もはや呪いではなく、それは死の気配だった。

「死を前にして、昔を思い出すのか。完全個体など笑わせる。これでは人間と同じではないか」

人間は死の瞬間に過去のことを思い出すという。

ふと昔のことを思い出したのも、柄にもなく死を覚悟したからだろう。

もはや、この呪いを解くことはホワイトドラゴンでも難しい。

だが、方法がないわけではない。自分が死に、そして自身が呪いとなって、呪いを食い殺すのである。魔族は言った。呪いは死して完成する、と。それはホワイトドラゴンも例外ではない。

実行すれば間違いなくホワイトドラゴンは死ぬ。言わば自爆技である。

「止めると言っておきながら、このザマか……。クアール――確かアルマという名前だったか。あいつが聞けば、実に心地の悪い皮肉を返してくれたであろうな。そう。たとえば――」

『一人で生きられるなんて大見得を切って出ていった癖に、返り討ちに遭うなんて、さすがのボクも擁護のしようがないよ』

不意にそのアルマの声が聞こえたような気がした。

「幻聴か。いよいよ死期が近いということかもな」

そっと目を伏せようとしたが、また声が聞こえてくる。

『アルマ、そんなことを言っちゃダメだよ。ホワイトさんは自分のことを顧《かえり》みず、僕たちを助けようとしてくれたんだから』

今度は人間の子どもの声が聞こえる。

忘れもしない。つい先ほどまで同じ釜の飯を食べ、遊んでいたのだから。

「ルーシェル……。アルマ…………。まさかお前たち、そこにいるのか？」

そんなわけがないと思うが、ホワイトドラゴンは話しかける。

すると、目の前の呪いが何か光の剣のようなもので切り裂かれた。

できた穴を強引にこじ開けたのは、癖ッ毛の少年だ。

「遅くなってごめん、ホワイトさん。……助けに来たよ」

「ルーシェル……。お前――――」

ホワイトドラゴンの目に涙が浮かぶ。

差し出された手に対して、ホワイトドラゴンも人間の姿となって応じる。

銀髪の少女の白く細い手を握る手は、自分と同じく小さかったが、今まで触れたどんなものよりも、力強くたくましかった。

◆◇◆◇◆　ルーシェル　◆◇◆◇◆

汚泥のようになった呪いの中から、僕はホワイトさんを引き上げる。

ホワイトさんは泣いていた。死ぬのが怖かった？　いや、たぶんそうじゃない。

やっぱりホワイトさんも寂しかったんだと思う。

一人の時間は残酷だ。長ければ長いほど、その恐怖は膨《ふく》らんでいく。

完全個体とか、ホワイトドラゴンとか、神竜とか関係ない。その存在たちはただ強がりを言っているだけだ。ホワイトさんがそうであったように、本当は井戸の底にいる自分を、いつか誰かに引き上げてもらいたいと願っている。

だって、怖いじゃないか。

一人で生きることに耐えられても、僕は一人で死ぬことには耐えられない。

ホワイトさんだって、そう思ってるはずだ。

呪いから引っ張り上げたホワイトさんを抱きしめる。

「もう大丈夫だよ」

泣いているホワイトさんの髪を撫《な》でる。

あの美しい銀色の髪は、呪いの影響からか、くすんで見えた。

「何故だ、ルーシェル。何故、我を助けた？」

「理由なんかないよ。僕はホワイトさんを助けたいだけ。本当にただそれだけなんだ」

僕が答えると、ホワイトさんは瞼《まぶた》を大きく開いて驚いていた。

竜のホワイトさんには、僕の答えは相当意外なものだったらしい。

たぶん、ホワイトさんは僕以外の人間の願いを叶えてきた。僕以上に、人の欲望を目の当《ま》たり《あ》にしてきたのだろう。

ただ理由もなく、ホワイトさんを助けた僕が物珍しかったに違いない。

「ルーシェル！」

アルマの叫び声が聞こえた。

次の瞬間、黒い触手のようなものが、呪いの方から伸びてくる。

僕はそれを確認しながら、手をかざした。

光魔法【天羽の衣《セイクリッド・アーマー》】

光の衣が僕とホワイトさんを包む。

高速で伸びてきた黒い触手を、あっさりと弾き返した。それでも、ムキになって魔法の鎧《よろい》を壊そうとするけど、ビクともしない。傷一つ付いていなかった。

「無駄だよ。君の呪いは確かに強力だけど、僕を傷付けることはできない」

ホワイトさんを抱きかかえながら、僕は忠告する。

それが聞こえたのか、触手はスルスルと呪いの塊の方へと戻っていく。

すると現れたのは、呪いを纏った女の形をした何かだ。

人間ではないことは、気配でわかった。

『ふーん。人間の子どもに、クアールの子ども？　あなたたち、何者？　この呪いは人間なんて触れるだけで頭がおかしくなるか、息絶えるかという代物なのよ。なのに中に入って、神竜様を引き上げるなんて』

「君こそ人間ではないね。とすると、魔族かな？　僕が知ってる魔族と違って、随分と弱いみたいだけど。魔族の中にも、強いのと弱いのがいるってことかな」

『人間の子どもはとても素直で従順と聞くけど、あなたは随分と腕白《わんぱく》な口が利《き》けるのね』

「こう見えても、ボクたちは八十年以上生きてるからね。ひがみっぽくもなるさ」

それはアルマだけだと思うけどなあ。

僕は苦笑した後、呪いに向き直った。

「君、少しやり過ぎだよ。この山すべてを呪うつもり？」

『それはどうかしら？　もしかして、この山だけじゃないかもしれないわよ』

「それは困るよ。ここは僕の庭なんだ。辛《つら》い思い出もあるけど、いい思い出もたくさんある。でも、ホワイトさんとの思い出はこれから作るんだ。だから、どっかに消えてくれると有り難いんだけど」

『消えるわよ。ただし、その時はそのホワイトドラゴンを飲み込んでね。大丈夫。ついでにあなたたちも沈めてあげる。深い……。深い絶望の底に』

女の人の形をした何かは、ぱっくりと口を開けて笑う。

僕も、アルマも怖いとは思わなかった。

「どうやら人の忠告に耳を貸さないタイプみたいだよ、ルーシェル」

「そうみたいだね」

「ルーシェル！　それにアルマ！　お前たち何をしようとしている？　いくらお前たちでも、この呪いを消し飛ばすのは難しいぞ。早く逃げよ」

僕の腕の中に抱かれ、ホワイトさんは喚《わめ》き立てる。

だけど僕は笑顔を崩さず、一旦地上に降りて、ホワイトさんを安全な場所に下ろした。

「大丈夫だよ、ホワイトさん。問題ないよ」

「要は、この呪いを全部消し飛ばせばいいんだよね」

「お、お前たち……。まさか正気か――――」

ホワイトさんは絶句する。

驚いていたのは魔族も同じだ。やや顔を顰《しか》めると、落ちくぼんだ眼窩から強い視線を飛ばした。

『この呪いを消し飛ばすなんて簡単だ――今そういう風に聞こえたんだけど』

「その通りだよ」

『人間ごときに教えを請うのは癪《しゃく》だけど、ご教示いただけないかしら？』

「こうやるんだよ」

僕はゆっくりと手をかざす。


【肉体強化】【鋼の心】【魔力強化】【魔力制御】【魔力精密精度】【技能上昇】【技術全体化】【魔法攻撃力上昇】【属性付与】【属性付与強化】【属性付与倍加】【二重魔法】【二重魔法強化】【二重魔法付与】【二重魔法付与強化】【多重魔法】【多重魔法強化】【多重魔法付与】【多重魔法付与強化】【多重魔法倍加】【闇属性無効】【闇属性破壊】【致命】【反魔法吸収】【反魔法破壊】【付与魔法破壊】【付与魔法効果無視】【魔族特攻】【巨獣特攻】【運強化】【一時体力強化】【悪特攻】【衝撃吸収】

ありったけの強化魔法を僕は纏う。

同時に膨大な魔力が注《そそ》ぎ込《こ》まれ、溢れた魔力が皮膚から漏れ出す。

青い炎のように燃え上がり、僕を包んだ。

『な、なんなの……』

魔族の顔が引きつるのを見て、アルマは口角を上げた。

「残念だけど、もう遅いよ。ルーシェル、ああ見えて今、すっごく怒ってるからね」

僕はさらに魔力を捻《ひね》り出《だ》す。途端、頭上に雷を纏った巨大な槌《つち》が現れた。

そう。アルマの言う通り僕は怒っている。私怨を胸に秘めたまま戦うのは好きじゃないけれど、ホワイトさんを泣かせたこの魔族をどうしても許すことができなかった。

もう片方の手も掲《かか》げる。

空はさらに暗くなっていく。今にも落ちてきそうな黒雲が呼んだものは暴風だ。

風が唸《うな》り、巻き上がり、一本の竜巻となって大地を抉ると、巨大な歯車となって僕の頭上に顕現した。暴風を伴ったその力は、巨大な杭を思わせる。

「槌に、杭か……。なるほど。そいつはいいや」

『そんな……。精霊魔法の二重魔法なんて……。あり得ない！　それもこんな子どもが』

「あり得るんだよね。ボクたち、一応精霊から認められているし」

『魔法をあんなに多重起動していて、意識を失わない人間なんていないわ。あり得ない！　あなた……。それで本当に人間なの？』

人間なの？　そう問われて、僕は俯《うつむ》く。

確かにそうだ。僕はもう人間じゃない。でも、人間じゃなければ、僕はホワイトさんを救えなかった。人間じゃないかもしれないけど、僕は今この力があって良かったと心底思っている。

ホワイトさんを助けることができる、ルーシェル・ハウ・トリスタンであることをボクは今――

誇りに思っている！

「やっちゃえ、ルーシェル‼」

「おおおおおおおおおおおお‼」

僕は吠える。

精霊魔法【雷神槌《グランドハンマー》】
精霊魔法【嵐神の歯車《ホイール・オブ・ブラスト》】

巨大な雷の槌が、暴風の杭を叩《たた》く。

雷と嵐――両方の力を得た精霊魔法が巨大な呪いを貫いた。

凄《すさ》まじい衝撃、さらに雷を伴った暴風が吹き荒れる。真っ白な閃光《せんこう》に包まれる中、巨大な呪いの塊が塵《ちり》になっていった。光の中で三つの魂が消えていく。

魔族も呪いの言葉を吐きながら、断末魔の悲鳴とともに消滅していった。

無慈悲にして、強烈な一撃。

風と雷の同時攻撃がもたらしたのは、カラッと晴れた青空と綺麗《きれい》な山の峰だった。

「よっと！」

残っていた呪いの欠片《かけら》を、アルマは踏みつぶす。

黒い波のような呪いは完全に消え失せ、大地は光と生気を取り戻していった。

「ふ～」

さすがに精霊魔法の二重起動は、精神的にも体力的にも疲れるね。

でも、まあ……ホワイトさんが無事ならいいや。

「大丈夫、ほわ――――」

「愚か者！」

白い尻尾が僕の鼻先をかすめていく。

あっぶな～。まともに当たってたら、さすがの僕も危なかったよ。

顔を上げると、赤い目を炎のように燃やしたホワイトさんが立っていた。

そのお尻からは太い竜の尻尾が揺れている。

「こっちが気を使って、住《す》み処《か》から離れてやったのに。お前からやってくるとは！　解決したから良《い》いものを、お前まで呪いに飲み込まれる可能性もあったのだぞ――って、なんでお前は笑っておるのだ」

怒鳴り散らすホワイトさんを見ながら、僕はつい口元をゆるめてしまっていた。

「ホワイトさんは優しいや。僕たちが冒険者たちに見つかるのを恐れて、距離を取ったんでしょ」

「べ、べべべべ別に。お前のためではない。お前らがいたら、戦いに集中できないと思ってだな」

慌ててホワイトさんは否定する。僕もアルマもさらに声を出して笑った。

「そもそも……、わ、我は別に助けてなど」

「うん。言ってはなかったよ。僕はただ心の声を聞いただけさ」

「心の声？　はっ！　まさかお前ら、我にまた【読心】を使ったのか？」

「ごめんね。でも、あの範囲の呪いの中からホワイトさんを捜すには、心の声を追うしかなかったんだ」

「でっかい心の声だったからね。おかげですぐに場所を特定できたけど」

「～～～～～～～～～～～～～！」

みるみるホワイトさんの顔が赤くなっていく。

これではホワイトドラゴンならぬ、レッドドラゴンだ。

「ごめん。ホワイトさんが昔出会った母親と子どもの話も聞いちゃった」

「あ、あれも聞いたのか？」

今にも顔から火を吹き出しそうになっていたホワイトさんは急に神妙な表情になる。

「ホワイトさんと出会って、ちょっと疑問に思っていたことがようやくわかったよ」

「疑問？」

僕は改めて銀髪の少女を見つめる。

美しい髪は呪いのおかげで少しくすんでいるけど、白い肌は健在だ。

赤い瞳は常に力強く光り、綺麗な鼻梁《びりょう》もどこか妖精めいている。

「その身体のモデルは、亡くなった子どもなんだよね」

「…………そうだ」

ホワイトさんは長い逡巡《しゅんじゅん》の後、頷《うなず》いた。

僕が聞いた話はこうだ。

ホワイトさんの元に子どもを抱いた母親がやってきた。

子どもの病気を治してほしいと言ったが、ホワイトさんが治す前に子どもは事切れてしまった。

泣き崩れる母親を不憫《ふびん》に思ったホワイトさんは、母親を帰した後に、その子どもとなって母親の前に現れた。そして、ホワイトさんはその母親の子どもとして、養われることになったのだ。

「ホワイトさんは人間が嫌いと言った。でも、食器はうまく使えていたし、料理にも詳しかった。何より〝鬼ごっこ〟という遊びをちゃんと理解してた。これって、その母親の子どもになって、村で遊ぶうちに覚えたんでしょ？」

いくらホワイトドラゴンが完全個体と呼ばれていても、全知万能というわけじゃない。

嫌いと言っている人間の遊びや習慣、知識を知っているのはおかしいと思っていた。

たぶん、ホワイトさんが人間の知識を知っているのは、その時に学んだからなのだろう。

「でも、話はここからだ」

母親の元で暮らすようになったホワイトさんだったけど、すぐに怪しむ者が現れた。

竜が化けているのだ。きっと生活上の齟齬《そご》が生まれたのだろう。

そもそも死んだと思った娘が生きていたなんて、普通の人なら気味悪がって当然だと思う。

でも、ホワイトさんにはわからなかったのだろう。

「我は母親の願いを叶えるために良かれと思って、娘の姿になった。だが、結局我は村の者から白い目で見られるようになった。竜として生きていた時と一緒だ。そのうち、母親にも奇異な目で見られるようになってな……。やはり無理な話だったのだ。竜と人間は相容れぬ」

「そうかなあ。ホワイトさんが、ちゃんと竜であることを喋《しゃべ》っていたら、村の人の目も変わったんじゃないかなあ」

「そんなことはない」

「たぶんだけど、村の人は竜が恐ろしかったんじゃなくて、明らかに娘じゃない者が娘の姿をしていることが恐ろしかっただけなんじゃないかなって僕は思う。……正直に――さっきの心の声みたいに娘に化けた経緯を話したら、村の人はホワイトさんを受け入れてくれたんじゃないかって僕は思うよ」

僕はホワイトさんの手を取る。

真《ま》っ直《す》ぐ見つめると、赤い瞳と交わった。

「人は竜を恐れるんじゃない。……人に危害を与える存在を恐れるものなんだ」

「ルーシェルも……………か？」

「うん。でも、僕はホワイトさんの本当の姿を知っている」

だから、もう一度言うよ、ホワイトさん。

友達になろう……。


瞬間、辺りに光が満ちる。

「なんだなんだ？」

アルマは光る地面から後退《あとずさ》る。

荒涼とした岩場の風景が、黄金《おうごん》に光り輝いていた。

幻想的な光景に、僕は思わず呟く。

「綺麗だ」

僕にはこの光が何なのか直感的に理解できた。

これは人の願いだ。地面に、山に、森に、空に満ちた人々の願い。

それが何か強い力に背中を押され、今ホワイトさんの手の平に集まろうとしていた。

「ホワイトさん、それって……」

「どうやら、ルーシェルの願いを叶える時が来たらしい」

「え？　あっ。もしかして……」

「そうだ。お前の純粋な願いは、親から受けた【竜の呪い】を解くことではない。やれやれ。まさかこんなことに、我の神術を使うことになるとはな。ルーシェル……、お前本当に馬鹿だな」

「うんうん。まったくその通りだ」

アルマ、そこで深く頷かないでよ。

「こんな願いを叶えるのは初めてだ。やれやれ……。まったくどんな神術の無駄遣いだ。ルーシェルの願いは、もうとっくに叶っておるのにな」

「ホワイトさん……」

「だから、ついでに我の願いもこの神術に託そうではないか」

「え？　ホワイトさんの願い？　それは――」

「我の願いは、ただ一つ」

ルーシェル・ハウ・トリスタンについた【竜の呪い】を解いてほしい。

「これが我の願いだ。良いか？」

たぶん、僕が【竜の呪い】を解くことを純粋に歓迎できなかったのは、きっとこの呪いが家族との絆《きずな》を表す唯一の聖痕だったからだろう。僕の人生を滅茶苦茶《めちゃくちゃ》にした呪いは、今や家族が僕に与えた唯一のものになっていた。

だから、僕は心の底から【竜の呪い】を解きたいと願うことができなかったのだ。

でも、もう十分なはず。

家族との絆は大事かもしれない。でも、もう忌まわしい鎖は断ち切っていいと思う。

今僕にはアルマがいて、ホワイトさんがいるのだから。

「お願い、ホワイトさん」

僕がお願いすると、ホワイトさんは首を振った。

「ホワイトではない。我の名前はユランだ。これからはユランと呼べ」

「……ユラン。いい名前だね」

「お前が名付ける名よりよっぽどな」

願いの光はさらなる輝きを生む。

光は春風に舞う花びらのように舞い上がり、僕を包んだ。

真っ白な光の中にいる僕は、ただ心地よく、そして優しい気配を感じた。

そう。側にリーナ母様がいるような……。

はたと僕は気づく。ここにある光が人の願いならば、リーナ母様の願いもあるのではないか。

その瞬間、願いが僕の頬を撫でていく。

懐かしい匂いを感じたような気がした。

その匂いに引かれる僕の意識を戻したのは、手を強く握ったユランだった。

「ルーシェル………」

「どうしたの、ユラン」

ユランの顔が真っ赤だ。今にも泣きそうな顔をして、僕の方に顔を向けている。

徐々に僕とユランとの距離が狭まっていく。

それは彼女の唇も同様に近づいてきていることを意味していた。

えっと……。これってもしかして……。わわわ……。ちょっとまだ、その心の準備がぁぁぁあ！

ぐぎゅるるるるるるる……。

お腹《なか》の音が荒涼とした岩場に鳴り響く。

「お腹が空いた。何か食べさせろ」

何かとお騒がせな竜の女の子が見せた苦笑いは、美の女神よりも魅力的だった。

◆◇◆◇◆　百三年目　レティヴィア家　◆◇◆◇◆

「聞いている限りではいい話のように思うが？」

首を傾《かし》げたのは、レティヴィア公爵家の当主クラヴィスさんだった。

割と長い話を、じっと立って聞いていたのは、クラヴィスさんだけじゃない。カリムさんやフレッティさん、ソフィーニさん、そして当の本人であるユランもだ。

僕とユランの出会いの話。リーリスは途中から泣きながら、話を聞いてくれていた。

「確かに、ここまではいい話だよ。……ここまではね」

やや退屈そうにしていたのは、アルマだ。

一人地面に寝そべっていたアルマは、尻尾の先で自慢の髭《ひげ》を手入れしている。

「そこのクアールの言う通りだ。とっとと話すが良い、ルーシェル」

「え？　あ、うん……」

半ばユランに脅されるように僕は続きを話し始めた。

◆◇◆◇◆　八十三年目　大樟の根本にて　◆◇◆◇◆

山で暮らし始めて、八十三年目……。

ついに僕は【竜の呪い】から解き放たれた。

と、言っても、あまり実感はない。

魔獣を食べていたおかげで、呪いの痛みは小さくなっていったし、少なくともここ五十年ぐらい実生活に影響を及ぼしたことはない。時々、僕自身が忘れていたぐらいだ。

ユランは言った。呪いを解きたいという僕の願いは、純粋さが足りない、と。

僕自身、もしかしてこの呪いに未練があるのかと思っていたけど、意外と僕の中での優先順位度が低かっただけなのかもしれない。

それでも、ユランが呪いを解いてくれたことは素直に嬉《うれ》しかった。

ちょっとおかしいかもしれないけど、呪いを解いてくれた出来事が、これからのユランとの大きな絆になりそうな気がする。

そのユランだけど、今僕が作ったスタミナ料理に齧《かぶ》り付《つ》いていた。

「うまい！」

ユランが唸ったのは、無限草とロン魚の切り身和《あ》えだ。

無限草はその名前の通り、切っても切っても生《は》えてくるという恐ろしい魔草である。日光も当たらない無限回廊と呼ばれるダンジョンの中にだけ生えているだけあって、真っ白な茎をしていた。こういうと、しなびた植物という印象が強いかもしれないけど、ダンジョンの空気に含まれる水分と魔力を吸う力が強く、それが呆《あき》れるほどの生命力に繫《つな》がっている。

食感はシャキシャキしておいしく、瑞々《みずみず》しいから僕は塩胡 椒《こしょう》を加えて、パンに挟んで食べたりしていた。

今日は強火でサッと茹《ゆ》でた無限草に、殺人魚と言われているロン魚の焼いた身をほぐしたものを散らしている。そこに同じくロン魚で取っただし汁に、植物油、檸檬《レモン》を垂らし和えたものが、ユランが食べている料理だ。

「うーん。こんな簡単な調理で、ここまでおいしいとは……。そもそも無限草がこんなに美味とは知らなかった。食感がとにかく最高だ。嚙《か》んだ時のシャキシャキとした音が癖になりそうだし、瑞々しくて、渇いた口内が一気にオアシスになっていくぞ」

ユランは食べるのを止めると、今度はほぐしたロン魚の切り身を指で摘まんだ。

「そして、この殺人魚の切り身だ。焼いた切り身は香ばしく、それが良い風味になっておる。少々塩を揉《も》み込んでおるから塩けがあって当然だが、それが無限草と相性抜群だ。ほぐし身の塩けと無限草が合わさって、さらに食事が進む。和えた植物油と、だし汁、檸檬汁によって口当たりは良く、さっぱりと食べさせてくれるのもいい。まさしく名前の通り無限に食べられそうだな」

ユランは太鼓判を押すみたいに、ポンと膝《ひざ》を叩く。

気に入ってくれて何よりだ。けれど、スタミナ料理はこれで終わらない。

今日は僕もユランもかなり体力や魔力を消費した。さすがにこれだけでは味気ない。

僕はお手製の窯から、次の料理を取り出す。

自分で作った耐熱容器の中には、薄切りにした野菜が色鮮やかに並んでいた。

香ばしい匂いと、かすかな大蒜《にんにく》の香りが鼻腔《びこう》を衝く。お腹を刺激する香りに、ユランとアルマは同じような顔をして酔いしれる。まるで姉弟だ。

「栄養価の高い初夏の魔草を取りそろえてみたよ。名付けて『夏魔草の彩り重ね焼き』だ」

七十二時間以上茹でないと軟らかくならない岩石根《がんせきこん》に、食べるだけで【熱耐性】がつくファイアピーマン、獲物が近くを通ると重い実を落として殺す恐ろしい魔樹ダンベルウッドの実に、水に浸《つ》けると桶《おけ》いっぱいの水を吸い込むことができることから名付けられたオケナス。

すべて魔草や魔樹の実を、薄切りに切って、そこに植物油をたっぷりかけ、さらにハーブと塩胡椒をかけてある。

早速、ユランとアルマは魔草たっぷり、栄養たっぷりの『夏魔草の彩り重ね焼き』に手をつける。

二人とも熱には強いから、熱々でもなんのそのだ。

『いただきます』

声を揃《そろ》えて、同時に具材を口の中に入れた。

ユランは岩石根、アルマはオケナスだ。

「ぬほおおおおおおおおお!!」

「うまぁぁぁぁあああああああああい‼」

二人は絶叫する。

ホクホクと岩石根を食べていたユランは、幸せそうに目を細めた。

「この食感……芋か！　ホクホクしてたまらぬのぅ。噛めば甘く、蜜の塊を食べてるみたいだ」

「岩石根は最初こそとても硬い魔草だけど、七十二時間以上茹でることによって軟らかく、お芋みたいに甘くなるんだ。その芋は七十二時間茹でた後に、氷漬けにして保存しておいたものだよ」

「このオケナスもうまい！　水分を多く含んでいて、実の中の旨《うま》みが弾けるのが最高！」

「オケナスも熱を加えることによって、旨みがアップする魔草だよ。あと、ダンベルウッドの実もおいしいから食べてみてね」

僕は二人に勧める。

薄切りにしてしまったから、形がわかりづらいけど、ダンベルウッドの実は瓜《うり》のような形をしている。若干中腹がくびれ、ダンベルに似ているからその名前が付いたと聞いている。

「おっ！　こっちもおいしい！」

「オケナスと似ているけど、こっちの方が甘みも合っておいしいかも。食感がいいよね。硬くもなく、軟らかすぎるでもなく。野菜を囓《かじ》ってる感じがする」

最後はあのコカトリスの特製スタミナ丼である。

二日続けて、同じ料理は作らないようにしているんだけど、ユランの強い要望を受けて、今日も作ることになった。冒険者の呪物攻撃から救った【状態異常耐性】に加えて、コカトリスの卵には滋養強壮の効果があるため、体力が落ちている時には持って来いだ。

何より飴色《あめいろ》のタレと、卵の彩りは最高で、コカトリスの肉の旨みと、濃厚な卵を絡《から》めて食べるどんぶりは最高だった。

「ふはははは！　復活!!」

最初から元気だったような気もするけど、ユランは高らかに宣言する。

確かに肌の色艶が良くなっていて、くすんだ銀髪もいつの間にか元に戻っていた。

一段と食卓が賑《にぎ》やかになる。アルマは「静かな食卓とは当分おさらばだね」と耳を押さえて呆れていたけど、尻尾を振って嬉しそうだった。

そうだね。やっぱり食事は多い方が楽しいいし、何より料理がおいしく感じる。

「ユランは僕と友達になったわけだけど、その……この後ユランはどうするの？」

「ん？　別に……。なんも考えておらん。そもそも我はいつも人生ノープランだからな。日がな一日寝そべっていることなどしょっちゅうだし」

何というスローライフ……！

でも、何故か目に浮かぶよ。天気のいい日に日なたぼっこをしているユランの姿が。

「じゃあ、ここで僕と一緒に住まない？」

「ここで？」

「寝るところは、今から作るとして、三食昼寝付き。毎日おいしい魔獣料理が食べられるよ」

「ほう。それは悪くないのぅ」

ユランは目を輝かせ、溢《あふ》れてきた涎《よだれ》を飲み込んだ。

よしよし。乗ってきたぞ。折角、新しい友達ができたんだ。アルマと一緒に、三人でワイワイガヤガヤ言いながら生活するのも悪くない。

「あ。そうだ。昨日から気になっていたことがあったのだ。お前たちが一番おいしかったと思う魔獣料理とはなんだ？」

突然だな。まあ、そういうところがまたドラゴンっぽいけど。

一番おいしかった魔獣料理か。色々食べてきたからなあ。うーん。一つに絞るならやっぱり。

僕はアルマと目が合う。僕もアルマも考えていることは一緒のようだ。

そうだよね。やっぱりあれだよね。

「それを聞いて、どうするの？」

「できれば食してみたい！　是非！」

ユランのテンションは僕たちと一緒に住むと話していた時よりも高い。

最初会った時の鋭い眼光とは違って、今は星のようにキラキラと瞬《またた》いて見える。

「あ、あるにはあるけど……」

「ちょっとユランの前では言いたくないというか……」

『ねぇ～』

僕とアルマは苦笑いを浮かべる。

示し合わせたような態度を見て、ユランの表情は一転怒りに変わった。

「なんじゃ、その反応は⁉　はっきりせよ！」

「言ってもいいけど怒らない？」

「怒る？　何がだ？　さっきから訳がわからぬぞ、お前たち」

もうすでにユランは怒っていた。

これは正直に言った方がいいな。変に機嫌を損ねて、また出ていかれるのもなんだし。

「えっとね。その…………、…………だ」

「はっ？　よく聞こえぬ。はっきり言え」

「…………………なんだ」

「はい？」

「だから、ドラゴンなんだって」

あーあ。言ってしまった。

でも、事実なんだ。色んな魔獣を食べてきたけど、一番おいしかったのは竜の肉だ。

特にドラゴングランドはおいしかった。本当にほっぺたが落ちたんじゃないかと思うぐらいに、得も言えぬ感覚に襲われたことを、昨日のことのように覚えている。

その代償なのかどうかわからないけど、おかげで不老不死なんていう素直に喜べないスキル付きになってしまった……。今思えば【竜の呪い】なんかより、不老不死を解いてもらえば良かったかもしれない。

さて、さぞかしユランはショックを受けていることだろう。

僕とアルマは恐る恐る顔を上げて、ユランの機嫌を窺った。

「食べたい！」

『へっ？』

「ドラゴン！　食べてみたい!!」

ユランは目をキラキラさせながら、宣言するのだった。


「良いか！　そっとだからな！」

どうしてこうなった……。

僕は半ば呆然としながら、大樟から少し離れた荒野に立っていた。

目の前には竜の姿になったユラン。人間の姿も綺麗だけど、ホワイトドラゴンになった時の鱗の白さも見事と言うしかなかった。どうやら僕のスタミナ魔獣食は、ユランのお肌や鱗の艶にまで影響を与えたようだ。陽の光を受けて、一段と輝いていた。

今、僕の目の前にはユランの大きな尻尾が横たわっている。

アルマは少し離れたところに立って、半ば呆れながら足で耳の裏を掻《か》いていた。

「本当にいいの、ユラン？」

「構わぬ。早くやれ！」

ドラゴンキラーを握った僕を脅すように、ユランの声が頭上から降ってくる。

そりゃあ言ったよ、僕もアルマも。

一番おいしいのは、ドラゴンの肉だって。

でもさ。何も食べたいからって、自分のお肉を食べようってどうして考えられるのかな。

いくら美味で、僕たちが魔獣を食べることに慣れているからって、さすがに友達の肉を食べるなんてことはできないよ。これも人間と竜の意識の差なんだろうけど、いくら友達の言うことだとしても理解できなかった。

しかし、ユランの決意は固い。

むしろ僕とアルマが断ると、「我の取り分が多くなって良い」と笑う始末だ。

さらには自分で尻尾を囓ろうとしたのを、たった今僕とアルマが止めたところだった。

下手に噛んで、雑菌とか入ったら病気の元になるかもしれないからね。

まったく気が進まないけど、僕が尻尾を切ることになった。友達が自分の尻尾を必死に食いちぎっているところを想像すると、まだ僕が切った方がマシだと思えたからだ。

幸い尻尾はすぐ再生することができるらしい。

ドラゴングランドもそうだったけど、竜で一番おいしい部位は尻尾だ。

幸か不幸か、ユランの希望にも一致する。

「じゃあ、行くよ」

「よ、よし。来い」

ユランの足は震えている。

僕の足もだけどね。友達になったばかりの竜の尻尾を切り落とす人間なんて、たぶん長い人類史の中でも僕ぐらいなものだろう。せめて魔法で手の感覚を殺しておこう。

僕はドラゴンキラーを振りかぶる。

躊躇《ためら》えば、余計に切ることになるかもしれない。だから一振りにかける！

「ルーシェル？　まだか？」

「うん。切るよ」

「――――――――ツツツツツツツ!!」

その時のユランの暴《あば》れっぷりはまさに筆舌に尽くしがたいものだった。

後にも先にもあんなに痛そうにしているユランは見たことがない。本人の名誉のためにこれ以上の説明は省くけど、友達になった神竜の尻尾を切るなんて二度とやりたくないね。

「今、【回復】をかけるね」

「それには及ばん」

ぜーぜー言いながら、ユランは立ち上がると、顔を真っ赤にして思いっきりいきむ。

すると切断面から、スポンッと新たな尻尾が出てきた。

新しい部分だからか、他の部位と違って、若干色がくすんで見える。

ユラン曰《いわ》く、年月が経《た》つと段々色が変わって、綺麗な白になるのだと言っていた。

それにしても、すごい再生能力だ。

「鱗のことはどうでも良い。それよりも肉だ」

「まだ食べられないよ。放血して、しばらく熟成しないと」

昔は魔獣を取ったら、その場で食べるみたいなことをしていたけど、放血といって一度血を出し切り、それから一、二度ぐらいの低温で寝かせておいた方がおいしいことがわかった。普通なら、四十日ぐらいかかるけど、僕だと放血してから魔法を使い、一日ぐらいで済むはずだ。

次の日の昼――――。

冷凍保存し、【収納】の中で熟成させておいた肉を取り出す。

綺麗な赤身に、適度な脂肪《サシ》。こう見ると、普通の肉と変わらない。綺麗な霜降り肉だ。

野外に設置した竈《かまど》の上に、『金』属性魔法を使って、分厚い鉄板を作り出す。その鉄板に熱を入れて、塩と胡椒で下拵《したごしら》えしたお肉を弱火でじっくり焼いていく。

焼いてみると、牛肉のような薄茶色の焦げ目《こめ》がついてくる。もう僕の目にはそれがドラゴンの肉には見えない。真っ白な脂肪と相まって、高級牛肉のようだ。

なにより――――。

ジュワワワワワワワワワ……。

夏の蟬《せみ》の大合唱を思わせるような盛大な音。

肉の焼ける香りが湯気とともに僕たちを肉の世界に誘う。

溶けたバターのような芳醇《ほうじゅん》な香りに、僕もアルマも、そしてユランも顔のゆるみが抑えられなかった。抗《あらが》いがたい欲望に耐えながら、僕は旨みを引き出すためにブロック状の肉を満遍なく焼いていく。

「も、もういいのではないか？」

ユランは溢れ出てくる唾を飲む。目を輝かせ、今にも鉄板に飛び込んでいきそうだ。

そろそろ頃合いなんだろうけど、初めて食べるお肉だ。よく焼いて損はないはず。でも、今にもユランはドラゴンの姿になって暴れ出しそうだった。実際、本人も知らぬまま薄い衣の下からは、昨日切ったばかりの尻尾が激しく揺れている。

かと思えば、地団駄《じだんだ》を踏むかのようにバタバタと地面を叩いていた。

「ダメだ！　もうこれ以上は待て〜〜ん！　食べる！　食べるったら食べる!!」

「ちょ！　ダメだって！　落ち着いて、ユラン！　アルマ、ユランを止めて！」

「仕方ないなあ。ほら！　止まってろ！」

アルマは束縛系の魔法を使う。地面から植物の蔓《つる》のようなものが爆発的に伸びてくると、ユランをグルグル巻きにしてしまった。

「な、何をする、クアール！　魔法を解け！」

「何度も言わせないでよ。ボクにはアルマって名前があるんだよ」

「ふがぁぁぁぁあああああ!!　そんなこと言って、お前たちだけで食うつもりだろ」

「心配しなくても食べないから」

おいしそうではあるけど、ユランの尻尾だと思うと食欲が湧いてこない。

さて、いよいよお肉を鉄板から上げる。しばらく休めた後、ドラゴンキラーで肉を切った。

うん。切った感触も申し分ない。高級牛肉と遜色がなかった。

ブロック肉を食べやすいように切り、皿に並べると振り返る。

「ユラン、お待たせ」

「待ちかねたぞ。おい、クアール。早く魔法を解け」

「アルマだってば。もう……」

やれやれと肩を竦めながら、アルマは魔法を解く。

ユランをグルグル巻きにしていた植物の蔓が、ゆっくりと離れていった。

たまらずユランは身を乗り出す。すると蔓についた葉っぱがその鼻をくすぐった。

「へっくし!!」

次の瞬間、盛大にくしゃみをかます。

文字に起こすと、とても可愛いのだけど、見た目は少女でもそこはドラゴンだ。

大樟に暴風が吹き荒れる。森全体が揺れると、僕は慌てて火を魔法で消した。

何事もなく、風は過ぎ去ったのかと思ったけど、悲劇の始まりはここからだった。

「る、ルーシェル……」

最初に気づいたのは、アルマだった。

顔を真《ま》っ青《さお》にして、僕の方を指差している。否――僕ではない。お肉がのった皿だ。

気が付けば、ユランの顔も真っ青を超えて、真っ白になっていた。

一瞬、何が起こったかわからなかったけど、二人の様子を見て、最悪の事態が頭をよぎる。

恐る恐る視線を落とすと、さっき調理したばかりのお肉が皿から消えていた。

僕は歯車が壊れた水車みたいに後ろを振り返る。

表面をカリッと焼き上げ、中は鮮やかな赤みを残したお肉が、木の幹に貼り付いていた。

まるで磔《はりつけ》にされた罪人のようにだ。

『あっ……』

なんの示し合わせもなく、僕とユラン、そしてアルマの声が重なる。

だが、迷ってる時間はない。一秒、二秒と時は無情にも経過していく。

次元魔法【空間移動】

僕は地面を蹴ると、そこから一気に空間を渡り、すべての肉を回収する。

その間、わずか二・九九秒――。そして皿には綺麗に並べられた肉が盛られていた。

ただし、肝心の肉には木の皮や泥、枯れ葉なんかが刺さっていたけど……。

「せ、セーフ。三秒前に拾ったし、洗えばどうにか……」

ユランの鋭い瞳に、ぎこちない笑みを浮かべる僕の姿が移っていた。

銀髪が盛り上がり、怒髪天を衝いたのはその直後だ。

「ふざけるなあああああ！　わ、我の、我のドラゴンステーキをかえせぇぇぇぇええええええ‼」

ユランは泣き叫びながら、その場に頽《くずお》れる。

結局、前代未聞《ぜんにいみもん》の自分の尻尾を実食するという試みは、失敗に終わるのだった。

第7章　百三年目の告白

僕の話を聞き終えたみんなの顔は、その……なんとも言えない顔だった。

一言も口にせず、ただ黙っている。

次第に漏れてくるのは笑い声で、僕とユランの方を見ずに苦い顔をする人もいた。

その中でユランだけが、周りの人間の反応に戸惑《とまど》っている。まだくびれもない腰に手を当てて、憤然とした表情で、その場にいる全員に睨《にら》みを利《き》かせていた。

「な、なんじゃ？　その反応は！」

一喝すると、笑い声はやんだ。けど、なんとも言えない空気だけは払われることはない。

やや停滞した雰囲気の中で、勇気を持って進言したのは、クラヴィスさんだった。

「ゆ、ユラン殿と呼んでもよろしいでしょうか、ホワイトドラゴン殿」

「特別に許可する。なんだ、人間の公爵」

ユランの態度は公爵当主であろうと、いつも通りだ。

「今の話を推察するに、楽しみにしていたお肉を落としてしまって、ユラン殿はお怒りになられた
――そう解釈してよろしいでしょうか？」

「そうだ。なんだ？　何か意見でもあるのか？」

kousyakuke no ryouriban sama

むきぃっ！　とユランはクラヴィスさんに向かって目くじらを立てる。

しかし、さすがは公爵家の当主だ。鋭い眼光に怯《ひる》むことなく、さらにユランを過度に刺激することなく、穏やかに話を続ける。

言葉はとても丁寧だけど、子どもを諭《さと》しているようにも聞こえた。

「恐れながら、それは不慮の事故であり、ルーシェルに咎《とが》を負わせるのは酷かと」

うんうん、と大多数の人たちが頷《うなず》く。

納得していないのは、当人だけだ。

「イヤじゃ！　納得できん！　あれは我が一大決心して尻尾《しっぽ》を切らせた肉なのだ。それを――」

「なら、また尻尾を切るのはいかがでしょうか？　そうすれば、即座に……」

「勇者よ!!」

ユランは、突然口を挟んだカリムさんに顔を寄せる。

目尻を吊《つ》り上《あ》げ、目から火でも吹かんばかりの勢いで、カリムさんを睨んだ。

「一つ言っておく。尻尾とはいえ、あれは我の一部だ。だからな――」

「は、はあ……」

「死ぬほど痛いぞ」

ユランは真剣に語る。

う、うん。……ま、まあ、見ていたから知ってるよ。

「な、なあ。ルーシェルくん。ユランって、前からこんな感じなのか？」

フレッティさんはそっと僕に耳打ちする。

答えたのは、僕の肩の上で聞いていたアルマだった。

「竜ってだいたいこんな感じの偉そうなヤツが多いよ」

「おい。クアール！　聞こえているぞ」

「だから、ボクはアルマだって」

アルマは呆《あき》れたように首を振った。

フレッティさんは顔を引きつらせながら、質問を続ける。

「まさか……。こ、こんな理由で二十年以上も喧嘩《けんか》しているのかい？」

「はい。肉を落としたその日に、絶交を告げられて、ずっとこんな感じなんです」

自分の尻尾を食べようとするユランも前代《ぜんだい》未聞《みもん》だけど、友達になった次の日に絶交されるのもまた空前の出来事だ。

あれから何度も僕はユランに謝ったけど、全然許してくれない。

アルマも言っていたけど、竜の時間感覚は人間のそれよりも遥《はる》かに長い。

長寿であるユランにとっての一年は、人間にとってはほんの数時間ぐらいのことなのだ。

でも、時間感覚が長い割に短気なんだよなあ、ユランって。

「だが、私からすれば、君たちは十分仲がいいように見えるのだがな」

「あたくしもそう思うわ」

フレッティさんの意見に、ソフィーニさんは頷いた。

「どういうことですか？」

「ふふふ……。百年生きていても、ルーシェルは恋の駆け引きというのをわかってないみたいね」

「おや？　ソフィーニには心得があるのか？」

すっかり血色が良くなったソフィーニさんの顔を見ながら、クラヴィスさんも会話に交じってくる。目の前にドラゴンの女の子がいて、いつ暴《あば》れ出してもおかしくないのに、危機感を感じているように見えない。

むしろこの状況を楽しんでいるようにすら映る。

「ルーシェル、女の子はまずお腹《なか》を摑《つか》むんですよ」

「お腹？」

「ソフィーニよ。それは普通、女性が男性を振り向かせるための常套手段ではないか？」

「ええ……。あなたにも効果覿面《てきめん》でした！」

「確かにお前の料理はうまかった……。特に森の湖畔で食べた焼きパンの蜂蜜漬けは――――」

常套手段云々の話を忘れ、ソフィーニさんとクラヴィスさんがノロケはじめる。

ドラゴンの襲撃を受けても、レティヴィア家は実に平和だ。

「悪くないと思いますよ。相手はホワイトドラゴンです。そもそもユランだって、最初はルーシェルくんの料理に引かれた可能性がありますす」

我が意を得たり、とフレッティさんはぐっと拳《こぶし》を握る。

盛り上がる主従を無視して、僕はこの中でまともそうなカリムさんの方に、自然と目を向けた。

金髪のエルフのお兄さんは困ったような顔をして肩を竦《すく》める。

こんな時にミルディさんとリチルさんがいたらなあ。……いや、もっとこじれていたかも。

「リーリス、どう思う？」

「誠意を見せることは悪くないと思いますわ」

「なら、ここはともかく私にお任せを」

フレッティさんは自信満々に胸を叩《たた》く。

ユランの前に出てくると、小さく咳払《せきばら》いをした。

「今、話していたんだが、ルーシェルくんがお詫《わ》びとして、ユランに料理を振る舞いたいそうだ」

「料理！」

ユランの目の色が変わる。

フレッティさんが「かかった」とばかりに、口角を上げた。

いつもは誠実そうなのに、今日のフレッティさんはまるで悪の親玉みたいだ。

「ふ、ふん。料理で釣っても、我は許さぬからな」

「そうか。それは残念だ。じゃあ、我々だけで食べさせてもらおうか」

「な、何ぃ⁉」

「何か問題でもあるのかな？　我々は腹ぺこでね。何かお腹に入れないと、今にも倒れそうなんだ」

フレッティさん曰《いわ》く、山の中腹で携帯食を食べてから、今の今まで水以外何もお腹に入れていないらしい。確かにそれはお腹が空いて当然だ。

「二人の話を聞いて、ずっとステーキが食べたいと思っていたんだ。ドラゴンほどじゃないにしても、それに負けないぐらいおいしいステーキが食～べ～た～い～な。なあ、ルーシェルくん！」

くるり、と僕の方に翻《ひるがえ》り、暗にリクエストする。

フレッティさんは軽くウィンクして、何か僕に合図を出した。

「押してダメなら、引いてみろということね。フレッティくん、考えたわねぇ。自分の恋路の道筋もこれだけ積極的なら、リチルちゃんも苦労しないいんだろうけど」

「ソフィーニ……。それは言ってやるな」

これが恋の駆け引き？　確かに僕が山でやってきた獲物を狩るための駆け引きとは全然違う。

まだフレッティさんの意図はわからないけど、とにかく今は見守ろう。

「えっと……。魔獣でもいいですか？」

「ああ。構わないよ」

なら、とっておきのものがある。

ドラゴンステーキにだって負けない、いやそれ以上――かもしれないお肉が……。

【収納】の中に長年熟成され続けている必殺の一品が、今の僕にはある。

僕は【収納】からブロック状のステーキ肉を取り出した。

「これは……」

「まあ……」

「おやおや」

「おいおい。ルーシェルくん、この肉は……」

みなさんが驚くのも無理ないだろう。

目の前に掲《かか》げた肉は、鼠色《ねずみいろ》がかっていて、よく見ると表面にびっしりと黴《かび》が生《は》えている。

見た目はとても肉とは思えない姿をしていて、みんなを驚かせた。

「その肉、もしや――――」

特に住《す》み処《か》に帰る素振りもなく、レティヴィア家の中庭に残っていたユランが口を開く。

ヒクヒクと小さな鼻が動いていた。

もしかしたらユランには、この肉の正体がわかったのかもしれない。

「これはマウンテンオークスと言われる魔獣の肉です」

『ま、マウンテンオークス!!』

その場にいる全員の叫声が響き渡った。

マウンテンオークスはAプラスランクの巨大な猪《いのしし》の魔獣だ。

元はオークの変異種で、巨大化しすぎたことによって二足で立つことができなくなり、やがて四つ足で歩くようになったといわれている。下顎から伸びる牙が長く、蹄《ひづめ》が五つに分かれているのは、五本指だった頃の名残《なごり》だそうだ。

そして最大の特徴は、身体《からだ》が岩のように硬いこと。急激に成長した身体を骨で支えることが難しくなったため、皮膚や筋肉の一部を硬質化させたというとんでもない魔猪《まちょ》である。

クラヴィスさんは顎に手を当てながら、肉をしげしげと眺《なが》めた。

「マウンテンオークスといえば、魔獣生態調査機関《ギルド》が定める危険ランクの中でも、トップクラスに危険な魔獣ではないか」

「名前の通り、山のように大きな魔獣だと聞きますが」

「一応訊《き》くが、ルーシェル君がやったのか？」

フレッティさんは口の端を引きつらせ、笑っていた。

「はい。と言っても、このお肉は四十年前に山で仕留めたものです」

「よ、四十年!!」

「じゃあ、四十年前のお肉ってことですか？」

リーリスも信じられないとばかりに、大きく瞳を開いた。

「四十年前の肉なんて食べられるのか？」

「そもそもマウンテンオークスの身体はほとんど硬い岩石だ。ガチガチで食べられないはず」

「もし良かったら、お肉を触ってみてください」

僕が促《うなが》すと、代表してフレッティさんが進み出る。

表面に黴が生えたマウンテンオークスの肉を、恐る恐る指先で押した。

「――――!!」

何かを感じ取ったのか、フレッティさんはすぐに指を引っ込める。

それどころか、思わず仰《の》け反《ぞ》ってしまい、ついに尻もちをついてしまった。

唇を震わせながら信じられないと、表情で語る。

「軟らかい……。そして弾力性もある。肉だ、普通のお肉です」

「なんと！」

続いてクラヴィスさん、ソフィーニさん、カリムさん、リーリスが次々と肉を触る。

本来岩のように硬いはずのマウンテンオークスの肉が、極上の牛肉みたいに軟らかいことに、みんなは半ば悲鳴を上げながら興奮していた。

「確かに肉の弾力だ。しかも、高級牛のような」

「ルーシェルくん、これは？」

「確かにマウンテンオークスのお肉は、普通のやりかたでは食べられません。岩のように硬いですから。でも、長い時間熟成させることによって、このように軟らかくなるんです」

「そうか。熟成肉か……」

クラヴィスさんは息を吐く。

熟成肉とは一定期間低温で保存した肉のことで、その質感や味の変化を楽しむお肉のことだ。

以前、ユランのお肉を寝かせる時も似たようなことをしたけど、それよりも期間が長く、ずっと環境に配慮した調理方法である。

実は、僕がトリスタン家にいた料理長がやっていた技術で、僕がそれを魔獣にアレンジしたのだ。

「肉を熟成させることによって、その性質が変わることは知っていたが、まさか魔獣に応用するとは、発想すら思いつかなかった。しかも岩のように硬い肉を四十年かけて、軟らかくするとは」

「しかし、どうやって低温保存したんだい？」

「カリムの言う通りだ。あれは湿度にも気を遣うと聞くぞ」

　カリムさんは公爵家の当主の跡取りだけあって、随分と博識のようだ。

「僕は【収納】魔法を素材ごとに分けて使っているんです」

　たとえば魔草や薬草なんかは二度から五度ぐらいの温度に加えて、湿度は七割から九割が適正だと言われている。対して、一般的な野菜は三度から八度と呼ばれているから、一緒に保存することは難しいのだ。

「湿度はたとえば肉の周りにスガキという木の皮を巻いて、湿度を一定に保つようにしていました」

「スガキか。建材にも使われる木だな。確かにあれならば長期間湿度を一定に保つことができるが」

　クラヴィスさんは感心したように頷く。

「あ、あの……ルーシェル。素朴な疑問なんですけど、この黴の部分も食べるんですか？」

　リーリスが不安そうな表情を浮かべながら、黴の部分を指差した。

　魔獣食には慣れてきても、さすがに黴の生えた肉を食べるのには抵抗があるのだろう。

「大丈夫だよ、リーリス。熟成肉は黴のところを全部トリミングして、中のお肉だけを味わうんだ」

「そうですか。少し安心しました」

「でも、この黴がマウンテンオークスの肉を軟らかくしたんだよ。マウンテンオークスの表皮だけに現れる黴で、とても珍しいんだ」

　まさか魔獣のお肉を熟成肉の要領で長期保存したら軟らかくなるなんて、僕も驚いたけどね。

「初め見た時は驚いたが、これは楽しみになってきたな」

「何せ四十年ですからね。どれほどの旨《うま》みをため込んでいるやら」

クラヴィスさんとカリムさんは思わず舌で唇を舐《な》める。

熟成肉の味を知る人ほど、マウンテンオークスの肉は楽しみなはずだ。

そして楽しみにしている人——いや、竜がいる。

ユランがじっとこっちを見ていた。どうやら、マウンテンオークスの肉に興味を持ったらしい。

どうやらクラヴィスさんが言ったことは本当のようだ。

希望が見えてきた僕は腕を捲《めく》り、元ドラゴンキラーの包丁を取り出す。

「じゃあ、早速トリミングして、焼いていきますね」

こうして、僕とユランの仲直り作戦は開始されたのだった。


マウンテンオークスの熟成肉をまな板に置くと、僕はまず黴の部分のトリミングを始めた。

本来のマウンテンオークスの肉は岩のように硬いけど、四十年熟成しただけあって割とサクサク切れていく。周りに付いた黴の衣を剝《は》ぐと、ついにマウンテンオークスの肉身が現れた。

その身の色を見て、クラヴィスさんたちは息を呑《の》む。

「綺麗《きれい》な色……」

リーリスがうっとりとしてため息を漏《も》らす。

主に表層の部分を取り除くと、現れたのは巨大なルビーを思わせるような緋色《ひいろ》の肉だった。

「これは高級牛——いや、むしろそれ以上かもしれぬ」

クラヴィスさんは息を呑む。

「何故《なぜ》このような赤系色になるのかしら？　魔獣ってもっと紫だったり、緑だったりするでしょ」

「確かに……。ソフィーニの言う通りだな。魔獣は魔晶石が壊れた時点で消滅するが、外殻が傷付いた時には紫や緑の血を流すことがある」

ソフィーニさんの質問に、クラヴィスさんも同調する。

魔獣学者として、興味をそそられたのだろう。

「おそらく完全に魔力が抜けたからだと思います」

魔獣はそもそも魔力で生きる生物だ。人間でいうところの血管に、魔力も一緒になって流れている。魔力は生物の意志がなければ定着し続ける。膨大な魔力を持つ魔剣が、ずっと力を保っているのは、そのためだ。でも、年単位であれば少しずつ魔力も減り始める。

すると、血管内の魔力が減って、他の生物と似たような色になっていくのだ。

「先ほど僕が取り除いた黴の影響も大きいです。黴と呼んでいますが、あれはコーラスという小さな魔蟲《まちゅう》なんです。魔獣の毛や皮膚に貼り付いて、少しずつですけど魔力を吸い取る魔蟲なんですよ。……あ。心配しなくても水や聖水で簡単に落ちちゃいます。トリミングしたものも、後で聖水をかけて焼却処分する予定なので、衛生面はご心配なく」

「魔獣の血管の中に魔力が含まれていることは知っていたが……。魔力がなくなることで、人間のように赤くなるというのは知らなかった」

「黴と思っていた中に、魔力を食べる魔蟲とは……。ルーシェルくんの知識を、魔獣学会で披露なんてしたら、三つや四つぐらい定説が覆《くつがえ》りそうですね」

最後にカリムさんは苦笑いを浮かべた。

さあ、学問の時間はこれで終わりにしよう。後ろでユランが睨んでいる。

腕を組みながら、つま先で地面を叩いていた。早く食べさせろってことなんだろうか。

今すぐお肉を焼かないと、ユランが暴走しそうだ。

トリミングを終えると、二十年前と同様に魔法で分厚い鉄板を作り出す。

早速熱を入れ、鉄板に油を馴染《なじ》ませた後、塊のままマウンテンオークスの熟成肉を投入した。

ジュゥゥゥゥウウウウウウウ……！

キレのいい音がレティヴィア家の屋敷《やしき》に響き、薄く白煙が上がる。

「大きな肉を……」

「そのまま入れおった」

カリムさん、クラヴィスさんは驚く。

鉄板の上に、山のように聳《そび》えるお肉を見て、周囲の人たちは一様に息を呑んだ。

「熟成肉は時間をかけることによって、中の水分が減っていきます。その分、旨みが凝縮していくからおいしいんです。けれど、カットしてしまうと折角熟成した旨みが逃げてしまう。だからこうやって塊ごとじっくり焼いて、食べる直前にカットした方が熟成肉をよりおいしく味わうことができるんです」

実は、鉄板が厚いのにも理由がある。真っ先に思い浮かぶのは、熱源から遠く離すことができること。薄いとどうしても熱源の近くに火力が集中して、均等に鉄板に熱が入りにくいのだ。

でも、僕が分厚い鉄板にこだわるのは、薄いと歪《ゆが》んでしまうからである。特に今回みたいにお肉が大きいと、全体に火を通すのに時間がかかってしまう。厚みが薄いと、長時間熱せられたことによって鉄板が歪んでしまうのだ。

分厚いと鉄板の熱が入りにくいというデメリットはあるのだけど、そこは僕の魔法制御の腕の見せどころだったりする。

僕の説明にクラヴィスさんは顎鬚《あごひげ》を撫《な》でながら、納得した。

「そういえば熟成の際に魔力が抜けていくのであれば、当然水分も抜けていく。では肉も縮んでしまうのではないか？」

「はい。仰《おっしゃ》る通りです。この肉はとても大きいですが、元はもっと大きかったんですよ」

「元の大きさはどれぐらいだったんですか？」

リーリスの質問を受けながら、僕は肉を木の板で挟んで裏返す。

普通の菜箸《さいばし》や火ばさみでは持ち上げられないぐらい大きいからだ。

「あっ……、えっとね、リーリス……。この肉すべてが、マウンテンオークスなんだ」

「え？　え？　どういうことですか？」

「信じられないかも知れないけど、頭と足以外のマウンテンオークスの全身が四十年熟成されて、今この姿になったというわけです」

『えええええええええええええええええええええええ!!』

絶叫が響き渡る。その輪の中にはユランも含まれていた。

お肉を焼き始めてから、涎《よだれ》しか垂らしてないけど、目を丸くしている。そりゃ驚くよね。僕も熟成肉を作ろうと考えてから、まさかこんなことになるとは思ってても見なかった。

「これがマウンテンオークス……？」

「信じられないわ」

「てっきりハラミやロースといった部位を焼いているものかと」

リーリスは言葉を失っている。口を開けたまま、閉じることができないみたいだ。

「未消滅化した後、放血して寝かせたお肉だから、全部が全部ってわけじゃないですよ。ただ元は山のように大きなマウンテンオークスだったんです、この肉は」

あの大きなマウンテンオークスが四十年かけて、ここまで小さくなるのだ。

それほど魔獣の身体には、魔力が満ち満ちていることになる。

人間では考えられない膂力《りょりょく》や、巨体でも空を飛ぶ能力、魔法を使うことができるのも、魔獣の中に大量の魔力が保有されているからだろう。

何故、僕やアルマが出鱈目《でたらめ》に強くなったのか？

それは間違いなく、人間の何倍もの魔力を有した魔獣を食べてきたからだ。

「あのマウンテンオークスの肉が、ここまで小さくなるのか」

「どれほどの旨みが凝縮されているか想像もつかないなあ」

クラヴィスさんとカリムさんが、親子揃《そろ》ってゴクリと唾を飲み込む。

それには理由があった。

肉の中から芳醇《ほうじゅん》な香りが漂ってきたからだ。

色々とマウンテンオークスの熟成肉のことを語っていると、いよいよ肉の芯の部分まで熱が通り始めたらしい。芳醇な香りからは、すでに肉の旨みを感じる。

「良《い》い香りだ……。肉の香りとは思えぬ」

「ええ……。どちらかと言えば、アーモンドに近いというか」

「匂いの中に甘みを感じますわ」

レティヴィア家の人たちは漂ってきた香りに酔いしれる。

リーリスですら唇をムズムズさせて、焼き上がっていく肉を凝視していた。

まさしく切り立った山のようなお肉からは肉汁が汗のように流れ出てくる。それを丁寧に拭《ふ》き取《と》りながら、とにかくじっくりと火を入れていった。

裏表だけじゃなく、横、上下左右にも軽く焦《こ》げ目《め》が付く程度に、熱を通していく。

「そろそろ頃合いかな」

肉を鉄板の上から取り上げる。まな板の上に置いて、肉を休ませた。

「うぎ……。ぎぎぎぎ………」

何かうなり声が聞こえてきたと思ったら、ユランだった。

怒っているのか、それともお肉の香りに酔いしれているのか。

何故か眉間《みけん》に皺《しわ》が寄っているのに、あふれ出る涎を一生懸命になって吸い込んでいる。

肉の香りに耐えきれなかったのだろう。

「もうちょっと待ってね、ユラン。肉を一旦休ませないと」

「なっ！　べ、別にマウンテンオークスの熟成肉なんて興味ないんだからな。四十年前の肉とか、旨みがたっぷりとか全然我には響かぬからな!!」

しっかり肉の名前や特性まで覚えているじゃないか。

興味のない素振りをしながら、ユランは熱心に僕の説明に耳を傾《かたむ》けていたらしい。

肉をフクロバナと言われる子どもぐらいの大きさの花びらの中に閉じ込める。

こうやって極力肉の熱を逃がさないようにするのだ。

そして、肉を休めること十五分……。

フクロバナから取り出し、いよいよ肉を切っていく。

焼いてからすぐ切ると、肉汁が出やすい。それでは折角の旨みまで逃げてしまう。

熟成肉の根幹は、如何《いか》に肉の旨みを引き出し、味わうかだ。

調理する時も、どうやって旨みを逃がさないかということが重要になってくる。

「できました！」

マウンテンオークスの熟成肉ステーキの完成です。

◆◇◆◇◆

クラヴィス家の家臣の方々にテーブルセッティングを手伝ってもらう。

もう真夜中だ。本当ならみんなぐっすり寝ている時間なんだろうけど、すっかり身体が起きてしまった。原因は中庭を包む芳醇な香りと、目が覚めるほど大きな肉にある。

ちょっと背徳的な――深夜のお肉パーティーが今まさに始まろうとしていた。

主役はもちろん、マウンテンオークスのお肉だ。

白いテーブルクロスに人数分の皿が並ぶと、参加者たちの目が闇夜に光る。

「美しい……！」

「綺麗……！」

「宝石みたいです」

「ほう……！」

如何にも歯ごたえがありそうな外の焼き目。

しかし、カットすると現れたのは、脂が乗った緋色の肉身だ。

艶のある表面には、星の河が映り込み、まるで肉の中に赤い大河が流れているように見える。

本日の主賓であるユランも、当主であるクラヴィスさんの横に座って目を輝かせていた。

ちなみにそのユランの前の席が、僕の席だ。今はアルマが座っている。

僕は首からかけていたエプロンを取った。

「お待たせしました。どうぞ食べてみてください」

早速、並べられたナイフとフォークを手に、いざ実食が始まる。

「軟らかい。簡単に切れてしまったぞ」

「マウンテンオークスとは思えませんね」

クラヴィスさんとカリムさんは切った肉の断面を、丹念に精査している。

魔獣に精通する者同士、熟成された魔獣肉のことが気になるのだろう。

細かく切って繊維の具合を確認していたけど、肉から漂ってくる芳醇な香りには抗《あらが》えない。

ついに二人はマウンテンオークスの肉を口に入れ、咀嚼《そしゃく》を始めた。

「ぬおおおおおおおお!!」

「うぅぅぅうううううう!!」

『うまい!!』

親子それぞれ声を揃え、今食べたばかりの熟成肉のように目を輝かせる。

「おいしい!」

ソフィーニさんも唸《うな》っていた。身を仰け反らせながら、幸せいっぱいに頰を膨《ふく》らましている。

リーリスはちょっと抵抗があるのか、エルフの耳をピクピクと動かしていた。みんなの反応を見ながら、勇気を持ってマウンテンオークスの肉を口の中に入れる。

「…………おいしい!! こんなに軟らかくて、おいしいお肉、初めて食べました」

青い瞳が夜空に浮かぶ星の瞬《また》きのように光る。

リーリスも気に入ってくれたみたいだ。

「どうしました、フレッティ?」

カリムさんが声をかけた時、みんなの視線がフレッティさんに向かった。

何故かスプーンとフォークを持ったまま固まっている。

皿の肉は一切手を付けられていなかった。

「フレッティさん、もしかしてお気に召しませんでしたか？」

僕が恐る恐る尋ねると、フレッティさんは全力で手と頭を振った。

「そ、そそそそんなことはない。今すぐにでも食べたい気持ちはある」

「じゃあ、なんで手をつけていないんだい、フレッティ」

「その……。部下がまだ山に残っていまして。私がこんな贅沢《ぜいたく》をしていいのかな、と」

カリムさんが問い詰めると、フレッティさんは素直な気持ちを吐露した。

義理堅いフレッティさんらしい考え方だ。

僕の頭の中にも、携帯食を食べながら、山でくしゃみをしているミルディさんの顔が思い浮かぶ。

「フレッティさん、大丈夫です。まだお肉はありますから。ミルディさんたちが帰ってきたら、騎士団のみなさん全員で食べましょう」

「――だ、そうよ。今日はルーシェルの言葉に甘えなさい、フレッティ」

「そ、ソフィーニ様まで………。そうですね。据《す》え膳《ぜん》食わぬは男の恥とも言いますし」

フレッティさん……。それはなんかちょっと違うような気がするんですが……。

パンと音を鳴らして、手を合わせるとフレッティさんは叫んだ。

「ミルディ、リチル、あとガーナー、そして団員のみんな……。すまぬ。竜のブレスに耐えることができても、この鼻先に漂うおいしそうな香りに、私は耐えられそうにない！」

フレッティさんは山で待機しているであろうミルディさんたちに謝るように手を合わせた後、

「いただきます」と叫んだ。ついにマウンテンオークスの熟成肉を口にする。

「ぬふふふふふふふぅぅぅうううう!!」

うまい！　と大きな声で絶賛する。

よっぽどお腹が空いていたのだろう。勢いは止まらず、続けて二切れ目を口にする。

今度はゆっくりと咀嚼し、マウンテンオークスの肉を味わった。

「肉質は軟らかいのにちゃんと歯ごたえもあって、満足感も素晴らしい！」

「肉を噛《か》むと、熟成された旨みが絞り出てくる感じがたまらないね。……肉自体が旨みだけでできたジュースみたいだ」

フレッティさんの評価に、カリムさんも同調する。

その横でクラヴィスさんは葡萄酒《ぶどうしゅ》が入ったグラスを傾けながら称賛の言葉を口にした。

「なんと言っても、風味が素晴らしい。年代もののワインを飲んでいるようだ。ほのかにナッツに似た風味が口の中にふわ～っと広がっていくのがたまらぬ。こりゃ酒が止まらないぞ」

美味、と讃《たた》えると、クラヴィスさんは葡萄酒のお代わりを所望した。

食事会が始まるまで、ちょっと緊張気味だった空気が一気に和《やわ》らぐ。

たった一品の料理がその場の雰囲気を変えてしまったのだ。

「お気に召したようで何よりです」

みんなが僕の料理を食べて喜んでくれている。

おいしい、という言葉を聞く度に、魔獣食なんて荒唐無稽な料理を出している自分が許されていくのを感じる。山の中での百年が、研鑽《けんさん》した技術が無駄じゃなかったと思えるからだ。

感想を聞きながら、「ありがとうございます」と僕は感謝の言葉を伝えた。

最後に僕は目の前で食べる銀髪の少女を見つめる。

「随分、静かだと思ったら」

「あははは……」

テーブルに乗って食事をしていたアルマが半目で睨めば、僕もまた苦笑いを浮かべる。

今、ユランが何をやっているかというと、目の前に出されたマウンテンオークスの熟成肉を貪り食っていた。周囲からの視線など気にもせず、家臣の人が運んできたお代わりの皿を次々と奪い取っていく。

「あーん」

皿から肉を摘まみ上げると、大きく口を開け、まるで動物に餌でもやるように食べていた。

マナー違反どころではない態度だったけど、咎める人は誰もいない。

僕もその蛮行を目で追うだけに留《とど》めた。

「うまい！」

パシッと綺麗な膝小僧《ひざこぞう》を叩く。

「誰かも言っておったが、まさかマウンテンオークスがよもや四十年程度で、こんなにもおいしくなるとはな。次は千年ものを食べてみたいものだ。さぞおいしかろう」

ははは……。ユランなら食べられるだろうけど、その頃には小さくなりすぎて、いくらマウンテンオークスでも消滅してるんじゃないかな？

みんなの注目がユランに向けられる中、口を開いたのはクラヴィスさんだった。

「ユラン殿……。ルーシェルの料理はいかがかな？」

「ふん。まあまあじゃな」

「それにしては随分と夢中になって食べているご様子……。これがルーシェルの誠意の証《あかし》だと思って、許していただけないでしょうか？」

「勘違いするな、人間の公爵よ。確かにこの料理はおいしかった。絶品であったことは認めてやる。しかし、我の心は変わらぬ。我はルーシェルを許さぬ」

きっぱりと言い切る。

結局、四十年もののマウンテンオークスでもユランは許してくれなかった。

味は満足してくれたみたいだけど……。素直にショックだ。

やっぱり時間をかけて、ユランの怒りが鎮まるまで待つしかないのか。

いや、でも、それでも——折角、ユランはここまでやってきてくれたんだ。

それはソフィーニさんの呪いを解くためだったのかもしれないけど、僕は公爵家に現れたユランの雄々しい姿を見て、とても嬉《うれ》しかった。理由はどうあれ、僕を訪ねてくれたのだから。

でも、どうすればいいだろう。どうやったら、ユランと仲直りできるだろうか。

自然と下を向くと、横のクラヴィスさんが僕の膝に手を置く。

大丈夫――そう言っているような気がした。

「そうですか。それにしてもおかしいですなあ。……別に食事の席に招いたわけでもないのに、自然と席に着き、しかもルーシェルの前に座っている」

「なっ！　こ、これはこの席しか空いておらんかったから」

「それでも、あなたは許さぬといった相手の前に座るような方ではありますまい。……本心ではルーシェルと仲直りしたいと思っているのではないですか？」

「く、くどいぞ、人間の公爵よ。我は……我が許さぬといったら許さぬのだ」

さっきまで堂々としていたユランの態度が変わる。声のトーンも最初と変わっていた。

もしかして、本当はユランも仲直りしたいと思っているのかな。

ユランの心の中で、まだ何か引っかかるものがあるのかもしれない。

どうしたらいいだろう。ユランのことを知りたいのに、覗《のぞ》くのがちょっと怖い。

百年生きているけど、ユランの気持ちが今は全然わからない。

「ルーシェル……。誠意ですよ」

頭が真っ白になっている僕に声をかけてくれたのは、隣に座ったリーリスだった。

さらにクラヴィスさんも僕の手を強く握る。二人の顔を見た時、僕ははたと思い出した。

ルララ草が咲く前、クラヴィスさんがリーリスに見せた姿を……。

親子が真剣に向き合った時の光景を……。

僕は席を立つ。

クラヴィスさんの後ろを通って回り込むと、ユランを見据《みす》えた。

そして深々と頭を下げる。

「ユラン、ごめん！」

「謝罪など聞き飽きたわ」

「うん。でも、ごめん。……僕は百年生きている。君だって投げ飛ばせるし、魔族だって倒すことができる力を持っている。料理は人並みにできるし、知識もあるつもりだ。それでも、僕は君が僕の何に怒っているのか、わからないんだ」

「……なら、我の心でも読めばいい。そなたなら、造作も――」

「できないよ！」

僕は激しく否定する。

顔を上げて、真っ直《ます》ぐユランに訴えた。

「だって……。だって、山で初めてできた友達の心なんて、もう簡単に覗けないよ」

これが僕の誠意だ。

僕は今でも、ユランのことを友達であると信じている。

竜にとっては些細《ささい》な時間かもしれないけど、二十年経《た》っても、その想《おも》いは色褪《いろあ》せていない。

僕はもう一度ユランと食卓を囲みたい。ユランと遊びたい。

もう僕の願いは神術では叶《かな》わないかもしれないけど、それなら僕は自分の心をもって、ユランと仲直りを果たしたい。

「ルーシェルよ。そなたの気持ちはわかった。率直に言おう。素直に嬉しい」

「ユラン……」

ユランの言葉を聞いて、やや肌寒い夜気に包まれた食事会の空気が徐々に暖かくなっていく。

皆の表情に、期待と笑顔が浮かんだ。

「じゃから、お前は愚か者なのだ！」

「え？」

瞬間、僕は吹き飛ばされる。

気が付いた時には、屋敷の壁にめり込んでいた。

魔法で衝撃を吸収し、受け身を取ったのでダメージは皆無だけど、心は違う。

一体何が起こったのか、数秒わからなかったが、ユランのお尻の辺りから伸びた竜の尻尾を見て、すべてを理解した。そのユランが早歩きで近づいてくると、僕の胸ぐらを掴む。

「我を友人と称すなら！　何故、我に一言も断りなく、山を下りたのだ!?」

「え？」

『え？』

ユランの言葉に僕だけじゃなく、レティヴィア家の人たちも目が点になる。

一人わかっていたのは、アルマだった。

「やっぱり」という顔で、半目で僕とユランのやりとりを見つめる。

「大樟《おおくす》に行ったら、お前らはおらぬ。しかも、山は火精霊《ひせいれい》どもによって丸焦げ！　あんなものを見せられて、我がどれだけ心配したと思っておる‼」

「そ、それは――」

僕は弁解しようとしたけど、すぐ息を呑んだ。

目の前のユランが泣いていたのだ。

「ユラン、泣いてるの？」

「泣いてなどおらん。……我は神竜ぞ。泣くなどあり得ぬ」

事実泣いているんだけど。すごい。強がりだ。

でも、たぶんこれがユランの本心なんだ。

ユランは怒っていたけど、ずっとずっと僕のことを気にかけてくれていたんだ。

「ごめん、ユラン。心配をかけて。……その色々あって。落ち着いたら報告しようと思ってたんだ」

「なら、もうちょっと申し訳なさそうな顔をしろ。なんでニヤついておるのだ！」

「え？　そんな顔をしてる？　いや、でも……。嬉しいんだ。喧嘩してても、ユランがこうして心配してくれて。本気で怒ってくれて。だって、本当に僕に興味がないなら、こうして僕の前に現れたりしないだろう」

その通りだ。

少しでも興味があるなら、ヤールム父様だって山の中に捨てた僕を捜しに来てくれたかもしれない。それが一度もなかったということは、ヤールム父様は僕に何の感情も抱いていなかったということになる。

それは尻尾で叩かれるよりずっと辛《つら》い事実だった。

僕が今考えていることが通じたのか、ユランは胸ぐらを摑んでいた手を離す。

「ふん。……当たり前だろう。我とルーシェルは、友達なのだからな」

「ユラン……。ありがとう」

「黙って出て行ったことは許してやろう。しかし、ドラゴンステーキを落としたことを許すつもりはない」

「え？　そっちは許してくれないの？」

ユランは僕から離れていくと、長机を挟んでクラヴィスさんと向き合った。

「確かクラヴィスと言ったな。お前、ルーシェルを息子として育てるつもりか？」

「ええ。その通りです、ユラン殿。反対ですか？」

「我にはその判断が付かぬ。興味もないし、ルーシェルが嫌だと思えば、出ていくだろう。だが、そなたがルーシェルを息子と考えるなら、ルーシェルの責任は家主であるそなたにある。我が言っていることに異論はあるか？」

「ありません。ルーシェルは大切な我らの家族ですから」

クラヴィスさんははっきりと断じる。

その言葉自体は嬉しかったけど、ユランは今から何を言おうとしているのだろうか。

「ならば、家主としての責任を取ってもらおう」

「何なりと……。ルーシェルが許されると仰るなら、この首とて惜しみませぬ」

「そんなものはいらぬ」

「ならば――」

「我を食客として迎え入れよ」

「はっ？」

え？　どういうこと？　ユランが食客？　それって、レティヴィア家に住むということ？

ホワイトドラゴンのユランが？　え？　本気で言ってるの？

「別に意外でもなんでもなかろう。ルーシェルはここの家族になるのだろう。我は家族などに興味はないが、ルーシェルが作るドラゴンステーキには大いに興味がある。ここにおれば、いつでも我にドラゴンステーキを食べさせることができるであろう。のう……。ルーシェル」

のう……って言われても……。

すると、突然クラヴィスさんは豪快に笑い始めた。

カリムさんも、ソフィーニさんも、フレッティさんもだ。

リーリスも両手で口元を押さえ、クスクスと笑っていた。

なんでみんな笑うの？　なんかおかしいところがあった？

「ええい！　笑うな！　気持ち悪い。お前ら、何がおかしい？」

ユランは鬱陶《うっとう》しげに声を荒らげる。

椅子《いす》の上であぐらをかき、最後は腕を組んで頬を膨らませた。

プリプリと怒るユランに近づき、そっと耳打ちしたのはクラヴィスさんだ。

「失礼、ユラン殿。……しかし、あなたもお意地が悪い。別にドラゴンステーキを引き合いに出さなくても、あなたとルーシェルは友達です。……まあ、初めての親友ゆえにあなたがどう付き合っていいのかわからないという心中は察しますが」

「なっ⁉」

ユランの顔はまた真っ赤《まか》になる。

一体、クラヴィスさんは何を囁《ささや》いたのだろうか。

僕と目があったユランは、再び怒髪天を衝《つ》く。

「だ、黙れ、当主！　その訳知り顔をやめるがよい。……で？　答えはどうなのじゃ？　食客の件は受けるのか、受けぬのか？」

クラヴィスさんはわざわざ立ち上がって、頭を下げた。

「仰《おお》せのままに」

「い、いいんですか？　クラヴィスさん？」

「幸い部屋は空いている。竜は無理だが、そのような可愛《かわい》い娘の姿ならば大歓迎だ。リーリスに妹ができたみたいだな。なあ、ソフィーニ」

「ええ！　ルーシェルくんと二人、いえアルマちゃんも入れて三人。賑《にぎ》やかになりますわ」

「ボクは魔獣なんだけどなあ」

アルマは身を竦ませるのだけど、満更でもなさそうだった。

鼻先に尻尾を近づけて、遊んでいる。アルマが照れている時の癖だ。

「ルーシェル、そういうわけだ。我は屋敷にいつでもおる。ドラゴンステーキ、待っておるぞ」

そ、そんなこと言われても……。

まさかユランまでレティヴィア家に住むことになるなんて。

とっても嬉しいけど、大丈夫かな。僕も割と人の常識に外れているけど、ユランは輪を掛けて常識から外れている。何もなければいいのだけど。

「どうしたの、ルーシェル？　浮かない顔ねぇ」

「いえ。ちょっと心配なだけです、ソフィーニさん。ユランは竜です。少しだけ人間の中で過ごしたことがあるみたいですけど、本当にこの屋敷でやっていけるのかなって」

「ふふふ……。ルーシェル。あなた、まだ乙女《おとめ》心《ごころ》がわからないのね」

「今度は乙女心ですか？」

「リーリスはわかるわよね」

「え？　その……。な、なんとなくですが」

「リーリス、お願いだ。ユランはまだ怒ってるみたいだし。なのに屋敷に留まるというし。僕には何がなんだかわからないんだよ」

「えっと……。それは嫌いだからといって、嫌ってるわけではないというか。好きの反対は、その無関心と言ったりもしますし。嫌いというのは、単に好きと違った感情なだけで」

「好き？」

僕がその言葉を口にした途端、リーリスの頭からぽひゅんっと音を立てて、白い湯気が上がる。

「いや、その……。ルーシェルにはないですか？　大事な人だからこそ追いかけたくなる気持ち？」

「何を追いかけるのだ。鬼ごっこの話か？」

いきなりユランが話の中に入ってくる。

リーリスは小さく悲鳴を上げて、金髪を揺らして後ろを向いてしまった。

エルフ耳の先まで真っ赤になっている。

「お前ら、鬼ごっこがしたいのか？　良かろう。久しぶりに我の健脚ぶりをとくと拝ませてやる」

食後の運動にちょうどいいとばかりに、ユランは軽く身体を動かす。

あの……、まだやるとは言ってないんだけど……。

「ルーシェル、お前が鬼だぞ」

「えっ⁉　待ってよ！　えっと……。リーリスもやる？」

「え？　わたくしもですか？」

「ほう。人間の娘よ。我に挑戦するというのか？」

ユランは腰に手を当て、自信満々とばかりに笑う。

ホワイトドラゴンに睨まれ、リーリスは怯むのかと思ったけど……。

「やります！　わたくしも鬼ごっこは得意ですから」

「良かろう。ハンデとして、普段の千分の一の力で走ってやる」

「負けません！」

「ちょっと待て、君たち、今は真夜中だぞ」

フレッティさんは止めたけど、ユランもリーリスもまったく話を聞いていなかった。

「クアール！　お前も入るか？」

「ボクはいいよ。お肉を食べたら眠たくなってきちゃった」

「え？　アルマは入らないの？」

「なら、クアール。お前が号令をかけろ。ルーシェルも十秒経ったら追いかけてこい」

ユランはどんどん決めていく。

二十年前、あの大樟の下で走り回っていたユランが蘇《よみがえ》っていくようだった。

「は～い。スタ～ト～」

やや緊迫感が薄れた号砲が鳴らされると、ユランとリーリスが一斉に走り始める。

ユランはともかく、リーリスも速い。そういえば、以前食べたふしぎ茸には、足の速さが上がる効果もあったんだっけ。

僕は仕方なく、十秒を数えていると、後ろでクラヴィスさんとソフィーニさんが笑っていた。

「ルーシェルくん、どっちを先に追いかけるつもり」

「え？」

ソフィーニさんの質問に、僕はドキリとする。

「ユランと、リーリス……。君はどっちの蝶《ちょう》を追いかけるんだろうね」

「楽しみですわぁ」

どっちって言われても……。

えっと…………。僕はどっちを選んだらいいんだろうか。

エピローグ　百三年目の家族

kousyakuke
no
ryouriban
sama

僕がレティヴィア公爵家に来て、三週間……。

百年という月日に比べれば、短い期間だけど、思えばたくさんのことがあった。

屋敷《やしき》にたどり着くといきなりお風呂に入れられて、ソフィーニさんと出会って、呪いを解くためユランを紹介して、まさかそのユランが屋敷に住むことになって。

おかげで毎日が大騒ぎの連続だ。

ベテラン料理人のソンホーさんに僕の料理を食べてもらったこともあったし、一方で魔族が人間社会の中で暗躍していることも知った。

どうやら、僕が知らなければならないことは、まだまだたくさんあるみたいだ。

そして、今日——。

レティヴィア家は朝から騒がしかった。

家臣たちがせわしなく廊下を行き来している。覗《のぞ》いた厨房《ちゅうぼう》も忙しそうだ。

僕も帰ってきたミルディさんとリチルさんに手伝ってもらいながら、子ども用の正装を纏《まと》う。

向かったのは、レティヴィア公爵家の屋敷にある大広間だ。

赤い絨毯《じゅうたん》に、レティヴィア家の旗が広間の正面奥と壁に掛けられ、大きなシャンデリアが眩《まばゆ》い光を放っている。

その絨毯の横で、レティヴィア家の家臣や家族、騎士たちが整列していた。

列の中には、ユランの姿もある。いつもの白い羽衣姿とは違って、白基調に紫色が入ったワンピースを着ていた。長い銀髪をツインテールにして、ニョキッと出た竜の角を薄い紺青《こんじょう》色の可愛《かわい》いリボンでうまく隠している。

最近、屋敷ではよく見かける恰好《かっこう》で、本人も気に入っているみたいだ。

僕とアルマが少し遅れてやってくるのを見て、「遅いぞ」と赤い瞳で一睨《にら》みする。横でリーリスがクスクスと笑っていた。

しばらくしてクラヴィスさんとカリムさんがやってくる。

それぞれ奥の壇上に上がると、騒がしかった広間は静まり返った。

突如、吹管《すいかん》が鳴り響き、拍手が叩《たた》かれる。ついに式典が始まったのだ。

赤い絨毯の上を進んできたのは、一人の騎士だ。

真新しい軍服を纏い、外套《がいとう》を靡《なび》かせて目の前の壇上へと向かっていく。

フレッティさんだ。いつもは暴発気味の頭も、しっかり髪油で調《ととの》えられ、幾分化粧もしていた。

凜々《りり》しく、真剣な顔はいつもより格好良く見える。

そして腰に光るのは、真紅の剣だ。

やや緊張した面持《おもも》ちで僕たちは拍手を送り、フレッティさんを迎え入れた。

フレッティさんはクラヴィスさんたちの前にやってくると、膝《ひざ》をつき、頭《こうべ》を垂《た》れる。

「フレッティ・ヘイムルドよ」

クラヴィスさんの威厳たっぷりの声が、大広間に広がる。

その声を聞き、フレッティさんだけではなく、すべての人が背筋を伸ばした。

「はっ！」

「我が娘リーリスを野盗から守り、さらに竜の試練をくぐり抜け、我が妻ソフィーニの解呪に尽力したこと――誠に大義であった」

「労《ねぎら》いの言葉をかけていただき、ありがとうございます、公爵閣下《かっか》」

フレッティさんの気持ちのいい声が響く。

今日は功績を残したフレッティさんの褒賞式だ。

クラヴィスさんが今言ったようにリーリスを野盗から守ったことと、騎士団を率いて竜の試練に挑み、見事突破したことを評価されてのことである。

けれど、初めフレッティさんはこの褒賞を断っていた。

リーリスに危険が及んだのは自分の判断ミス、ソフィーニさんの解呪も、僕やカリムさんの助力がなければ達成できなかった、と考えていたようだ。

責任感の強いフレッティさんらしい、潔《いさぎよ》い考えだった。

そんな忠臣を、クラヴィスさんはこう諭《さと》したという。

『お前は騎士団長だ。その功績をお前自身が認めないのは、騎士団全員の働きを否定することになるのだぞ』

その言葉を聞き、頑《かたく》なに拒否していたフレッティさんは褒賞を受けることを決意したらしい。

「その功績を讃《たた》え、そなたに【勇者】の称号と二つ名を下賜することとする」

広間はどよめく。この褒賞は僕も含めてほとんどの人が知らなかったようだ。様子からして、知っていたのは、本人とクラヴィスさんや同じ【勇者】の称号を持つカリムさんだけなのだろう。

だが、この判断に異を唱える者はいない。

フレッティさんは身体的にも、精神的にも【勇者】に足る資質を兼《か》ね備《そな》えている。何より腰に下げたフレイムタンは強力だ。あのユランですら舌を巻いたというのだから、火の精霊とも相性がいいのだろう。

クラヴィスさんは帝都より送られてきた書類を繙《ひもと》く。

皆に見えるように開き、フレッティさんに送られた【勇者】としての二つ名を発表した。

「これより【紅焔の騎士《クリムゾンナイト》】と名乗るが良《い》い」

「ありがとうございます。歴代の【勇者】に恥じぬよう、これからも精進して参ります」

「頼んだぞ、新たな【勇者】よ。我が家族、そなたの騎士団、そしてこの国を守ってくれ」

「身命を賭して。主君の家族と、我が部下たち、そして王国の未来を守ることを誓います」

フレッティさんは深々と頭を下げた。

立ち上がると、赤い外套を翻《ひるがえ》す。祝福する僕や騎士たちの方へと振り返った。

「団長！　おめでとうございます!!」

開口一番、元気に祝福したのがミルディさんだ。尻尾《しっぽ》を振りながら、手を叩いている。

続けてたくさんの祝意が、大広間に響いた。

「おめでとうございます、団長!!」

「おめでとうございます」

「赤いマント、よくお似合いですよ」

「騎士長、かっこいい!!」

拍手が嵐のように巻き起こり、称賛の声が飛び交う。

身分など関係なく、フレッティさんを笑顔で祝福した。

「おめでとうございます、フレッティさん」

「ありがとう、ルーシェルくん」

感謝しなければならないのは、僕の方だ。

あの時、フレッティさんがクラヴィスさんと引き合わせてくれなかったら。

いや、フレッティさんが僕の家に来てくれなかったら。

今も僕は山で暮らしていて、未熟な八歳のままでいただろう。

だから、感謝を伝えるのは僕の方なのだ。

腰の赤い剣が光っている。運命の赤い糸ではなく、赤い剣が僕たちを引き寄せてくれたと思えば、なかなか洒落《しゃれ》が利《き》いているじゃないか。

糸は切れやすいかもしれないけど、剣であれば安心だ。

「続けて、もう一つ皆の者に伝えることがある。ルーシェル、アルマ、前へ」

「は、はい！」

あれ？　なんだろうか。僕は何も聞いていない。

屋敷に来て、三週間。たいていの人とは挨拶し、紹介されたと思う。

今さら、ここで僕を紹介するのは、むしろ遅いような気もするけど……。

僕は目でアルマに尋ねるけど、相棒もわからないらしい。

言われるまま進み出ると、クラヴィスさんは壇から下りて、僕をアルマごと持ち上げた。

「わはははは！　思ったよりも軽いな」

「く、クラヴィスさん。何を!?」

「帝都から連絡が来た。……君を、ルーシェルをクラヴィス公爵家の養子と認めると」

「え？」

「ルーシェル、今日から君は相棒のアルマとともにクラヴィス家の新しい家族となるのだ」

本来ならもっと喜ぶべき朗報なのだろう。

だけど、僕の心には今色んな感情が渦巻《うずま》いていた。

驚き、嬉《うれ》しさ、興奮と不安……。

それが綯《な》い交《ま》ぜになって、僕はとても単純なリアクションしか取れなかった。

そんな僕の心すら、新しい父上はお見通しなのか。

クラヴィスさんは僕を下ろすと、優しく頭を撫《な》でてくれた。

「会った時から、心の底から言いたかった言葉がある……。〝我が息子〟という言葉だ」

「くら……………父、上……」

「ああ。そうだ、〝我が息子〟よ。私はクラヴィス・グラン・レティヴィア。そしてお前は今日からルーシェル・グラン・レティヴィアと名乗るが良い！」

「ルーシェル・グラン・レティヴィア……」

それが僕の新しい名前。

そして新しい家族。

瞬間、盛大な拍手が僕とアルマを包む。

騎士団の人たちが声を上げて、僕を歓迎した。

リーリスも、ユランも笑っている。

「アルマ……」

「なんだ？　やっぱり不安かい、ルーシェル？」

「ううん。とっても嬉しいよ。そしてドキドキしてる」

もう僕は一人じゃない。

こんなにたくさんの家族がいるんだから。

「ああ。ボクも楽しみだよ、相棒」

僕とアルマは手を上げて、拍手に応《こた》える。

さらに拍手は大きくなり、賛美と祝意の言葉があちこちから聞こえた。

その中で、クラヴィスさんからある発表が行われる。

「なお、ルーシェルのお披露目会は一ヵ月後——レティヴィア領内で行われる納涼祭で発表する予定だ。今年は例年よりも盛大に執り行うつもりだ。納涼祭が成功するように皆の力を貸してほしい」

『おおおおおおおおおおおお！』

レティヴィア公爵家当主の言葉に応えるように、みんなが声を上げる。

手を上げて、クラヴィスさんに変わらぬ忠誠を誓った。

納涼祭か。そういえば、昔もあったなあ。

次はお祭りか。

「楽しみだね、アルマ」

「おう」

大広間に万雷の拍手が響く。

拍手を聞きながら、僕は一ヵ月後に行われるお祭りに思いを馳《は》せるのだった。

あとがき

読者のみなさま、ご無沙汰しております。作家の延野正行《のべのまさゆき》です。

この度、おかげさまで「公爵家の料理番様～３００年生きる小さな料理人」第二巻を上梓《じょうし》することができました。やったー！　ヒューヒュー!!　しかも第一巻は重版し、たくさんの方にお買い上げいただいたこと誠に嬉しく思っております。もうすぐ作家業を始めて八年目に突入しようという人間なのですが、初めての小説重版でして、担当様からメールをいただいた時には飛び上がるほど喜んでおりました。加えて、Ｔｗｉｔｔｅｒにてたくさんのお祝いの言葉をいただきました。改めてこの場をお借りし、感謝申し上げます。ありがとうございました。

そしてヤンマガＷｅｂにて絶賛掲載されている構成担当中村《なかむら》ゆきひろ先生、作画担当斎藤《さいとう》縹《ひょう》先生のコミカライズですが、ついに二月六日に単行本第一巻が発売されます。こちらのルーシェルも、リーリスも、めちゃくちゃかっこかわいいので、是非お買い上げください。

中村先生も斎藤先生も、本当に原作を隅々までチェックしてくれているなあ、とわかるぐらい細かいところまで表現していただいておりますので、そこにもご注目いただけたら幸いです。

さて、小説版第二巻はルーシェルの因縁の相手ユランのお話となりました。Ｗｅｂ版未掲載のユランとルーシェルの出会いは如何《いかが》だったでしょうか？　二人の友情が愛情に変わっていくかは、まだわかりませんが、是非今後とも二人を見守っていただければ幸いです。

ちなみにちょっとした裏話をすると、延野はユランのような、かわいいけど超然とした女の子が好きでして、割と自分の作品のどこかに出てきたりしております。延野の他の作品を読んでいて、もしかしてこの子では？　と思ったらこっそり教えていただけると嬉しいです。

さて今回紙幅が少ないので、ここで謝辞になります。

大迫力のホワイトドラゴンを描く一方で、深夜にチェックすると必ずお腹が空く、おいしそうな料理の絵を描いてくれたＴＡＰＩ岡先生。今回も最高のイラストをありがとうございます。ビールを浴びるように飲みながら、業界の裏（？）話をバンバン話してくれた担当編集様。また一緒に呑みに行きましょう！　続刊を決めてくれた小説編集部様。本当に作品を隅から隅まで読んでいただき、とてもハートフルな漫画に仕上げていただいているコミカライズの中村ゆきひろ、斎藤縹両先生。その先生方を支え、素晴らしいコミカライズにしてくれた漫画編集部の皆様。今回も綺麗なデザインにしていただいたデザイナーの皆様。寒い中で一生懸命走り回っている営業の皆様と、書店員の皆様。更新するたびに読んでくれているＷｅｂ版読者の皆様。最後に第二巻をお買い上げいただいた皆様に感謝を申し上げます。ありがとうございます。

是非第三、第四巻と続いて、ヤールム父様との運命の再会と対決まで描きたいと思っておりますので、今後ともご愛顧いただければ幸いです。

Kラノベブックス

公《こう》爵《しゃく》家《け》の料《りょう》理《り》番《ばん》様《さま》2
～300年《ねん》生《い》きる小《ちい》さな料《りょう》理《り》人《にん》～

延《のべ》野《の》正《まさ》行《ゆき》

2023年1月31日第1刷発行

発行者	森田浩章
発行所	株式会社 講談社 〒112-8001　東京都文京区音羽2-12-21
電　話	出版　(03)5395-3715 販売　(03)5395-3608 業務　(03)5395-3603
デザイン	AFTERGLOW
本文データ制作	講談社デジタル製作
印刷所	株式会社ＫＰＳプロダクツ
製本所	株式会社フォーネット社

KODANSHA

落丁本・乱丁本は購入書店名を明記のうえ、小社業務あてにお送りください。送料は小社負担にてお取り替えいたします。なお、この本の内容についてのお問い合わせはラノベ文庫あてにお願いいたします。

ISBN978-4-06-530443-3　N.D.C.913　351p　19cm
定価はカバーに表示してあります

ファンレター、
作品のご感想を
お待ちしています。

あて先
〒112-8001　東京都文京区音羽2-12-21
(株) 講談社　ラノベ文庫編集部 気付
「延野正行先生」係
「TAPI岡先生」係

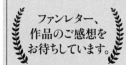

Kラノベブックス

異世界メイドの三ツ星グルメ
現代ごはん作ったら王宮で大バズリしました

著:モリタ　イラスト:nima

異世界に生まれかわった食いしん坊の少女、シャーリィは、ある日、日本人だった前世の記憶を取り戻す。ハンバーガーも牛丼もラーメンもない世界に一度は絶望するも「ないなら、自分で作るっきゃない！」と奮起するのだった。

そんなシャーリィがメイドとして、国を治めるウィリアム王子に「おやつ」を提供することに⁉　王宮お料理バトル開幕！